BASTEI
LÜBBE

FILM- und FERNSEH-BÜCHER aus dem
BASTEI-LÜBBE-Taschenbuchprogramm:

13 001 Feuerkind
13 006 Ghostbusters
13 035 Cujo
13 039 Zurück in die Zukunft
13 043 Trucks
13 084 Top Gun
13 088 Katzenauge
13 121 Carrie
13 194 Angeklagt
13 219 Stirb langsam
13 242 Ghostbusters I
13 244 Karate Kid III
13 246 Abyss
13 248 Zurück in die Zukunft II
13 285 Die totale Erinnerung – Total Recall
13 309 Zurück in die Zukunft III
13 310 Robocop II
13 312 Flatliners
13 346 Geschichten aus der Schattenwelt
13 348 Der mit dem Wolf tanzt
13 378 Backdraft – Männer, die durchs Feuer gehen
13 382 Terminator 2 Tag der Abrechnung
13 412 Wer erschoß John F. Kennedy
13 444 Basic Instinct
13 446 Universal Soldier
13 448 City of Joy
13 449 Dracula
13 450 Der Bergdoktor Bd. 1
13 451 Die Stars von Beverly Hills, 90210
13 452 Columbo – Drei Romane
13 483 Der Bergdoktor Bd. 2
13 496 Columbo Drei weitere Romane
13 497 Die Stars von Melrose Place
13 535 Last Action Hero
13 541 The Age of Innocence Die Zeit der Unschuld
13 542 Jurassic Park
13 544 Karen McCoy – die Katze
13 547 Demolition Man
13 584 True Romance
13 585 Wild Palms
13 586 Cat Walk – und morgen sind wir Rock-Stars
13 587 Der erste Auftritt
13 588 Blink
13 589 Geronimo
13 590 Cat Walk – Nicht um jeden Preis
13 593 High Crusade
13 634 Malice – Eine Intrige
13 636 Flucht aus Absolom
13 638 True Lies
13 639 Shadow und der Fluch des Khan
13 640 Die Gerichts-Reporterin
13 641 Die Sieger
13 642 The Mask
13 643 Frankenstein – oder der moderne Prometheus
13 645 Tödliche Absichten
13 685 Junior
13 686 Tim Burton's – The Night Before Christmas
13 687 Dr. Stefan Frank Der Arzt, dem die Frauen vertrauen
13 694 Stargate
13 697 Der Bergdoktor Bd. 3

Der Bergdoktor

von Susanne Scheibler

nach den Drehbüchern
von Gabriele Kister, Christiane Saldo
und Robert Thayental

BASTEI
LÜBBE

BASTEI-LÜBBE-TASCHENBUCH
Band 13 697

Erste Auflage:
März 1995

Titelbild und Innenfotos: SAT 1
Umschlaggestaltung:
Quadro Grafik, Bensberg
Satz: KCS GmbH,
Buchholz/Hamburg
Druck und Verarbeitung:
Brodard & Taupin, La Flèche,
Frankreich
Printed in France

ISBN 3-404-13697-7

Der Preis dieses Bandes
versteht sich einschließlich der
gesetzlichen Mehrwertsteuer.

Inhalt

Die Nacht im Schnee

Drehbuch von Robert Thayenthal

Es ließ sich nicht bestreiten, daß Maxl Burgner, der Sohn des Bergdoktors von Sonnenstein, absolut ungern früh am Morgen aufstehen mochte. So war es auch an diesem Samstag, an dem sich ein strahlend blauer Frühlingshimmel über dem kleinen Tiroler Bergdorf wölbte. Maxl stieg erst um halb zehn aus den Federn – und das auch nur, weil er ›Morgendienst‹ hatte und das Frühstück zubereiten mußte.

Aus dem Schlafzimmer seines Vaters war kein Geräusch zu hören. Aha, er und Sabina schlafen noch, dachte der Dreizehnjährige und huschte die Treppe hinunter.

Die Morgensonne schien hell in die Küche und weckte Maxls Lebensgeister. Draußen blühten schon die Obstbäume, und die Wiesen leuchteten im ersten frischen Grün. Darum beschloß Maxl, an diesem Morgen den Frühstückstisch draußen zu decken. Rasch stellte er Kaffeegeschirr und Bestecke auf ein Tablett, holte die buntkarierte Tischdecke aus der Truhe und öffnete die Haustür.

Als er über die Wiese lief, stellte er allerdings fest, daß sie noch naß vom Tau war. Auch der Tisch und die Holzbank auf der Terrasse glänzten vor Feuchtigkeit.

Maxl wollte trotzdem nicht auf sein Frühstück im Freien verzichten. Der Winter war lang und hart gewesen, da sehnte man sich nach Sonne und frischer Luft, zumal die Berge nie schöner als im Frühling waren, fand Maxl. Also stellte der Bub das Tablett ab, zog ein nicht mehr ganz sauberes Taschentuch aus seiner Hosentasche und begann, Tisch und Bank trockenzuwischen. Dann breitete er die Decke aus, zupfte sie sorgfältig glatt und stellte die drei Gedecke darauf.

Nach einem zufriedenen Blick auf sein Werk kehrte er in die Küche zurück. Aber hier mußte er eine ärgerliche Entdeckung machen: Der Brotkorb war leer, und auch im Küchenschrank befanden sich keine Semmel oder ein Kanten Brot. Ähnlich trist stellte sich der Inhalt des Kühlschranks dar: Dort standen nur ein einsames Glas Gurken und eine angebrochene Flasche Bier.

Maxl stieß einen empörten Schnaufer aus. »Typisch!« murmelte er. »Da hat man Morgendienst, und nix is' im Haus.« Schwungvoll knallte er die Kühlschranktür wieder zu und lief die Treppe hinauf zum väterlichen Schlafzimmer. »Hat gestern wieder keiner eingekauft?« rief er anklagend, während er in den hellen, behaglichen Raum stürmte.

Dr. Thomas Burgner und seine junge Frau Sabina lagen im Bett, eng aneinandergekuschelt, und fuhren beide erschrocken aus dem Schlaf hoch. Thomas Burgner reckte sich und rieb sich die Augen. »Maxl, du Nervensäge, kann man net wenigstens am Samstag ausschlafen?«

»Ich hab' gedacht, ihr wollt frühstücken!« erwiderte der Bub und kam näher.

Sabina, Fachärztin für Anästhesie, jetzt aber nur noch Hausfrau, weil sie ihre erstes Kind erwartete, ließ sich in die Kissen zurückfallen. »Später«, murmelte sie verschlafen.

Doch Maxl ließ sich nicht erweichen, obwohl er sonst seiner italienischen Stiefmutter von ganzem Herzen zugetan war. Wobei er das Wort ›Stiefmutter‹ für eine total verkehrte Bezeichnung für sie hielt. Dr. Sabina Burgner, geborene Spreti, war viel mehr für den Maxl: ein guter Kumpel, mit dem er herumalbern konnte und der eine Unmenge Verständnis für ihn aufbrachte, sie war der

Mensch, der wieder Lachen und Wärme in sein und Thomas Burgners Dasein gebracht hatte, nachdem die beiden nach dem Tod von Maxls Mutter sich mehr schlecht als recht durchs Leben gewurstelt hatten, und sie war, was besonders Maxl zu schätzen wußte, so herrlich unbürgerlich. Man mußte sein Zimmer nicht ewig ordentlich aufräumen, man durfte auch mal zu spät und schmutzig zum Abendessen nach Hause kommen, man konnte ungerecht sein und grantig – Sabina mit ihrem großen italienischen Herzen verstand das und brachte zu guter Letzt doch alles wieder auf die Reihe.

Freilich, das Unbürgerliche an Sabina hatte auch gewisse Nachteile – zum Beispiel, daß sie einfach vergaß, fürs Frühstück einzukaufen. Und das fand Maxl nun gar nicht so gut. Also protestierte er:

»Es is' halb zehn, und außer Essiggurken und einer halben Flasche Bier is' nix mehr im Kühlschrank.«

»Eine werdende Mutter braucht Ruhe und Geborgenheit«, konterte Sabina und zog sich das Kopfkissen über die Ohren.

»Und ein werdender Vater erst recht!« trumpfte Dr. Burgner auf und tat es seiner Eheliebsten gleich.

»Und ein werdender Bruder?« trompetete Maxl, ohne jedoch den gewünschten Effekt zu erzielen. Sein Vater stieß lediglich einen müden Seufzer aus und nuschelte:

»Der braucht Morgensport. Viel Bewegung an frischer Luft.« Er drehte sich auf die Seite, um weiterzuschlafen. »Nimm dir Geld aus meinem Portemonnaie und hol was. Aber laß dir Zeit.«

»Das würde euch so passen!« rief Maxl. »Allerdings können wir über einen Tausch verhandeln. Ich kauf' was zum Frühstück, dafür muß ich den Rest der Woche net mehr Geschirr spülen.«

Sein Vater sah ein, daß es mit dem Weiterschlafen nichts wurde, und schnappte sich sein Kopfkissen. »Das ist Erpressung!« Lachend schleuderte er das Kissen in Maxls Richtung. Der fing es auf und tönte mit furchteinflößender Grabesstimme:

»Ihr habt es nicht anders gewollt!«

Sabina quietschte auf, als er sich dem Bett näherte. »Was hast du vor? Maxl, mach keine Dummheiten!«

Thomas Burgner setzte sich hoch. »Komm nur her, mit dir werd' ich immer noch fertig!«

»Abwarten!« rief Maxl, nahm einen kurzen Anlauf und sprang mit wildem Kriegsgeschrei zwischen seinen Vater und Sabina aufs Bett. »Attacke!«

Diesmal nahm Thomas seiner Frau das Kopfkissen weg und versuchte, es seinem Sohn um die Ohren zu schlagen. Maxl wich geschickt aus und begann wahllos, erst ihn und dann Sabina zu kitzeln.

»Hilfe!« schrie sie lachend. »Das ist unfair. Ich hab' mit der ganzen Sache nichts zu tun!«

Im Nu war die schönste Balgerei im Gange, bei der Maxl Sieger blieb, indem er seinem Vater auch das zweite Kopfkissen entriß und wild damit um sich schlug. Thomas Burgner hob die Hände. »Ich ergebe mich . . . Friede! Du brauchst an diesem Wochenende keinen Finger mehr zu rühren, aber bitte – geh jetzt einkaufen!«

Hochzufrieden sprang Maxl aus dem Bett und lief in sein Zimmer hinüber, um sich die Schuhe anzuziehen. Er hatte erreicht, was er wollte. Einmal einkaufen war längst nicht so arg wie der lästige Küchendienst.

Thomas Burgner hörte wenig später, wie sein Sohn die Treppe hinunterpolterte und schwungvoll die Haustür hinter sich zuwarf. Mit einem erleichterten Aufseufzen legte er sich zurück, schüttelte sich und Sabina die beiden Kopfkissen zurecht und nahm seine hübsche junge Frau erst einmal in die Arme, um ihr ›richtig‹ guten Morgen zu sagen – mit einem langen zärtlichen Kuß.

Aber es sollte ihnen keine Ruhe mehr vergönnt sein,

denn gleich darauf läutete es lang und anhaltend an der Haustür.

»Maxl wird doch net schon wieder zurück sein«, sagte Dr. Burgner kopfschüttelnd, und Sabina zog ihn wieder an sich.

»Wir machen einfach nicht auf.«

Aber da läutete es zum zweiten Mal, und in Thomas regte sich das ärztliche Gewissen. Schließlich konnte es ein Patient sein, der Hilfe brauchte.

Es war ein Patient, der unten stand und zu Thomas hinaufwinkte, als der aus dem Schlafzimmerfenster schaute. Allerdings einer, den der Bergdoktor noch nicht kannte.

»Morgen, Herr Doktor!« rief der etwa dreißigjährige Mann. »Ich stör' Sie net lang. Ich bräucht' nur ein paar Medikamente.«

Thomas nickte. »Warten S', ich komm' hinunter.« Er warf sich einen Bademantel über und öffnete dem Besucher die Haustür.

Der lächelte entschuldigend. »Die Frau Angerer hat mir g'sagt, Sie wären längst auf.«

Thomas führte ihn in sein Sprechzimmmer. »Bin ich eigentlich auch – fast.« Er bemerkte, daß der Unbekannte beim Gehen sein rechtes Bein nachzog. »Sie sind auf Urlaub hier?«

Der andere hob die Schultern. »Net ganz. Ich bin hier aufg'wachsen im Dorf. 's is' allerdings schon ein Zeitl her, daß ich da war. Ich heiß' übrigens Florian Gasser.«

Thomas nickte und ging zu seinem Schreibtisch. »Was brauchen S' denn?«

Der dunkelhaarige Mann wirkte plötzlich ein wenig verlegen, als er den Beipackzettel eines Medikaments aus der Tasche zog und vor Thomas hinlegte. »Ich wollt's noch in München besorgen, und dann hab' ich's vergessen.«

Thomas warf einen Blick darauf und hob erstaunt die Augenbrauen. »Ein Schmerzmittel? Ein Opiat noch dazu? Nehmen S' das öfter?«

Florian wich seinem Blick aus. »Das is' eigentlich mehr für den Fall der Fälle. Ich hab' Probleme mit meinem Knie. Ich spür's Wetter, wissen Sie.«

»Eine Verletzung?« erkundigte Dr. Burgner sich, und Florian schüttelte den Kopf.

»Ein Gelenkfehler. Ich hab' das schon von Geburt an. Und je öfter ich's operieren laß, desto schlimmer wird's.«

Irgendwie kam Dr. Burgner die Sache merkwürdig vor, und sein Unbehagen verstärkte sich noch, als Florian Gasser auf die Frage, bei welchem Arzt er denn in Behandlung sei, lapidar erklärte, er sei schon seit längerer Zeit bei keinem mehr gewesen. »Irgendwann find't man sich ab, daß man damit leben muß«, fügte er hinzu.

Thomas setzte sich auf die Schreibtischkante. »Aber wenn Sie so starke Schmerzen haben, daß Sie solche Hämmer brauchen . . .«

»Es is' ja nur, wenn ich mein Bein extrem strapazier'«, warf Florian ein, und Thomas betrachtete ihn nachdenklich.

»Wissen S' was?« sagte er in einem plötzlichen Entschluß. »Ich schick' Sie zur Untersuchung in die Klinik.«

Ein gereizter Ausdruck trat in Florians Gesicht. »Herr Doktor, ich will nix von Ihnen außer dem Medikament, das da draufsteht.« Etwas ruhiger fuhr er fort.: »Ich hab' a größere Tour vor mir. Aufs Kreislerjoch. Dafür bauch' ich's. Und hinterher, das versprech' ich Ihnen, leg' ich mich ins Bett und schon' mich.«

»Aufs Kreislerjoch?« wiederholte Dr. Burgner ungläubig. »Jetzt im Frühjahr, wo noch überall Schnee liegt?«

Gasser nickte. »Ich weiß schon, was ich mir zutrauen kann, Herr Doktor. Ich bin hier im Dorf aufg'wachsen.«

»Dann müssen S' auch wissen, daß eine solche Tour zu

dieser Jahreszeit Selbstmord ist! Selbst für einen Menschen mit gesunden Beinen.«

Florian wirkte nun echt verärgert. »Letztes Jahr bin ich am Ötztaler Gletscher herum'kraxelt, in den Dolomiten und in den Hohen Tauern. Aber wenn's nach den Ärzten ginge, dann hätt' ich eine bequeme sitzende Tätigkeit an irgendeinem Schreibtisch. Da kann ich mir gleich eine Kugel in den Kopf schießen.«

Brüsk wandte er sich ab, trat zum Fenster und blickte zu den schneebedeckten Berggipfeln hinauf. Leise, wie zu sich selbst, sagte er: »Für jemand, der sich net auskennt, sind s' nur a Haufen Steine. Aber wenn man ein Gespür dafür hat und die Herausforderung annimmt, gibt's immer neue Geheimnisse zu entdecken. G'schichten von Millionen von Jahren, Erdbewegungen, Kristallisationen, Versteinerungen und Spuren von Menschen und Tieren, von denen man heut' fast nix mehr weiß.«

Thomas nickte. Er hatte recht, dieser merkwürdige Mensch. Offenbar war das einer, der die Berge nicht nur liebte, sondern regelrecht von ihnen besessen war. »Warum machen S' Ihre Tour net im Sommer?« frage er freundschaftlich. »Die Berg' laufen Ihnen net davon.«

Gasser drehte sich zu ihm um. »Ich hab' meine Gründe«, sagte er verschlossen. »Was is' jetzt mit dem Medikament?«

Dr. Burgner verschränkte die Arme vor der Brust. »Ohne dringenden Notfall kann ich Ihnen so ein Präparat net verschreiben. Was Sie vorhaben, is' Wahnsinn. Wenn Sie Ihre Schmerzen niederdonnern, heißt das noch lang' net, daß Sie körperlich solchen Strapazen gewachsen sind.«

»Ich bin net gekommen, um mir schlaue Ratschläge zu holen«, fuhr Florian auf, sah aber wohl an Dr. Burgners zwar freundlicher, aber entschiedener Miene, daß er bei ihm nichts erreichen würde. Darum wandte er sich wortlos zur Tür, um zu gehen.

Während seines Gesprächs mit Thomas hatte draußen schon wieder jemand geläutet. Diesmal kam Sabina im Morgenmantel die Treppe hinunter, um zu öffnen. Franzi Pichlinger stand draußen, eine große Torte auf den Armen.

»Einen wunderschönen guten Morgen!« rief sie betont fröhlich. »Ich hoffe, ihr habt noch net gefrühstückt?«

Sabina schüttelte den Kopf. »Franzi! Das ist aber eine Überraschung!«

Die rundliche Frau, die seit über dreißig Jahren Dr. Pankraz Obermayr, seines Zeichens Tierarzt von Sonnenstein, den Haushalt führte, bemühte sich um ein besonders strahlendes Lächeln. »Wann's euch recht ist, werd' ich mich in Zukunft ein bisserl um euch kümmern.«

»Hast dich mit dem Prankraz gestritten?« fragte Sabina prompt, doch Franzi winkte ab.

»Geh, aus dem Alter sind wir doch längst heraus!«

Sabina betrachtete sie skeptisch. Schließlich kannte man in ganz Sonnenstein und Umgebung das ganz besondere Verhältnis zwischen Franzi und Pankraz. Die beiden hingen wie die Kletten aneinander, was sie aber nie daran hinderte, sich zu streiten, daß die Fetzen flogen. Meist war der Pankraz daran schuld. Er war der Vater von Thomas' verstorbener erster Frau, der Christl, und wenn es eine Weltmeisterschaft im Granteln gegeben hätte, so hätte er sie zweifellos gewonnen. Manchmal ertrug Franzi seine bissigen Bemerkungen, seinen Dickschädel und seine ständigen Flirtversuche mit jeder halbwegs attraktiven Frau mit wahrer Engelsgeduld, aber irgendwann war sie dann doch gekränkt und strafte den Pankraz mit dem Entzug ihrer wirklich hervorragenden Kochkünste, bis er sie reumütig um Verzeihung bat.

Anscheinend war es jetzt wieder einmal soweit, doch Sabina konnte keine diesbezüglichen Fragen mehr stellen, denn Florian Gasser kam, so schnell er mit seiner Behinderung konnte, aus der Praxis gehumpelt und verließ grußlos das Doktorhaus.

»Florian!« rief die Franzi überrascht, doch er wandte sich nicht einmal um, sondern schloß die Tür hinter sich. Sie blickte ihm kopfschüttelnd nach. »Der Florian Gasser! Den hab' ich ja a Ewigkeit net g'seh'n!«

Sabina wandte sich zu ihrem Mann um. »Was wollte er denn?«

Thomas hob die Schultern. »Ein Schmerzmittel«, gab er ironisch zur Auskunft. »Damit er einen Gletscher packt.«

»Einen Gletscher? Mit seinem Bein?«

Dr. Burgner seufzte. »Ich hoff', er kommt noch zur Besinnung.«

Franzi lachte spöttisch. »Der Florian? Das tät' mich wundern.« Sie öffnete die Küchentür und stellte die mitgebrachte Torte auf den Tisch. »Der hat schon immer einen Dickschädel g'habt – wie ein ganzes Gebirgsmassiv! Mit einer Verbissenheit is' er in die steilsten Wänd', daß er einen jeden mit gesunden Haxen abgehängt hat. Einen wie den muß man lassen. Da nützt alles Zureden nix.«

»Auch net, wenn er drauf und dran ist, sich den Hals zu brechen?« fragte Thomas, und Franzi setzte eine wichtige Miene auf.

»Also, wennst mi' fragst, Thomas, weht der Wind aus einer ganz anderen Richtung. 's is' wegen der Moni. Die hat's ihm angetan, schon seit der Schulzeit. Das is' seine große unglückliche Liebe. Es sollt' mich net wundern, wenn er sich immer noch Hoffnungen macht.«

Natürlich kannte Dr. Burgner die Moni, die im Hotel zur Post als Zimmermädchen arbeitete. Sie war eine sehr hübsche junge Frau und etwa in Florian Gassers Alter. »Du meinst, er is' wegen ihr gekommen?« erkundigte er sich, und Franzi nickte.

»So ei 'm sturen Teufel wie dem is' das zuzutrauen.«

Er setzte sich auf die Küchenbank. »Ich wollt', du hätt'st recht. Da lauft er wenigstens net so leicht Gefahr, zu verunglücken.«

Franzi lachte. »Sag das net! Wegen Liebeskummer san garantiert schon mehr Leut' um'kommen als auf'm Berg. – Apropos umkommen ... Ihr habt sicher noch kein Frühstück g'habt.«

Sabina besann sich auf ihre vernachlässigten Hausfrauenpflichten und ging zum Küchenschrank, um das Geschirr herauszuholen. Aber Franzi hielt sie zurück.

»So weit kommt's noch! Wenn dich schon dein Mann in deinem Zustand net auf Händen trägt, laß dich wenigstens von mir verwöhnen.«

»Na, das kann ja was werden!« sagte Sabina und warf Thomas einen vergnügten Blick zu.

Mit der Torte, die Franzi ins Doktorhaus mitgebracht hatte, hatte es eine ganz besondere Bewandtnis. Sie war nämlich ursprünglich für den Pankraz gedacht gewesen, der am heutigen Tag sein vierzigjähriges Berufsjubiläum als Tierarzt beging. Darum war die Franzi besonders früh am Morgen aufgestanden, hatte die Torte gebacken und war gerade dabei gewesen, sie mit einem Schriftzug aus Buttercreme ›Zum vierzigjährigen Praxisjubiläum‹ zu verzieren, als sie den Prankraz die Treppe herunterkommen hörte. Hastig ließ sie die Torte im Schrank verschwinden und setzte ein strahlendes Lächeln auf, von dem Pankraz allerdings keine Notiz nahm. Er wünschte ihr lediglich einen guten Morgen und wunderte sich, daß sie auch schon auf war.

Franzi nickte vielsagend. »Freilich. Man hat ja alle Händ' voll zu tun an so einem Tag.«

»Ist denn heut' was B'sonderes?« fragte er und zuckte

zusammen, als sie ihn an sein Jubiläum erinnerte. »Bleib mir bloß damit vom Leib! Du weißt, ich hasse Jubiläen und Geburtstage, die einem nur bewußt machen, wieviel Jahr' man schon am Buckel hat. Und du hast auch was Besseres zu tun, als dei' Zeit mit so sentimentalem Kram zu verplempern.«

»Was denn?« erkundigte Franzi sich pikiert, und er machte eine unwirsche Armbewegung.

»Was weiß ich? Vielleicht einen Frühjahrsputz.«

»Ist es dir vielleicht net sauber genug?« wollte sie angriffslustig wissen, und er wischte gehässigerweise mit einem Finger über den oberen Rand des Türstocks und zeigte ihr triumphierend den Staub auf seiner Fingerkuppe.

Jetzt war die Franzi ernstlich eingeschnappt. Manchmal, so fand sie, sollte man den Pankraz echt auf der Giftmülldeponie entsorgen lassen. »Womit ich meine Freizeit verplemper', geht dich gar nix an. Wenn ich dich erinnern darf, hab' ich heut' meinen freien Tag.«

Ein bißchen erschrocken über ihre heftige Reaktion lenkte er ein. »Geh, Franzi, sei doch net beleidigt. Geh lieber was einkaufen und mach uns was Schönes zum Essen.« Er wollte noch anfügen, worauf er am meisten Appetit hatte, doch sie fuhr ihm in die Parade:

»Wenn'st was essen willst, gehst selber einkaufen. Hier is' die Liste!« Damit nahm sie einen Zettel aus der Schublade und drückte ihn dem Pankraz in die Hand.

»Streik?« fragte er grinsend, und sie konterte: »Wochenende!«

Nun war auch er verärgert, steckte aber immerhin die Liste ein. »Glaub ja net, daß du unentbehrlich bist«, knurrte er im Hinausgehen, um wenigstens das letzte Wort zu haben. Aber Franzi setzte noch eines drauf.

»Vergiß das Waschmittel net. Du mußt Hemden waschen, damit du am Montag was zum Anziehen hast.«

Sie hörte, wie er wütend die Haustür zuknallte, und holte ihre Torte wieder hervor. »So, so, sentimentaler Klimbim«, murmelte sie verbittert, als es an der Küchentür klopfte.

»Pankraz?« fragte Franzi in der Hoffnung, er käme zurück, weil ihm sein rüdes Benehmen leid tat. Vorsichtshalber stellte sie sich so vor die Torte, daß sein Blick nicht sofort darauf fallen konnte. Aber es war nicht der Pankraz, der gleich darauf eintrat, sondern ein junges Mädchen in städtischer Kleidung. Es hatte einen Rucksack und eine Reisetasche bei sich.

»Hallo, ich bin die Barbara!« sagte die Fremde lächelnd. »Ich komm' wegen der Stelle als Haushaltshilfe.«

»Als Haushaltshilfe?« wiederholte die Franzi perplex, und Barbara holte eine aufgeschlagene Zeitung aus dem Seitenfach ihrer Tasche. Sie deutete auf ein Inserat, das sie angestrichen hatte.

»Das ist doch hier, oder?«

Junge Haushaltshilfe für leichte Arbeit gesucht, las Franzi halblaut. *Pankraz Obermayr, Sonnenstein* ... Sie schluckte. »So ein falscher Fuffziger!«

»Oder sind Sie mir schon zuvorgekommen?« fragte das Mädchen.

»Ich?« Franzi lachte auf. »Schau' ich aus wie eine Haushälterin?«

Barbara machte ein etwas betretenes Gesicht. »Entschuldigen Sie ...«

Franzi richtete sich zu ihrer ganzen stattlichen Größe von einem Meter sechzig auf. »Haben Sie irgendwelche Referenzen?«

»Ich hab' mal eine Friseurlehre begonnen, aber das ist schon eine Weile her ...«

Sehr gut! dachte Franzi und erkundigte sich weiter: »Können Sie kochen, putzen, bügeln?«

Zufrieden sah sie, wie Barbara das hübsche Gesicht verzog. »Mit dem Putzen ist das so eine Sache. Ich hab' eine Allergie gegen Seife. Aber Pizza mach' ich gerne. Diese Tiefkühldinger, da gibt's doch schon eine ganze Auswahl.«

Franzi musterte sie vom Kopf bis zu den Fußspitzen. Dabei grinste sie ausgesprochen schadenfroh. »Tiefkühldinger! Sehr gut! Sie haben die Stelle.«

Barbara strahlte auf. »Echt?« Doch ihr Lächeln verschwand, als sie sich in der Küche umblickte, in der noch das ganze Geschirr von Franzis morgendlicher Backerei schmutzig herumstand.

»Echt!« bestätigte Franzi, nahm einen Löffel aus der Besteckschublade und entfernte damit die Buttercremeschrift ›Zum vierzigjährigen Praxisjubiläum‹. Kurzerhand aß sie sie auf, griff nach der Spritztülle und schrieb säuberlich ›Der werdenden Mutter‹ auf die Torte. Dann stülpte sie einen Deckel über den Kuchenteller, nahm ihn auf und sagte im Hinausgehen: »Sie können gleich anfangen, sich nützlich zu machen. Ich werd' woanders gebraucht.« Damit marschierte sie schnurstracks zum Doktorhaus, wie sie es jedesmal tat, wenn sie sich mit Pankraz gestritten hatte.

Pankraz war inzwischen mit seinem Kutschwagen ins Dorf gefahren und hielt vor dem Laden der Kramerin. Anna Pölzl stellte gerade verschiedene Kisten mit Kartoffeln und Obst nach draußen. Sie nickte Pankraz zu, als er vom Kutschbock stieg und seinen Einkaufskorb vom Wagen nahm. »Na, Pankraz, Großeinkauf fürs Wochenende?«

Er warf ihr einen finsteren Blick unter seinen buschigen weißen Brauen hervor zu. »Reine Schikane is' das! Manchmal muß eine Frau eben beweisen, daß sie der

Herr im Haus is'. Aber unsereins steht ja darüber!« Damit zog er Franzis Einkaufszettel aus der Brusttasche und überflog ihn kurz.

Ungeschickterweise goß die Kramerin auch noch Öl ins Feuer, indem sie zu ihm trat und die Hand ausstreckte. »Die Liste gibst am besten mir, damit du net wieder die Hälfte vergißt.«

»Und wozu brauchst du mich dann noch?« knurrte er erbost.

Anna lachte und nahm ihm die Liste einfach ab. »Irgendwer muß die Sachen ja heimbringen.« Damit kehrte sie in den Laden zurück, und Pankraz murrte aufgebracht: »Bisgurn . . .«

In diesem Augenblick kam Maxl die große Steintreppe hinuntergerannt, die als Fußweg vom Doktorhaus ins Dorf führte. »Servus, Opa!« rief er erfreut, als er seinen Großvater erkannte.

Pankraz' Miene erhellte sich ein wenig. »Grüß dich, Maxl!« Er deutete auf den leeren Korb, den sein Enkel herumschwenkte, und sein Blick verfinsterte sich wieder. »Na, hat's dich heut' auch erwischt?«

Maxl seufzte. »Die Sabina und der Papa haben vergessen, einzukaufen. Und da die Ausbeutung von Jugendlichen selten behördlicherseits verhindert wird . . .« Er lachte. »Da is' halt alles wieder einmal an mir hängengeblieben.«

Sie verschwanden beide im Laden, aber der Pankraz kam schon nach wenigen Minuten wutschnaubend und mit leerem Korb wieder heraus. Er setzte sich auf den Kutschbock und wartete, bis der Maxl seine Einkäufe erledigt hatte. Der Bub wollte noch auf einen Sprung bei der Franzi vorbeischauen, bevor er sich auf den Heimweg machte. Etwas betreten blickte er auf den Korb seines Großvaters. »Meinst net, daß die Franzi schimpfen wird, wenn du mit dem leeren Ding nach Hause kommst?«

Störrisch reckte Pankraz das Kinn in die Luft, während er das Pferd heimwärts lenkte. »Ich bin doch kein Hampelmann, daß ich mir von der Kramerin sagen lassen muß, was ich zu kaufen hab'! Was zu weit geht, geht zu weit.«

»Und was werdet ihr jetzt am Wochenend' essen?« erkundigte Maxl sich. Pankraz gab ihm einen kleinen Knuff in die Seite.

»Ich werd' die Franzi ausführen. Das wird ihre Laune wieder heben. Weißt, Maxl, mit ein bisserl Charme ist fast jede Frau um den Finger zu wickeln.«

Sein Enkelsohn zog ein skeptisches Gesicht. »Bei der Franzi hab' ich das eigentlich noch net g'merkt...«

Pankraz zügelte das Pferd vor seinem Haus und kletterte vom Kutschbock. »Du kennst sie halt net so wie ich«, meinte er und ging dem Maxl voran über den Plattenweg zur Tür.

Schon von draußen hörten die beiden laute Rockmusik aus der Küche dröhnen. Der Raum selbst bot ein noch chaotischeres Bild als vorhin, wo die Franzi, ohne aufzuräumen, ins Doktorhaus marschiert war. Die Kühlschranktür stand offen, der Aschenbecher war voller Zigarettenkippen, Kleidungsstücke und Schuhe waren überall wahllos verstreut.

Pankraz Obermayr blieb wie vom Donner gerührt in der Tür stehen. »Was is' denn jetzt in die Franzi g'fahren!«

Maxl grinste. »Wieso? Nur weil sie mal a g'scheite Musik hört?«

Sein Großvater hielt sich die Ohren zu. »Dreh das Radio ab!« befahl er angewidert und wandte sich, als endlich Stille eintrat, in den Flur zurück, um nach der Franzi zu rufen. Aber es kam keine Antwort. Statt dessen hörte man aus dem Oberstock ein lautes Hämmern. Pankraz war der erste, der die Treppe hinaufeilte, dumpf entschlossen, der Franzi gehörig die Meinung zu sagen. Er riß die Tür zu ihrem Zimmer auf und blieb zum zweiten Mal an diesem Tag wie angewurzelt stehen. Ein junges Mädchen war damit beschäftigt, große Poster von Popgruppen an die Wand zu nageln.

»Darf ich fragen, was Sie hier machen?« erkundigte Pankraz sich in seinem schönsten Grantlton. Er verfehlte absolut seine Wirkung, denn das Mädchen entgegnete völlig unbekümmert:

»Ich richt's mir ein bißchen wohnlich ein. In meinem Zimmer muß es ja nicht aussehen wie in Großmütterchens Knusperhäuschen.«

»Ihr Zimmer?« fragte Pankraz, und das Mädchen nickte und schlug noch einen Nagel in die Wand. Dann stieg es aufs Bett und hielt Pankraz die Hand hin, damit er ihr hinunterhalf.

»Ich bin Barbara, Ihre neue Perle.«

Inzwischen war auch Maxl in der Tür aufgetaucht. Sein breites Grinsen verriet, daß bei ihm der Groschen schneller gefallen war als bei seinem Großvater, denn Pankraz durchschaute die Situation absolut noch nicht. »Und wie komm' ich zu der Ehre?« wollte er wissen, und Barbara entgegnete lässig:

»Ihre Alte . . . pardon, das Fräulein Gemahlin hat mich eingestellt.«

»Die Franzi?« rief Maxl dazwischen, und Pankraz schüttelte wütend den Kopf.

»Was sind denn das wieder für Launen?« Er fixierte Barbara aufgebracht. »Sie verlassen sofort mein Haus. Allerdings erst, nachdem Sie hier wieder Ordnung gemacht haben.«

»Apropos Ordnung . . .« Da Pankraz ihr nicht half, sprang Barbara allein vom Bett. »Wie ich das überblicke, sind Sie für die Einkäufe zuständig. Ich hab' nämlich noch nichts gefrühstückt.«

»Raus!« sagte Pankraz Obermayr, und Maxl stellte sich rasch vor ihn.

»Du kannst von mir eine Banane haben«, erklärte er mit seinem nettesten Lächeln, denn er fand diese Barbara absolut super. »Ich hab' nämlich eingekauft.«

Sein Großvater warf ihm einen vernichtenden Blick zu, zog es dann aber vor, lieber selbst das Haus zu verlassen, um die Franzi wegen ihres ungeheuerlichen Betragens zur Rede zu stellen. Wo er sie finden würde, wußte er ohnehin.

Florian Gasser war inzwischen in das Hotel zur Post zurückgekehrt. Elfriede Angerer, die Wirtin und Frau des Sonnensteiner Bürgermeisters, winkte ihm zu, als sie mit einem vollbeladenen Tablett ins Freie trat, um einige Gäste zu bedienen, die die Sonne nach draußen gelockt hatte.

»Morgen, Florian. Na, haben S' Ihre Medikamente 'kriegt?«

Er runzelte verärgert die Stirn. »Muß auch ohne geh'n . . .«

Als er an ihr vorbei ins Haus wollte, hielt sie ihn auf. »Übrigens, die Moni is' heut' da«, flüsterte sie ihm zu. »Es hat mir auf der Zunge gelegen, ihr etwas zu sagen. Aber nachdem Sie's net wollten . . .«

Florians Miene hatte sich entspannt. »Ich möcht' sie überraschen.«

Die Postwirtin nickte ihm freundlich zu. »Dem steht nix im Weg. Ich hab' Ihnen extra Ihr Frühstück aufgehoben. Sie wird's Ihnen gleich nach oben bringen.«

So rasch er konnte, hinkte Florian ins Haus und die Treppe hinauf zu seinem Zimmer. Dort betrachtete er sich ein paar Augenblicke kritisch im Spiegel, fuhr sich mit dem Kamm durch das Haar und gab ein paar Tropfen

Rasierwasser auf seine Wangen. Gleich darauf klopfte es an der Tür, und auf sein »Herein« betrat die Moni den Raum.

»Ihr Frühstück«, sagte sie höflich und wollte mit dem Tablett, das sie in den Händen hielt, zu dem Tisch am Fenster gehen.

»Servus, Moni!« Florians Stimme klang ein wenig heiser. Jetzt erst betrachtete sie ihn, und ihr fassungsloses Gesicht ließ ihn lächeln.

»Florian . . .«, stammelte sie, und er nickte ihr zu.

»Lang' net g'sehen, was?«

»Allerdings.« Er wollte ihr das Tablett abnehmen, doch sie ging rasch an ihm vorbei und stellte es auf den Tisch. Ein, zwei Sekunden blickten sie einander an, sie ein wenig verlegen und er sehr glücklich. »Ich hab' oft an dich gedacht die ganzen Jahre«, sagte Florian, und Moni senkte die Lider.

»Wieso wohnst denn in einem Gasthof?«

Er hob die Schultern. »Ich will niemandem zur Last fallen. Viele Freund' hab' ich schon damals net gehabt. Manche sind weggezogen, andere wollen wahrscheinlich gar nix mehr von mir wissen.« Er betrachtete sie bewundernd. »Du bist immer noch so hübsch wie damals.« Als er sah, wie eine leichte Röte in ihre Wangen stieg, fuhr er hastig fort: »Entschuldige . . . Es geht mich eigentlich nix an, aber . . . bist du noch mit dem Xaver zusammen?«

Erleichtert stieß er den angehaltenen Atem aus, als sie den Kopf schüttelte. »Schon lang' nimmer.«

»Komisch«, murmelte er. »Damals hat's ausgesehen, als wär's die große Liebe.«

Sie machte eine vage Handbewegung, die wohl bedeuten sollte: Ach nein, das war's net, und er trat noch einen Schritt näher auf sie zu. »Ich hätt' dich net gehen lassen. Aber mit mei'm kaputten Haxen hätt' ich sowieso nie eine Chance bei dir gehabt.«

»Du bist ein Depp!« sagte sie und warf ihm einen halb aufgebrachten, halb liebevollen Blick zu. Er wollte ihr die Hände auf die Schultern legen, doch sie wandte sich ab und begann den Tisch zu decken.

Florian schwieg einen Augenblick, dann gestand er leise: »Weißt du, daß du der Grund warst, warum ich von hier weg bin?«

Sie nahm das leere Tablett und hielt es wie einen Schutzschild vor die Brust. »Ich muß jetzt gehen.«

Er streckte die Hand aus und berührte ihre Wange. »Bleib noch!«

Monis Gesicht verdunkelte sich. »Bist du gekommen, um die alten G'schichten aufzuwärmen?« fragte sie herb, und er schüttelte den Kopf. »Warum dann?«

»Ich arbeit' jetzt an einer Universität an einem Forschungsprojekt«, erklärte er stolz. »Es geht um einen Riesenfund oben am Kreislerjoch.«

Ihr Lächeln wurde liebevoll-spöttisch. »Du bist immer noch so ein Phantast wie damals, wie du immer Knochen von alle möglichen Viecher ang'schleppt hast und allen einreden wolltest, die wären von einer bestimmten Art von Alpenzwergdinosauriern . . .«

»Da oben im Eis, da liegen net nur ein paar Knochen«, unterbrach er sie überzeugt. »Wenn mir gelingt, was ich vorhab', werden sich noch alle wundern, die mich immer ausgelacht haben.«

»Du willst doch net allein da rauf – zu dieser Jahreszeit?« fragte sie besorgt.

Seine Augen glänzten. »Was heißt allein? Wenn ich dem Luis davon erzähl', ist der Feuer und Flamme. Da tät' sich so mancher drum raufen, mit so was in die Schlagzeilen zu kommen. Von der Werbung für Sonnenstein gar net zu reden. Das wird eine wissenschaftliche Weltsensation.«

Moni unterdrückte einen Seufzer. Er hatte sich überhaupt nicht verändert, der Florian. Schade! Dann besann sie sich auf ihre Arbeit, für die sie schließlich von den Angerers bezahlt wurde. »Ich muß die Zimmer machen«, sagte sie und ging zur Tür.

Wieder kam er ihr nach. »Können wir uns net mal treffen?«

Sie vermied es, ihn anzuschauen. »Ich weiß noch net. Ich hab' viel zu tun«, erwiderte sie ausweichend und verließ den Raum.

Florian blickte auf die Tür, die sich hinter ihm schloß. Sie glaubt mir net, dachte er. Sie hält mich immer noch für einen Spinner. Aber ich werd' ihr schon beweisen, daß ich recht hab'. Allen hier werd' ich's beweisen!

Mittags traf er sich mit Luis Kofler, der in Sonnenstein eine Schreinerei betrieb und gleichzeitig Leiter der Bergwacht war. Florian hatte ihn ins Hotel zum Essen eingeladen. Nach einer kurzen, aber herzlichen Begrüßung kam er gleich zur Sache. Er wolle zum Kreislerjoch aufsteigen, und der Luis solle ihn begleiten.

Luis betrachtete ihn kopfschüttelnd, aber er kam nicht gleich dazu, etwas zu erwidern, weil Elfriede Angerer das bestellte Gulasch servierte. »Laß dir's schmecken«, wünschte sie freundlich, und er nickte ihr zu.

»Danke, Elfi.«

Florian beugte sich über den Tisch. »Ich weiß schon, was du sagen willst. Es ist ein Wahnsinn, Selbstmord und so weiter ... Aber ich hab' mir alles genau überlegt. Wenn einer das Zeug zu so 'nem Abenteuer hat, dann du!«

Luis blickte ihn kopfschüttelnd an. »Ich hab' 'glaubt, du wärst inzwischen ein bisserl von deine Spinnereien abgekommen.«

»Das sind keine Spinnereien!« widersprach Florian heftig. »Das Ganze is' wissenschaftlich bestens fundiert. Schau her ...« Er zog eine Bergkarte aus seiner Jackentasche, schaute sich vorsichtig um, ob niemand ihr Gespräch belauschen konnte, dann faltete er die Karte auseinander. Mit Filzstift hatte er verschiedene Routen eingetragen, einige Punkte mit einem Kreis markiert und handschriftliche Notizen dazu gemacht.

»In der Bronzezeit schon sind Trupps von Jägern auf der Suche nach Wild in immer höhere Regionen vorgestoßen«, erklärte er dem früheren Freund. »Und meine Theorie ist, daß hier ein alter Pfad quer durch die Berg' auf die andere Seite gegangen is'.« Er deutete auf einen Punkt der Karte. »Bis hierher zum See.«

»Und woher weißt du das so genau?« erkundigte der Luis sich skeptisch.

»Ich hab' selber sämtliche Spuren und Zeichen analysiert, die man in der Gegend gefunden hat. Es muß da oben eine Höhle geben, die als Übernachtungslager und als Kultstätte gedient hat. Und was das heißt, kannst dir vorstellen.«

»Ungefähr«, antwortete der Luis ausweichend.

»Kultgegenstände, Amulette, Geschirr, Waffen, vielleicht sogar ein paar gut erhaltene Mumien, gegen die der Ötzi ein Waisenknabe is'!« Florian hatte sich in Feuer geredet, doch Luis reagierte mit Spott.

»Geil! So was wollt' ich schon immer mal finden!«

Florian warf ihm einen ungehaltenen Blick zu. »Witzeln kannst, wenn wir's hinter uns haben.«

Luis schob sich einen großen Löffel Gulasch in den Mund und kaute bedächtig. Dann nahm er einen tiefen Zug aus seinem Bierglas. »Ich mach' dir einen Vorschlag: Laß uns die Tour im August machen.«

Florian winkte ab. »Im August ist es zu spät. Da is' a ganze Expedition dorthin geplant.«

»Na, um so besser«, meinte der Leiter der Bergwacht gemütlich.

Florians Brauen schoben sich zusammen. »Aber die

wollen mich ausschalten. Ich hab' das alles rausg'funden nach jahrelangen Nachforschungen. Und ich denk' net dran, mir den Fund von den Kollegen vor der Nase wegschnappen zu lassen.«

Luis lehnte sich zurück und verschränkte die Arme vor der Brust. »Und ich hab' ka Lust, selber in fünftausend Jahr' als Ötzi von Sonnenstein g'funden zu werden. Du weißt, wie gefährlich die Lawinen jetzt sind.«

»Das brauchst mir net zu erzählen!« brauste Florian auf. »Ich kenn' die Berg' da herum genauso wie du!«

»Dann müßtest aber wissen, daß das ka Rodelpartie is'«, hielt Luis ihm eindringlich vor. »Zum Donner, Flori, bestehst denn du nur noch aus Sturheit?«

Florian preßte die Lippen zusammen. »Einen jeden, der was B'sonderes erreicht hat, haben s' erst einen Spinner g'heißen.«

»Das heißt aber net, daß jeder Spinner ein verkanntes Genie is'!« Luis wollte nach Florians Hand greifen, doch der zog hastig die Finger zurück. »Wennst mein' Rat willst, bleib am Boden. Geh ein bisserl spazieren, laß dich beim Angerer verwöhnen und flirt a bisserl mit der Moni . . .«

Florian schoß einen wütenden Blick auf ihn ab. »Das mit der Moni geht dich einen Dreck an! Ich weiß, daß ihr mich net für voll nehmt. Das war schon immer so!«

»Red keinen Blödsinn!« widersprach der Luis, noch immer bemüht, Florian zur Vernunft zu bringen. »Du hast dich doch immer abg'sondert, nur du hast immer an dein' blöden Haxen denkt, sonst niemand!«

In diesem Augenblick trat Dr. Burgner an den Tisch der beiden Männer. Er war vor ein paar Minuten hereingekommen, um bei Elfi Angerer ein paar Flaschen Mineralwasser zu erstehen, die der Maxl zu besorgen vergessen hatte. Zuletzt hatten sowohl Florian als auch Luis ziemlich laut gesprochen, so daß Thomas einiges mitgehört hatte.

»Herr Gasser«, setzte er an in der Hoffnung, sein störrischer Patient vom Morgen wäre nun einem Rat zugänglicher, doch Florian ließ ihn nicht zu Wort kommen.

»Ah, der Herr Doktor is' auch da!« sagte er höhnisch. »Haben S' den Luis schon vorbereitet, bevor er her'kommen is'? Dann is' mir alles klar. A Krüppel gehört ins Krankenhaus und net auf 'n Berg, net wahr?«

Im allgemeinen war Thomas Burgner ein geduldiger Mensch, den so leicht nichts auf die Palme brachte. Doch nun wurde auch er zornig über so viel Uneinsichtigkeit. »Es reicht, Herr Gasser!« erwiderte er scharf. »Sie können net der ganzen Welt unterstellen, daß man sie verachtet. Wenn Sie so mit alle Leut' umgehen, die Sie mögen, dann wundert's mich net, daß Sie einsam sind.«

Florian stieß ein böses Lachen aus. »Einsam – ich? Daß i net lach'! Ich werd' euch noch zeigen, zu was ich mit mei'm Haxen imstand' bin!« Damit schob er seinen Stuhl zurück, sprang auf und verließ die Gaststube. Wie immer, wenn er erregt war, hinkte er noch stärker als sonst.

Luis und Dr. Burgner blickten ihm nach. Dann wandte sich der Leiter der Bergwacht an den Arzt. »Was hätt' ich denn machen sollen?« meinte er resigniert. »Ich kann doch net mei' Leben riskieren, nur weil er sein' Dickschädel durchsetzen will.«

»Natürlich net«, erwiderte Dr. Burgner beruhigend, aber sie dachten beide das gleiche: Florian Gasser würde, wenn niemand mit ihm kam, einen Alleingang auf das Kreislerjoch wagen. Und was dabei passieren konnte, mochten beide Männer sich nicht ausmalen.

Franzi hatte Thomas, Sabina und Maxl ein opulentes Frühstück zubereitet. Danach bestand sie darauf, sich ›nützlich‹ zu machen, was sich darin äußerte, daß sie begann, sämtliche Küchenschränke auszuräumen, alles, was darin stand, auf Hochglanz zu polieren und jeden Winkel sauberzumachen. Sabina fühlte sich natürlich verpflichtet, ihr zu helfen, obwohl ihr die Hausarbeit in ihrem Zustand schon ein bißchen schwerfiel. Das wußte auch die Franzi, deshalb nahm sie ihr resolut alles wieder ab, was Sabina aus den Schränken zutage förderte.

»Geh, laß mich das allein machen. Du setz dich auf die Bank und schon dich.«

Sabina gehorchte halb unwillig, halb erleichtert. Sie mochte es gar nicht, daß in ihrer Küche ein solches Durcheinander herrschte. »Franzi, weil du dich mit dem Pankraz gestritten hast, mußt du doch nicht hier auch noch die Dachrinnen abstauben.«

»Ich mich g'stritten?« Franzi ging zum Fenster, öffnete es und wollte den Staublappen ausschütteln. »Man wird doch wohl noch einen Frühjahrsputz machen dürfen.« Sie gewahrte, wie Pankraz' Kutsche vor dem Doktorhaus hielt und er vom Bock hinunterkletterte, und fügte laut genug, daß er es hören konnte, hinzu: »Während ich für andere net für alles Geld der Welt einen Finger rühren würde.«

Gleich darauf trat der Pankraz nach einem kurzen Anklopfen ein. »Franzi«, sagte er versöhnlich, »was spielst denn die beleidigte Leberwurst?«

Sabina lehnte sich auf der Küchenbank zurück. »Nun sagt aber mal, was eigentlich mit euch los ist.«

Er setzte sein allerschönstes Unschuldsgesicht auf. »Wenn ich das wüßt'! Sie lauft mir einfach davon und hetzt mir das mißratenste und faulste Geschöpf auf Gottes Erdboden als Nachfolgerin auf den Hals.«

Franzi knallte das Fenster wieder zu. »Eine Bessere wirst leider net bezahlen können«, sagte sie spitz. »Wenn ich erst mei' Abfindung von über dreißig Dienstjahren einforder', bleibt dir nimmer viel. Aber tröst' dich, für a warme Suppen is' hier immer noch Platz – oder, Sabina?«

Die junge Ärztin hatte immer noch nicht begriffen, was da eigentlich passiert war. »Was denn für eine Nachfolgerin?« erkundigte sie sich, und Franzis Lippen wurden so dünn wie ein Messerrücken.

»Eine Annonce hat er aufgegeben und g'meint, ich merk's net.«

»Eine Annonce?« rief der Pankraz dazwischen. »Geh, Franzi, das is' doch ein Mißverständnis. Net für uns wollt' ich a Haushaltshilfe, sondern für die Sabina.«

Aber Franzi war trotzdem weit davon entfernt, einzulenken. Zu tief saß noch der Groll über die vom Pankraz verachtete Jubiläumstorte in ihr. »Na, dann hast du ja erreicht, was du wolltest!« erklärte sie triumphierend. Dann wandte sie sich zu Sabina um. »Oder wollt ihr mich auch net haben?«

»Doch, doch«, versicherte die eilig, »aber . . .«

Ihr Aber überhörte Franzi großzügig. »Na also«, sagte sie zufrieden und holte eine weitere Ladung Tüten und Dosen aus dem Lebensmittelschrank.

Dr. Burgner war indessen mit seinem Mineralwasser nach Hause zurückgekehrt. Zu seinem Erstaunen fand er einen Patienten auf der Bank vor dem Haus vor. Es war der schrullige, hypochondrische Herr Konrad, der mindestens zweimal pro Woche in die Praxis des Bergdoktors kam, weil er die Symptome einer neuen todbringenden Erkrankung an sich entdeckt zu haben glaubte. Obwohl er manchmal eine rechte Nervensäge war, ging Thomas mit großer Geduld auf Herrn Konrads eingebildete Wehwehchen ein.

So dachte er auch jetzt nicht daran, ihn fortzuschicken,

obwohl es schließlich Samstag und die Praxis geschlossen war, sondern fragte: »Ja, Herr Konrad, was machen denn Sie hier?«

»Warten, Herr Doktor!« erklärte dieser mit Grabesstimme. »Ich bin schon ganz verzweifelt.«

Dabei warf er Thomas einen so flehenden Blick zu, daß dieser sich neben ihn setzte.

»Also, womit kann ich Ihnen helfen?«

Herr Konrad drehte seinen schwarzen Hut zwischen den Fingern. »Ich mein', es is' a Tatsache, an die man lang' g'nug Zeit hat, sich zu gewöhnen. Aber wenn's dann so weit is', trifft's einen doch wie ein Donnerschlag. Mei'm ärgsten Feind wünsch' ich net, was ich die letzte Zeit mitg'macht hab'.«

»Haben S' Schmerzen?« erkundigte Dr. Burgner sich fürsorglich, aber Herr Konrad schüttelte den Kopf.

»Viel schlimmer, Herr Doktor!« Er rutschte ein Stück näher an Thomas heran. »Ich hab' mir a neues medizinisches Lexikon 'kauft. Gleich auf der ersten Seit'n bei A wie Alzheimer, da is's mir wie Schuppen von den Augen g'fallen. Der Ausfall des Kurzzeitgedächtnisses, die Zittrigkeit und – was ganz was Neues – ein gewisser Hang zur Hypochondrie . . . Alles paßt in erschreckender Weise. Ich muß dringend a Affenhormon-Frischzellenkur machen, bevor ich vielleicht noch vergeß, meine diversen Medikamente zu nehmen.«

»Kann's net sein, daß Sie sich einfach ein bisserl hineinsteigern?« fragte Thomas vorsichtig, und Herr Konrad sah ihn geradezu entrüstet an.

»Hineinsteigern? I find' mi' nimmer in meiner eigenen Wohnung zurecht! Meinen Schlüssel hab' ich verlegt, mei' Zahnbürstel, sogar meine Medikamente sind auf Nimmerwiedersehen verschwunden. Meine Erinnerung is' wie ein schwarzes Loch.«

Thomas tat, als ob er angestrengt nachdächte. »Ich

kann Ihnen ja mal ein paar Multivitaminkapseln geben. Und ein paar Dragees gegen Alterserscheinungen . . .«

»Meinen S' net, daß man in meinem Fall etwas härtere Kaliber auffahren sollt'?« erkundigte Herr Konrad sich enttäuscht.

Thomas schüttelte leicht den Kopf. »Ich würd' einmal abwarten, wie sich's entwickelt. Wichtig ist vor allem, daß Sie jeden psychischen Streß vermeiden. Und versuchen S', die schönen Dinge im Leben zu genießen.«

Herr Konrad blickte ihn ungläubig an. »Wenn S' meinen . . .« Er stand auf, um tief gebeugt davonzugehen, doch nach zwei Schritten blieb er noch einmal stehen. »Nur noch a Frage, Herr Doktor: Die schönen Dinge im Leben – was is' das eigentlich?«

Da hätte Thomas ihm eine Menge aufzählen können, doch er beschränkte sich darauf, ihm noch einmal beruhigend zuzulächeln und zu sagen: »Alles, was Sie freut, Herr Konrad. Und da wird's doch zweifellos einiges geben, net wahr?«

»Ich weiß nicht«, murmelte Herr Konrad düster und ging nun endgültig davon.

Thomas, Sabina und Maxl verbrachten einen ruhigen und dank Franzi sehr nahrhaften Samstag. Am Abend fühlte Sabina sich so satt und vollgestopft, daß sie früher als sonst zu Bett ging. Sie bewaffnete sich mit einem Buch über die Urgeschichte der Alpen, das in Thomas' Bücherregal stand und das sie schon immer einmal hatte lesen wollen. Außerdem interessierte sie das Thema, nachdem Thomas ihr von Florian Gasser erzählt hatte, der unbedingt zum Kreislerjoch aufsteigen wollte.

Thomas kam eine halbe Stunde später ins Schlafzimmer, setzte sich zu ihr ans Bett und zog sich, weil auch er viel zuviel gegessen hatte, mit einem leichten Stöhnen die Schuhe aus. »Also, die Franzi hat sich heut' wieder selbst übertroffen«, stellte er fest und klopfte sich auf den Magen.

Sabina blickte von ihrer Lektüre auf. »Wenn sie sich wirklich ernsthaft mit Pankraz verkracht hat, kommt eine Lawine von Kalorien auf uns zu. Schon um Pankraz zu zeigen, was er an ihr verloren hat.«

Thomas grinste. »Die einen trösten sich mit Essen, Franzi mit Kochen.« Er betrachtete seine hübsche Frau, zog ihr Nachthemd an der Schulter ein Stück zur Seite und küßte sie auf die nackte Haut. Dann warf er einen Blick auf ihr Buch. »Was liest' denn da?«

Sie zeigte ihm die Titelseite. »Klingt faszinierend, diese Geschichte mit den prähistorischen Funden.«

Thomas streckte sich neben ihr aus und verschränkte die Arme hinter dem Kopf. »Ich hoff' nur, der Florian gibt die Wahnsinnsidee, da raufzusteigen, rechtzeitig auf. Aber je mehr man versucht, es ihm auszureden, desto sturer verrennt er sich in sein Vorhaben.«

»Vielleicht sollte mal jemand anderer mit ihm reden«, meinte Sabina nachdenklich. »Auf den er mehr hört.«

»Er hat selber g'sagt, er hat nie viele Freunde hier g'habt.«

»Freunde wohl nicht«, sagte sie. »Aber vielleicht ein Mädchen.«

Er hob den Kopf. »Du meinst, er macht das Ganze, um der Moni zu imponieren?«

Sabina nickte. »Wenn ihn wirklich hier nichts hält, warum ist er dann nicht in ein anderes Dorf gegangen, das näher an der Aufstiegsstelle zum Kreislerjoch liegt?«

»Da is' was dran.« Thomas dachte ein paar Sekunden nach, dann streichelte er ihr zärtlich über den Arm. »Was die Vernunft net schafft, bringt nur noch eine Frau ins Lot!«

Gleich morgen würde er in die ›Post‹ gehen und mit der Moni reden, nahm er sich vor.

Florian Gasser hatte schon alles für seine Bergtour vorbereitet. In seinem Hotelzimmer waren bereits sämtliche Utensilien dafür ausgebreitet: schwere Bergschuhe, dicke Socken, Gamaschen, warme, wetterfeste Kleidung, ein Eispickel, das Biwak-Zelt, der Schlafsack, die Alumatte, Wanderkarten und Proviant.

Florian ging noch einmal seine sorgsam zusammengestellte Liste durch. Hatte er nichts vergessen?

Von unten aus dem Gastraum hörte er Stimmen und fröhliches Gelächter. Florians Gesicht verdunkelte sich. Mehr denn je fühlte er sich als Außenseiter, von allen verachtet, weil er ein Krüppel war.

Vor einer halben Stunde war er heimlich in den Personalraum neben der großen Küche hinuntergegangen, in dem die Angestellten der ›Post‹ ihre privaten Kleidungsstücke aufbewahrten. Auch Monis Mantel und ihr Schal hingen dort. Florian hatte beides sofort entdeckt, weil ein Schild mit ihrem Namen über dem Haken angebracht war.

Selbstvergessen hatte Florian über den weichen Stoff gestrichen. Dann hatte er einen Zettel in Monis Manteltasche gesteckt, den er zuvor in seinem Zimmer geschrieben hatte. *Ich muß Dich heute abend sehen – Florian* stand darauf.

Als sich Schritte näherten, hatte er sich rasch in der Nische zwischen Schrank und Fenster versteckt. Moni war hereingekommen. Sie hatte Feierabend und wollte heimgehen.

Florian hatte beobachtet, wie sie ihren Mantel überzog, sich das Halstuch umband und dann vor den Spiegel trat, um sich das Haar zu richten.

Als sie zufällig in ihre Manteltasche griff, fühlte sie den Zettel und zog ihn verwundert heraus. Florian hatte gesehen, wie sie ihn las, ein paar Sekunden überlegte – und ihn dann zerknüllte und in einen Papierkorb warf. Gleich darauf war die Tür hinter ihr zugefallen.

Monis Verhalten hatte ihn tief verletzt. Er ging zum Fenster und starrte in die Dunkelheit hinaus. Morgen in aller Frühe würde er aufbrechen. Hier hielt ihn nichts mehr.

Moni – das war ein Traum gewesen, den er viel zu lange geträumt hatte. Ihr zuliebe hätte er vielleicht seinen Plan aufgegeben, um diese Jahreszeit die gefährliche Tour aufs Kreislerjoch zu unternehmen. Wenn er gespürt hätte, daß sie sich um ihn ängstigte, wäre ihm nicht so entsetzlich gleichgültig gewesen, was aus ihm wurde. Doch jetzt wußte er, daß der Moni überhaupt nichts an ihm lag.

Warum sollte er dann nicht alles auf eine Karte setzen? Vielleicht blieb er dort oben im Eis, vielleicht fand er aber auch, wonach er suchte. Es würde ihn mit einem Schlag berühmt machen. Dann würden sie staunen, alle hier, die ihn seit jeher belächelt und nicht ernstgenommen hatten. Und vielleicht würde die Moni sogar ein bisserl bereuen, daß sie ihn so hatte abblitzen lassen.

Florian Gasser lächelte unfroh. Ja, er würde allen zeigen, wozu er, der armselige Krüppel, der Sturkopf mit den unrealistischen Träumen, fähig war!

Pankraz Obermayr schlief nicht besonders gut in dieser Nacht. Es gefiel ihm nicht, daß dieses fremde Frauenzimmer, die Barbara, sich in Franzis Zimmer eingenistet hatte. Und am allerwenigsten gefiel ihm die Aussicht, auf Franzis gute Küche verzichten zu müssen, möglicherweise für mehrere Tage.

Am Morgen lag er eine Weile wach im Bett, lauschte, ob die Barbara aufstand, um das Frühstück zuzubereiten, doch als sich nichts rührte, stieg er schließlich mißmutig aus den Federn, weil er Hunger hatte, machte hastig seine Morgentoilette und schlurfte die Treppe hinunter.

Poldi, der Bernhardiner, lag langausgestreckt vor der

Küchentür. Als er sein Herrl erblickte, erhob er sich schwanzwedelnd, und Pankraz tätschelte ihm den mächtigen Kopf. »Schau mich net so vorwurfsvoll an, Poldi. Wenn ich jetzt zu Kreuze kriech', tanzt mir die Franzi noch mehr auf der Nas'n herum. Die kommt schon z'rück.«

Damit öffnete er die Küchentür und prallte entsetzt zurück. »Um Gottes willen! Darauf war's aus, das falsche Biest!« stammelte er. »Das hätt' ich mir eigentlich gleich denken können!«

War die Küche schon gestern nach Franzis Auszug total unaufgeräumt gewesen, so bot sie jetzt ein Bild der totalen Verwüstung. Alle Laden und Schränke standen offen, ihr Inhalt war zum Teil hinausgeworfen worden, ganz so, als hätte ein Dieb alles hastig durchwühlt.

Immer zwei Stufen auf einmal nehmend, stürmte Pankraz die Treppe wieder hinauf zu Franzis Zimmer und riß die Tür auf. Zu seinem größten Erstaunen lag Barbara im Bett, einen nassen Waschlappen auf der Stirn. Verschlafen hob sie ihn ein Stück hoch und blinzelte Pankraz an. »Machen Sie das immer so, daß Sie bei Ihren Angestellten, ohne anzuklopfen, ins Zimmer platzen?« erkundigte sie sich nörgelig.

»Entschuldigen Sie, ich hab' gedacht . . .« Noch immer total verwirrt schüttelte der den Kopf. »Weil's in der Küche ausschaut, als hätten da vierzig Räuber gehaust.«

»Ich hab' ein Kopfschmerzmittel gesucht. Ich hab' scheußliche Migräne.«

Ihre Erklärung erleichterte den Pankraz. »Das is' der Föhn. Manche Leut' vertragen den halt net. Ich bring' Ihnen eine Tablette, und dann helf' ich Ihnen beim Kofferpacken.«

Sie legte sich den Waschlappen wieder über die Augen. »Was ich brauch', sind ein starker Kaffee und ein ordentliches Frühstück.«

»Wie meinen?« fragte er perplex.

Der Waschlappen wurde wieder zurückgeschoben. »Ich nehm' immer frisch gepreßten Orangensaft, frisches Obst, Müsli, halbfetten Käse, ein Fünf-Minuten-Ei und zwei frische Semmeln. Und den Kaffee mit zwei Löffeln Zucker und nicht zuviel Milch bitte.« Sie betrachtete Pankraz mißbilligend. »Was schauen Sie denn so? Man wird doch wohl mal in den Krankenstand gehen dürfen?«

Während er brummig in die Küche zurückkehrte, dort erst einmal notdürftig Ordnung schaffte und sich dann, ob er wollte oder nicht, sein Frühstück zubereitete – der Barbara brachte er nur Kaffee und eine Kopfschmerztablette –, währenddessen war Dr. Thomas Burgner bereits in der Kirche zum sonntäglichen Hochamt gewesen. Die Moni war ebenfalls da, und als sie nach dem Gottesdienst die Kirche verließ, lief Thomas ihr eifrig hinterher. Sie blieb stehen, als er sie anrief, und drehte sich erstaunt zu ihm um.

»Haben S' noch einen Augenblick Zeit?« fragte er. »Ich wollt' mit Ihnen reden.«

Sie schaute ihn verwundert an. »Mit mir?«

»Wegen dem Florian. Moni, ich möcht', daß Sie mir helfen. Er will aufs Kreislerjoch. Ich hab' versucht, es ihm auszureden, aber Sie wissen wahrscheinlich selber, was für ein Dickschädel er is'.«

Monis hübsches Gesicht hatte sich verschlossen. »Da erzählen S' mir nix Neues.«

»Aber wenn einer ihn zurückhalten kann, dann sind Sie es!«

»Warum grad' ich?« wollte sie ein wenig schnippisch wissen, und er antwortete:

»Weil er noch immer in Sie verliebt is'.«

»Das is' doch lächerlich«, wehrte die Moni verlegen ab. »Es war eine Sandkastenliebe, a Spielerei. Es is' schon gar nimmer wahr, so lang' is' das her.«

»Bei ihm war's offenbar mehr«, beharrte Thomas, doch sie wandte sich ab.

»Da kann ich ihm auch net helfen.«

Er hielt sie zurück, als sie davongehen wollte. »Herrschaftszeit'n, es kann Ihnen doch net völlig wurscht sein, was mit ihm passiert!«

Sie ging weiter und starrte vor sich hin auf den Kiesweg. »Er macht mir Angst«, gestand sie unvermittelt, mehr zu sich selbst als an Dr. Burgner gerichtet.

»Haben S' ihn denn net auch gern g'habt damals?« fragte er behutsam, während er an ihrer Seite blieb, und sie nickte zögernd.

»Schon. Er war immer anders als die Burschen in unserem Dorf, sensibler, weicher. Er hat mich überhäuft mit Briefen, Büchern, Mineralien und Fossilien, die er für mich g'sammelt hat. Und wann immer ich den Fuß vor die Tür g'setzt hab', hat er schon auf mich gewartet und ist net mehr von meiner Seite g'wichen. Es war ja irgendwie schön . . . aber einfach zuviel.«

Während ihrer Worte waren sie die Treppe zum Dorf hinuntergestiegen und zum Hotel gegangen. Vor dem Eingang blieb Thomas stehen. »Und jetzt haben S' Angst, wenn S' ihm den kleinen Finger geben, nimmt er die ganze Hand, was?«

Moni lächelte ein wenig bitter. »Die Hand? Mit halben Sachen gibt der sich net zufrieden.«

Er sah ein, daß er bei ihr nichts ausrichten konnte. »Na gut, Sie wollen offenbar net, daß da noch irgendwelche Gefühle hochkommen. Entschuldigen Sie, wenn ich mich eingemischt hab'. Einen schönen Tag noch.« Damit ging er davon, während sie ihm, betroffen von seinem ungewöhnlich harten Ton, nachschaute.

Seine Worte hatten sie in Unruhe versetzt. Als sie das Haus betrat, zog sie im Personalraum hastig ihre Jacke aus und blickte auf die Uhr. Sie hatte noch ein paar

Minuten Zeit, bevor ihr Dienst begann. Moni nagte an der Unterlippe. Sollte sie wirklich ... Zögernd trat sie auf den Flur und stieg die Treppe zu den Gästezimmern hinauf. Vor Florians Tür blieb sie stehen, lauschte ein paar Sekunden und klopfte dann.

Drinnen blieb alles still. Moni klopfte noch einmal, dann holte sie den Generalschlüssel, der für alle Zimmer paßte, aus ihrer Kleidertasche und schloß die Tür auf.

Florian war fort und mit ihm seine ganze Bergsteigerausrüstung, wie Moni mit einem Blick feststellte. Nur seine Reisetasche stand noch auf der Gepäckablage und verriet, daß er nicht abgereist war.

Moni preßte die Hand auf ihr Herz, das plötzlich angstvoll klopfte. Um Gottes willen, dachte sie, er hat's tatsächlich getan, dieser Dickschädel! Hastig ging sie zum Telefon, das auf Florians Nachttisch stand, und wählte die Nummer vom Doktorhaus. Sabina meldete sich.

»Frau Doktor«, sagte Moni nervös, nachdem sie ihren Namen genannt hatte. »Sagen S' Ihrem Mann, der Florian is' weg. Ich wollt' mit ihm reden, wirklich. Aber er muß heut' morgen aufgebrochen sein.«

Als Dr. Burgner wenig später heimkam, empfing Sabina ihn mit der Hiobsbotschaft. Thomas wurde ganz blaß. Er blickte zum Himmel auf, der längst nicht so klar und sonnig wie am Vortag war. Föhnwolken hatten ihr spinnwebfeines Netz darüber gespannt. Das bedeutete einen Wetterumschwung – Regen im Tal und Schnee auf den Höhen.

»Dieser Idiot!« murmelte Thomas Burgner und ging zum Telefon, um die Männer von der Bergwacht zu alarmieren. Dann zog er sich eilig um, schwere Bergstiefel, Pullover, einen pelzgefütterten Anorak.

Sabina war ihm ins Schlafzimmer gefolgt. Auch sie war blaß, und ihre Stimme klang angstvoll. »Thomas, ich werd' nicht zulassen, daß du dein Leben riskierst wegen so einem Verrückten. Das Wetter ist unberechenbar. Und Lawinengefahr besteht auch.«

Er suchte seine Pelzmütze und die dicken Handschuhe hervor. »Wir brauchen mindestens drei Gruppen, weil wir nicht genau wissen, welchen Weg er nimmt. Vielleicht holen wir ihn ja schon bald ein.«

Auf der Straße ertönte ein langgezogenes Hupen. Thomas lief zum Fenster und öffnete es. Unten stand der Wagen der Bergwacht. Luis Kofler saß am Steuer und hatte die Fahrertür geöffnet.

»Ich bin schon fertig, Luis!« rief Dr. Burgner hinunter und trat vom Fenster zurück.

Sabina stellte sich ihm in den Weg. »Thomas . . .«, sagte sie flehend, voller Angst.

»Heut' abend bin ich wieder zurück.« Es klang wie ein Versprechen, aber es vermochte sie nicht zu beruhigen.

Zu gut wußte sie, in welche Gefahr sich die Männer begaben, die jetzt zum Kreislerjoch aufstiegen, um Florian Gasser zu suchen. Doch sie wußte auch, daß sie Thomas nicht zurückhalten konnte. Sie warf die Arme um seinen Hals, als er sie an sich zog und flüchtig auf die Nase küßte. Dann schnappte er sich seinen bereits gepackten Rucksack und stürmte eilig aus dem Zimmer.

Luis öffnete ihm die Beifahrertür. Thomas stieg ein und legte den Sicherheitsgurt an. »Pack' ma's!« Er nickte den vier Männern auf dem Rücksitz grüßend zu. »Servus. Gut, daß ihr mitkommt.«

Im Davonfahren blickte er noch einmal zu seinem Schlafzimmerfenster hoch und gewahrte dahinter Sabinas dunklen Kopf. Sie hob die Hand und wischte sich über die Wangen. Es sah aus, als ob sie weinte.

Sie fuhren über eine kurvenreiche enge Forststraße in Richtung der Berge. Bald wurde der Baumwuchs spärlicher, und neben der Straße tauchten die ersten Schneeflocken auf. Sie wurden größer, als ob sie zusammenwachsen wollten, und bildeten schließlich eine weiße in der Sonne gleißende Fläche. Kurz darauf endete die Fahrstraße. Von hier aus ging es nur zu Fuß weiter.

Luis stellte den Wagen ab. »Hat er was Näheres g'sagt, von wo er aufsteigt?« fragte Thomas.

Der Leiter der Bergwacht schüttelte den Kopf. »Nein. Aber ich hoff', daß wir bald seine Spuren finden.« Er blickte sich suchend im Schnee um, entdeckte zahlreiche Abdrücke von Skiern und Schlittenkufen und fügte ärgerlich hinzu: »Ich hab's befürchtet. Alles zertrampelt.« Seufzend wandte er sich an seine Kameraden. »Es hilft nix, geh'n wir's an. Sepp und Veit, ihr geht's da drüben rauf. Fritz und Karl, ihr nehmt's die andere Streck'n, und Thomas und ich versuchen dort unser Glück.«

Die Männer nickten. Es waren alles erfahrene Bergsteiger, von denen jeder wußte, was er zu tun hatte. Sie rieben sich die Gesichter dick mit Sonnenschutzcreme ein, setzten ihre Schneebrillen auf und sicherten sich gegenseitig mit einem Verbindungsseil ab. Dann machten sie sich an den Aufstieg, jeder in der von Luis angegebenen Richtung.

Auch er und Thomas hatten sich auf diese Weise auf den Marsch vorbereitet und ihre Rucksäcke übergeworfen. Schweigend stapften sie eine Zeitlang durch den immer höher werdenden Schnee. Thomas, der als erster ging, wandte sich nach links, wo die Sonne auf ein großes Schneefeld schien, aber Luis blieb stehen. »Net dort rüber, Thomas. Das is' mir zu gefährlich, wenn die Sonn' die ganze Zeit draufbrennt. Bleib im Schatten.«

Thomas deutete nach rechts auf eine Bergkuppe, die einen breiten Schatten warf. »Da rauf?«

Kofler nickte. »Ja. Es is' zwar anstrengender, aber ich trau' dem Frieden net.«

Wie recht er hatte, zeigte sich eine Viertelstunde später,

als sie das steilste Stück des Aufstiegs fast bewältigt hatten. Oberhalb des Schneefeldes, das Thomas Burgner zuerst hatte überqueren wollen, löste sich eine riesige Lawine und raste donnernd zu Tal.

Die beiden Männer blieben stehen und sahen sich an. Sie waren beide einen Schein blasser geworden. Dann nickte Thomas entschlossen dem Luis zu. »Komm weiter.«

Florian Gasser hatte mehr als vier Stunden Vorsprung. Am späten Vormittag überquerte er seitlich einen Berghang, der steil in die Höhe führte. Florians Schritt war mühsamer geworden. Sein Bein schmerzte vom stundenlangen Aufsteigen, und er fror trotz der warmen Sachen, die er mitgenommen hatte. Längst war die Sonne verschwunden. Tiefhängende Wolken zogen über den Himmel und warfen dunkle Schatten auf den Schnee. Ein heftiger Wind hatte sich aufgetan. Er wirbelte die weißen Kristalle in großen Schleiern auf und ließ die Konturen der Landschaft verschwimmen.

Florian versuchte vergeblich, sich zu orientieren. Er blieb stehen und blickte sich um. Die Kälte hatte seine Hände trotz der dicken Fäustlinge klamm werden lassen. Er hielt sie vor den Mund und blies hinein. Dann setzte er den schweren Rucksack ab und ließ sich daneben erschöpft in den Schnee fallen.

Wo geht's denn hier bloß weiter? dachte er und streckte das schmerzende Bein aus. Er hatte sich Proviant mitgenommen und öffnete die Seitentasche seines Rucksacks, um Brot und Speck herauszuholen. Als er die Tasche wieder schließen wollte, rutschte er ein Stück auf dem steilen Abhang ab, versuchte, sich mit den Händen abzustützen und stieß dabei so unglücklich an den Rucksack, daß dieser den Berg hinunterschlitterte und die Handschuhe, die Florian danebengelegt hatte, mitriß.

Florian war aufgesprungen und starrte seinen Habseligkeiten nach, die immer schneller nach unten rollten. Der Rucksack überschlug sich ein paarmal und entschwand schließlich seinen Blicken.

»Verdammt!« stieß Florian entsetzt hervor. »Was mach' ich denn jetzt?«

Er blickte sich suchend um und meinte, im ungewissen Nebel von tief dahinjagenden Wolken und aufgewehtem Schnee eine überhängende Felswand zu erblicken. Da drüben muß irgendwo ein Notbiwak sein, erinnerte er sich und tat ein paar Schritte in die Richtung. Dann blieb er unschlüssig stehen. Oder war es dort gewesen? Ein eisiger Windstoß ließ ihn bis ins Mark zittern, trotz seiner wetterfesten Kleidung.

Er ballte die Hände zu Fäusten, blies hinein und stapfte dann entschlossen weiter bergauf.

Doch seine Schritte wurden immer langsamer. Alle Augenblicke preßte er die erstarrten Finger vor den Mund, um sie durch seinen Atem zu wärmen, aber er konnte sie kaum mehr bewegen.

Um Gottes willen, meine Hände, dachte er verzweifelt. Was mach' ich denn jetzt?

Während er sich ratlos umsah, fiel sein Blick auf einige Äste, die der Wind von den Krüppelkiefern gerissen hatte. Florian raffte sie auf und schob sie zusammen, um ein Feuer zu machen. Hoffentlich sind die Streichhölzer net im Rucksack, dachte er und wühlte mit seinen klammen Fingern in den Taschen seines Anoraks herum. Er seufzte erleichtert auf, als er Papier und eine Packung Sturmstreichhölzer darin fand.

Zuerst versuchte er, eine Stelle vom Schnee freizufegen. Aber er lag viel zu hoch. So tief Florian auch grub, er stieß immer wieder nur auf Schnee. Schließlich fiel ihm die Alufolie ein, die er für einen solchen Zweck mitgenommen hatte. Auch sie steckte glücklicherweise, als kleines Päckchen zusammengefaltet, in einer Tasche seines Anoraks.

Florian breitete sie unter einer vom Wind zerzausten Latschenkiefer aus, zerknüllte das Papier und schichtete ein wenig Reisig darüber. Dann kauerte er sich so auf den Boden, daß sein Körper einen größtmöglichen Schutz vor dem schneidenden Wind bildete, und entzündete ein paar Streichhölzer.

Das Papier fing Feuer und griff langsam auf die Kiefernzweige über. Vorsichtig legte Florian immer mehr Äste nach und brachte tatsächlich ein kleines hell aufloderndes Feuer zustande. Erleichtert hielt er zunächst seine Hände darüber, spürte, wie wieder Leben hineinkam, und machte sich schließlich daran, noch mehr Äste zusammenzusuchen, um das Feuer zu unterhalten.

Aus der dick verschneiten Latschenkiefer begann es zu tropfen. Ihre Zweige waren gebeugt von der Schneelast, die durch die Wärme der Flammen allmählich taute. Und plötzlich geschah es: Ein Ast gab nach, der Schnee rutschte tiefer und genau in das Feuer hinein, das zischend erlosch.

Florian sah es, als er mit einem Arm voller Reisig wieder zurückkehrte.

»Nein!« schrie er auf. Fast hätte er vor hilfloser Wut geheult. Er ließ das Reisig fallen, zerrte die Alumatte unter der Kiefer hervor und fegte mit bloßen Händen Schnee, verbranntes Holz und Asche hinunter. Dann schichtete er erneut Reisig auf die Matte und versuchte, es mit den restlichen Streichhölzern anzuzünden. Aber sie waren feucht geworden und brannten nicht mehr. Florian warf sie schließlich weg und stapfte im Schnee auf und ab, um sich warmzuhalten.

Der Himmel verdunkelte sich immer mehr. Bald würde es Abend werden, und wenn kein Wunder geschah, mußte er die Nacht hier verbringen, ohne wärmende

Decken, ohne ein Feuer, ohne Proviant. Florian Gasser hatte plötzlich Angst.

Indessen waren Dr. Burgner und Luis Kofler fast bis zur Gletscherregion aufgestiegen. Luis warf einen Blick auf seine Uhr und dann zum bewölkten Himmel hinauf. »Wenn wir net die Nacht am Berg verbringen wollen, müss' ma langsam ans Umkehren denken.«

Dr. Burgner wußte, daß er recht hatte. Trotzdem wollte er noch nicht aufgeben. »Das Kreislerjoch haben wir fast erreicht. Da is' nix zu sehen. Er muß vom Weg abgekommen sein.« Dann legte er die Hände trichterförmig vor den Mund und rief laut und langgezogen: »Florian! Flo-ri-an . . .« Aber nur das Bergecho warf den Ruf zurück.

»Komm weiter«, bat Thomas wieder, und Luis folgte ihm widerstrebend. Nach einer Weile riefen die beiden Männer noch einmal Florians Namen, doch wieder war nichts zu hören außer dem Echo und dem Jaulen des Windes, der um die Felsen fegte und die Wolken vor sich hertrieb.

Luis Kofler zog sein Funkgerät aus der Tasche seines Anoraks. »Sepp, bitte kommen . . . Sepp, hörst du mich? Kommen!«

Es krachte und rauschte in dem Gerät, aber der Gerufene meldete sich nicht.

»Der Kontakt is' abgebrochen«, stellte Luis fest. »Das Wetter. Ich fürcht', wir müssen die Suche für heut' aufgeben.«

Thomas legte ihm die Hand auf den Arm. »Das können wir doch net machen!«

»Der Florian hat sicher a Biwak mit«, meinte Luis beruhigend. »Wir müssen morgen weitersuchen.« Mit einer resignierten Bewegung steckte er sein Funkgerät wieder in die Tasche, während Thomas sich suchend umblickte. Gab es denn nirgendwo eine Spur vom Florian?

Plötzlich kniff er die Augen zusammen. »Du, Luis, schau mal! Da hinten steigt Rauch auf!«

Luis Kofler starrte angestrengt in die Ferne, folgte der Richtung, in die Thomas deutete. Und da sah er es auch: ein dünnes Rauchwölkchen, das in den Himmel stieg. »Tatsächlich«, murmelte er, und Thomas zog ihn mit einem befreiten Auflachen weiter.

»Du, das is' er! Wir haben ihn! Los, komm!« So schnell sie es im Tiefschnee vermochten, stiegen die beiden Männer weiter bergauf, dem Rauch entgegen, den sie entdeckt hatten. Dabei riefen sie immer wieder Florians Namen. Irgendwann stellen sie fest, daß die Rauchwolke verschwunden war, aber trotzdem stapften sie weiter.

Und dann kam endlich eine Antwort auf ihr Rufen. »Hier ... hier bin ich!« Es war Florian, der ihre Stimmen gehört hatte und ihnen Antwort gab. Inzwischen dämmerte es bereits, aber noch war es hell genug, daß er nach einer Weile die beiden Gestalten erkennen konnte, die über eine Hügelkuppe direkt auf ihn zukamen.

»Hier bin ich!« brüllte Florian wieder mit überkippender Stimme. »Luis ... Doktor!« Durch den Schnee rannte er den beiden entgegen, so rasch er es mit seinem schmerzenden Bein vermochte. Er umarmte sie, und sie klopften ihm erleichtert den Rücken.

Florian berichtete, daß er seinen Rucksack verloren und deshalb kein Biwak hatte aufschlagen können. »So ein verdammtes Pech aber auch«, schimpfte er, und Dr. Burgner nickte, nun wieder sehr ernst geworden.

»So ein ›Pech‹ kann einen das Leben kosten. Das haben S' von Ihrer Sturheit. Jetzt müss' ma nur schau'n, wie wir hier runterkommen. In einer Stund' ist's stockdunkel.«

»Das schaff' ma nie«, widersprach der Luis. »Wir müssen die Nacht hier verbringen.«

»Das kann ja was werden«, meinte der Florian entsetzt. »Ohne Biwak!«

Luis Kofler nickte. Er war aufrichtig erleichtert, daß sie den Florian gefunden hatten, aber gleichzeitig stieg auch Zorn in ihm auf, daß dessen Leichtsinn sie in diese Situation gebracht hatte.

»Thomas«, sagte er kurz, »gib ihm die Decke aus mei'm Rucksack.«

Dr. Burgner warf Florian die warme Wolldecke zu. Der fing sie auf und hüllte sich zitternd darin ein. »Ob wir das durchstehen?« fragte er mit klappernden Zähnen. »Ich weiß schon jetzt nimmer wohin vor Kälte.«

»Ich könnt' mir auch a nettere Unterkunft vorstellen«, fuhr Luis Kofler auf, und Thomas warf ihm einen warnenden Blick zu. Ein Streit war das letzte, was sie jetzt gebrauchen konnten.

»Wir müssen uns in den Schnee eingraben«, sagte er hastig. »Der isoliert und hilft uns, die Körpertemperatur über Nacht wenigstens einigermaßen zu halten.«

Luis nickte und machte sich sogleich an die Arbeit. Gemeinsam mit Thomas hob er ein tiefes Loch aus und formte aus dem Aushub eine feste Schneewand. Dann bat Thomas den immer noch zitternden Florian: »Legen Sie sich Ihre Alumatte über den Rücken.«

Florian gehorchte und ließ sich von Thomas in das Schneeloch helfen. »Hinhocken!« befahl der Bergdoktor. Dann kauerte er sich neben Florian und zog sich ebenfalls die Alumatte über Kopf und Rücken. Luis schaufelte Schnee über die beiden, bevor er als dritter zu ihnen kam. Er legte sich das letzte Stück der Matte um und richtete mit Hilfe der anderen so viel Schnee um sie alle auf, daß nur noch eine kleine Öffnung zum Atemholen freiblieb.

»So, Freunde, jetzt wird gekuschelt!« Luis' Stimme klang dumpf durch den Schnee. »Wir müssen uns gegenseitig warmhalten.«

»Und wenn wir einschlafen«, fügte Thomas Burgner hinzu, »haben wir uns unser Grab geschaufelt.«

Der Wind strich über das primitive Notlager, und die Nacht brach herein.

›Heut' abend bin ich wieder zurück‹, hatte Thomas seiner Frau versprochen. Aber nun würde sie vergeblich warten. Es würde auch für sie eine schlimme Nacht werden.

Um dieselbe Zeit zündete Pfarrer Hauberer in der schönen alten Dorfkirche von Sonnenstein die Kerzen auf dem Altar an. Er wollte einen Bittgottesdienst für die Männer halten, die oben beim Kreislerjoch vermißt wurden. Etliche Sonnensteiner hatten sich schon eingefunden, unter ihnen Pankraz Obermayr und Franzi.

Sie hatte sich, eingedenk der Kränkung, die der Pankraz ihr zugefügt hatte, nicht neben ihn, sondern eine Bank davor hingesetzt. Sie schluchzte leise und suchte vergeblich nach einem Taschentuch. Pankraz schob ihr schließlich seines hin. Sie blickte sich nach ihm um und nickte unter Tränen. Vielleicht war es in dieser schlimmen Situation doch angebracht, ein bisserl versöhnlich zu sein, wie es sich für einen Christenmenschen gehörte. Sonst verschloß der liebe Gott womöglich sein Herz vor ihren Bitten für den Thomas. Und das wollte die Franzi auf gar keinen Fall riskieren.

Maxl und Sabina tauchten in der Kirchentür auf, gefolgt von zwei Männern der Bergwacht. Es waren Veit und Sepp, die rechtzeitig den Rückweg angetreten hatten.

Sabina blickte Veit stumm und angstvoll an. »Wir haben g'sucht bis zum Einbruch der Dunkelheit«, sagte er leise und senkte bedrückt den Kopf.

»Lasset uns beten«, sagte Pfarrer Hauberer vom Altar her. Er wartete, bis alle die Hände gefaltet hatten. »Herr, wir sind zusammengekommen, um deinen Schutz zu erbitten für unsere Lieben, die da oben auf dem Berg die kalte Nacht verbringen müssen. Den Florian, den Luis und den Thomas . . .«

Sabina machte eine Bewegung, als wolle sie aus der Kirche flüchten, doch Maxl hielt sie fest. »Komm schon, Sabina«, sagte er leise.

Sie kämpfte mit den Tränen. »Geh, Maxl, das ist das letzte, was ich jetzt gebraucht hab', diese Begräbnisstimmung.«

Dem Buben war selber das Heulen näher als das Lachen, und er hatte mindestens so große Angst um seinen Vater wie Sabina. »Schaden kann's auch nichts«, flüsterte er erstickt und nahm sie bei der Hand, um sie nach vorn zu Franzi zu führen. Pfarrer Hauberer hatte sein Gebet unterbrochen und wartete, bis sie sich hingekniet hatten. Dann fuhr er fort:

»Wir bitten dich, halte deine Hand gnädig über sie und gib ihnen die Kraft des Glaubens, Kälte und Schnee zu trotzen.«

Wieder öffnete sich die Kirchentür und ließ eine Gruppe Sonnensteiner ein, unter ihnen Elfriede Angerer und Moni.

»Vater unser, der du bist im Himmel«, betete der Pfarrer, und die Versammelten fielen darin ein. Auch Moni faltete die Hände. In ihren Augen standen Tränen, die langsam auf ihre Finger tropften.

An Schlaf war für Sabina und Franzi in dieser Nacht nicht zu denken. Lediglich Maxl wurde von den beiden Frauen energisch ins Bett geschickt. Sie selbst blieben in der Küche sitzen. Die Angst um Thomas hielt sie wach, bis sie endlich gegen Morgen, als die erste fahle Dämmerung den neuen Tag ankündigte, in ihren Stühlen einnickten.

Ein Klopfen an der Tür schreckte sie irgendwann auf,

und Sabina sah, daß es draußen indessen hell geworden war. Mit zwei Sätzen war sie an der Tür und riß sie auf in der Hoffnung, daß endlich jemand eine Nachricht von Thomas brachte.

Aber es war Herr Konrad, der draußen stand und sie betrübt anblickte. »Entschuldigen S', Frau Doktor, es is' mir furchtbar peinlich. Der Herr Doktor hat mir ein Rezept g'schrieben wegen meiner Vergeßlichkeit, und jetzt kann ich's beim besten Willen net finden. Wahrscheinlich hab' ich's in der Ordination liegenlassen. Haben Sie was dagegen, wenn ich nachschau'?«

»Bitte, das Sprechzimmer ist offen«, erwiderte sie und kehrte in die Küche zurück.

Herr Konrad blieb noch einmal stehen. »Sie san doch die Frau Doktor, oder?« fragte er zweifelnd.

Ein flüchtiges Lächeln huschte über ihr Gesicht. »Natürlich.«

Er atmete erleichtert auf. »Man weiß ja nie – in mei'm Zustand . . .«

Er verschwand, und im selben Augenblick kam Maxl die Treppe aus dem Oberstock hinuntergerannt. Er strahlte über sein ganzes sommersprossiges Gesicht. »Sabina, Franzi! Die Frau vom Luis hat grad angerufen. Sei haben wieder Funkkontakt. Papa, Luis und Florian haben die Nacht gut überstanden.« Sabina umarmte ihn stumm. Die Erleichterung ließ sie weinen, worüber sie sich natürlich prompt ärgerte. Zu dumm, daß man als werdende Mutter so nah am Wasser gebaut war!

Franzi weinte ebenfalls, aber sie genierte sich absolut nicht deswegen. »Gott sei Dank«, stammelte sie ein ums andere Mal. »Gott sei Dank!«

Zehn Minuten später fuhr Sabina in rasantem Tempo ins Dorf hinunter und stoppte den Wagen vor Luis Koflers Haus. Maxl, der sie begleitete, holte einen prall gefüllten Rucksack vom Rücksitz.

Sepp, Veit, Karl und Fritz, die vier Männer von der Bergwacht, waren an ihrem Einsatzwagen beschäftigt, alles für die Rettungsaktion vorzubereiten. Moni, die von ihnen ebenfalls benachrichtigt worden war, winkte Sabina und Maxl mit einem erleichterten Lächeln zu.

Sepp legte ihr den Arm um die Schultern. »Mach dir keine Sorgen, Moni, wir holen deinen Florian schon heil runter.«

»Was sagt denn der Wetterbericht?« wollte Sabina wissen.

Sepp nickte beruhigend. »Schaut ganz gut aus.«

Sie nahm Maxl den Rucksack ab. »Ich hab' euch ein paar Kleidungsstücke gebracht. Die Männer werden trockene Sachen brauchen nach dieser Nacht.«

Sepp warf den Rucksack in den Einsatzwagen. »Auf geht's«, sagte er zu seinen Kameraden und setzte sich hinter das Steuer.

»Viel Glück!« rief Sabina ihnen nach, als sie davonfuhren.

Moni atmete ein paarmal tief durch. »Wenn ich denk', daß ich das vielleicht hätt' verhindern können«, meinte sie schuldbewußt.

Sabina schüttelte mit einem tröstenden Lächeln den Kopf. »Gegen falschen Ehrgeiz ist kein Kraut gewachsen. Und vielleicht ist er jetzt ein bisserl klüger.«

Moni blickte sie scheu an. »Ich fürcht', ich hab' ihn doch lieber, als ich hab' wahrhaben wollen, den Deppen, den unverbesserlichen.«

Für einen Moment drückte Sabina sie an sich. »Dann war's wenigstens zu etwas gut. Komm mit zu uns. Wir haben uns nach dieser Nacht ein ordentliches Frühstück verdient.«

Es vergingen doch noch einige Stunden, bis der erlösende Anruf von Frau Kofler kam, daß die drei Bergsteiger in Kürze in Sonnenstein eintreffen würden.

Sabina, Franzi und Moni nutzten die Zeit, um ein üppiges Frühstück für die Heimkehrer vorzubereiten. Da es wieder ein warmer, schöner Tag war, deckten sie den Tisch draußen vor dem Haus. Maxl war schon am Morgen in die Schule gefahren, obwohl er natürlich am liebsten daheim geblieben wäre. Aber da eine wichtige Deutscharbeit auf dem Stundenplan stand, von der er sich eine gute Zensur erhoffte, war er schließlich doch in den Schulbus nach Hall gestiegen – und das sogar mit stolzgeschwellter Brust, weil er so viel Aufregendes zu berichten hatte.

Franzi rückte die Kaffeegedecke zurecht. »Moni«, bat sie, »schau zum Herd, daß die Spiegeleier net anbrennen.«

»Mach' ich.« Die junge Frau verschwand in der Küche, gerade als Pankraz Obermayr mit seiner Kutsche vor dem Doktorhaus vorfuhr.

»Ich hab' gehört, unsere Bergsteiger sind wohlauf!« rief er beim Absteigen, und Franzi nickte.

»Sie werden jeden Augenblick ankommen.«

Pankraz blickte auf den hübsch gedeckten Tisch und rieb sich zufrieden die Hände. »Dann steht einem gemeinsamen Frühstück ja nichts mehr im Weg.«

Sie bedachte ihn mit einem funkelnden Blick. »Hat dir dei' neue Haushälterin nix zum Essen g'macht?«

Er verzog wehleidig das Gesicht. »Die? Die is' schon in aller Herrgottsfrüh' auf und davon. Frag mich net, was ich mir hab' anhören müssen, weil der Dame Kost und Logis net behagt haben. Dabei bin ich mei' Lebtag noch net so viel in der Küche g'standen. So viele Wehwehchen, wie ihr eing'fallen sind, um sich vor der Arbeit zu drücken – dagegen is' unser Herr Konrad ein Gesundheitsprotz.«

»Dann ist's dir also lieber, du kommst allein zurecht?« erkundigte die Franzi sich scheinheilig, und er trat hinter sie.

»Ich wär' eventuell bereit, dir deine kleinen Launen zu verzeihen und es noch mal mit dir zu versuchen.«

Als er ihr den Arm um die Taille legen wollte, wich sie ihm aus. »Das muß ich mir noch gut überlegen. Du kannst ja mal das Milchbrot aus dem Backofen holen und aufschneiden. Bestecke fehlen auch noch – und ein paar Marmeladengläser müssen aus dem Keller heraufgebracht werden.«

In diesem Augenblick fuhr hupend der Wagen der Bergwacht vor dem Haus vor. Moni stürzte ins Freie, gefolgt von Sabina. Sie fiel Thomas um den Hals, und er drückte sie glücklich an sich. Für ein paar Minuten redeten alle durcheinander, umarmten sich und klopften sich auf den Rücken.

Lediglich Florian wurde in den allgemeinen Begrüßungstrubel nicht mit einbezogen. Er stand verlegen und unglücklich ein Stück abseits, weil er sich als der Schuldige an den ganzen Ereignissen fühlte. Erst als Moni zu ihm trat, blickte er sie erstaunt an. »Was machst du denn hier?«

Sie lächelte zu ihm hoch. »Ich hab' halt auch net daheim herumsitzen können. Geht's dir gut?«

»Ja, danke«, murmelte er und erwartete, daß sie sich nun wieder von ihm abwenden und zu den anderen gehen würde, doch sie warf sich ihm plötzlich mit einer heftigen Bewegung an die Brust.

»Versprich mir, daß du so eine Wahnsinnstour nie wieder machst. Versprich's mir!«

Ungläubig erst, wie einer, der sein Glück noch gar nicht fassen kann, legte er die Arme um sie. »Ich versprech's dir, Moni.«

Aber als sie sich auf die Zehenspitzen stellte und ihn auf den Mund küßte, zog er sie fest an sich. Und es war ihm ganz egal, daß die anderen zuschauten. Die beiden lösten sich erst voneinander, als Herr Konrad auftauchte.

»Na, haben Sie Ihr Rezept gefunden?« fragte Sabina, und er schüttelte den Kopf.

»Das Rezept net, aber mein' Spickzettel. Es is' kein Wunder, daß ich mich in meinem eigenen Haus nimmer zurechtg'funden hab'. Ich hab' ja alle wichtigen Dinger sicher verwahrt.« Er zog den Zettel aus der Tasche. »Da steht's: Schlüssel in Regentonne, Brieftasche im Lampenschirm, Medikamente im Wäscheschrank. Ich bin ja so beruhigt, daß mein Hirn nach wie vor von ungetrübter Klarheit ist . . .«

»Das freut mich, Herr Konrad«, sagte Sabina. »Dann werden Sie sicher gut nach Hause finden.«

»Danke, Frau Doktor.« Er lüftete seinen Hut und betrachtete sie mißtrauisch. »Sie sind doch die Frau Doktor?«

»Aber gewiß!« rief Sabina vergnügt, und er ging höchst erleichtert davon.

Wenig später – man hatte sich gerade zum Frühstück an den Tisch gesetzt – kam Pfarrer Hauberer den Weg zum Doktorhaus hinauf. Franzi entdeckte ihn als erste und sagte: »Ach, da kommt ja noch wer, der nie fehlen darf, wenn's was zum Feiern gibt.«

Josef Hauberer schnaufte ein wenig vom raschen Laufen. »Ich hab' ja gewußt, daß der Herrgott unsere wackeren Bergkameraden net im Stich laßt, wenn wir in der Kirche schon so eine inbrünstige Nachtschicht einlegen.«

»A Schnapserl, Herr Pfarrer?« fragte Thomas, der wußte, daß Hochwürden solch ein Angebot nie ausschlug.

Der Pfarrer warf einen listigen Blick auf Moni und Florian, die dicht nebeneinander auf der Bank saßen und sich verliebt in die Augen schauten. »Aber nur, weil's offenbar auf ein junges Glück anzustoßen gilt.« Während Thomas ein Glas für ihn holte, setzte er sich auf einen freien Stuhl am Tisch, Franzi gegenüber.

Die aber sah eine gute Gelegenheit, endlich loszuwerden, was ihr seit vorgestern auf der Seele brannte und wovon der Pankraz, der alte Grantlhuber, absolut nichts hören wollte. »Nicht nur das!« sagte sie und blickte in die Runde. »Habt ihr vielleicht vergessen, daß der Pankraz sein vierzigjähriges Jubiläum als Tierarzt in unserem schönen Dorf feiert?«

»Vierzig Jahre?« Pfarrer Hauberer nickte dem säuerlich lächelnden Jubilar wohlwollend zu. »Respekt, Respekt! Daß du schon so viele Jahre auf dem Buckel hast . . .«

Pankraz' Lächeln wurde noch eine Spur gequälter. »Man tut, was man kann.«

»Und das, ohne in der ganzen Zeit seinen ganz speziellen Charme zu verlieren«, ergänzte die Franzi zuckersüß, was ihr einen strafenden Blick vom Pankraz eintrug.

»Ganz recht!« stimmte Dr. Burgner lachend zu. Er hatte inzwischen die Schnapsstamperl gefüllt und hob das seine. »Aber nun laßt uns endlich einen Schluck trinken. Unsere Körper verlangen nach einem wärmenden Feuerwasser – und außerdem haben wir einen riesigen Hunger.« Er blickte in die Runde. »Zum Wohl – auf unser aller Glück und Gesundheit!«

Neues Leben

Drehbuch von Gabriele Kister

Nach einer kurzen Schlechtwetterperiode, bei der es noch einmal empfindlich kalt geworden war, war nun der Sommer endgültig ins Sonnensteiner Tal eingezogen und hatte die Wiesen mit einem bunten Blumenmeer überschüttet. An einem Tag Ende Juni hielt der Kutschwagen von Pankraz Obermayr vor der Schreinerwerkstatt von Luis Kofler. Poldi, der Bernhardiner, saß wie immer auf der Kutschenbank und blickte seinem Herrchen nach, das mit Franzi in der Werkstatt verschwand. Wenig später kamen die beiden in Begleitung von Luis und Maxl wieder heraus. Sie trugen eine wunderschöne Bauernwiege, die mit reizenden Kindermotiven bemalt war, und hoben sie vorsichtig auf den Wagen.

»Mei, Maxl, is' die aber schön geworden«, sagte die Franzi, und Luis nickte.

»Sie is' ja auch mit Liebe g'macht.«

»Paßt auf, hier ist sie noch naß!« rief Maxl und deutete auf den Mann im Mond, der die eine Seitenwand der Wiege zierte.

»Runter, Poldi!« befahl Pankraz dem Hund. »Sonst kommen noch Hundehaare dran.«

Der Bernhardiner gehorchte, während Maxl dem Luis die Hand schüttelte. »Danke, Luis. Was kostet die Wiege?«

Der breitschultrige Mann wehrte ab. »Aber Maxl, für dich doch nix. Es hat mir Freud' gemacht.«

»Ich will sie aber bezahlen«, beharrte der Bub und holte seine Geldbörse hervor. »Sonst ist es ja net mein Geschenk.«

Luis zwinkerte ihm zu. »Gut. Du kannst es abarbeiten.

Räumst mir zehnmal die Werkstatt auf. Is' das ein Wort?«

Strahlend steckte Maxl die Börse wieder ein. »O ja, das mach' ich gern.«

Luis strich noch einmal über die Wiege, die er für Thomas' und Sabinas Baby angefertigt hatte, während die hübschen bunten Malereien vom Maxl stammten, entdeckte eine winzige Unebenheit an einer Kante und zog eine Feile aus seiner Schürze, um die Stelle sorgfältig glattzuschleifen.

»Da werden Sabina und Thomas aber Augen machen«, meinte die Franzi, und Pankraz klopfte seinem Enkel anerkennend auf die Schulter.

»Eine schöne Überraschung hast dir da ausgedacht, Maximilian. Ich wußt' gar net, daß du so gut malen kannst.« Er half Franzi und Maxl auf den Kutschbock, schwang sich dann selber hinauf und ließ das Pferd antraben. Mit einem letzten Winken zu Luis fuhren sie davon, begleitet vom Poldi, der gemächlich nebenherlief.

Als sie das Doktorhaus erreichten, hörten sie aus dem offenen Fenster der Wohnstube ein lautes hechelndes Atmen und dann Thomas' Stimme: »Gut so, Sabina. Jetzt Pause ... und atmen ... und weiter ...«

Wieder erklangen diese kurzen, abgehackten Atemstöße, und Franzi, Maxl und Pankraz sprangen alarmiert von der Kutsche. »Jessas, eine Sturzgeburt!« rief die Franzi. »Sie preßt schon. Du lieber mein Gott, warum ist sie net in der Klinik? Kommt schnell.«

»Da komm' ich ja grad' noch rechtzeitig mit meinem Geschenk«, meinte der Maxl und rannte mit den beiden anderen ins Haus.

Als sie ins Wohnzimmer stürmten, saß Sabina auf dem Teppich und biß gerade genüßlich in einen Apfel.

»Ja, Sabina!« riefen Franzi und Pankraz wie aus einem Mund. »Du darfst doch jetzt nix essen!«

Thomas, der neben seiner Frau auf dem Boden saß, blickte die beiden verwundert an. »Grüß euch . . . Was habt ihr denn?«

»Wieso wir?« Franzi war hochrot vor lauter Aufregung. »Warum is' die Sabina net in der Klinik?«

»Warum?« Auch die werdende Mutter schaute ausgesprochen verständnislos drein. »Mir geht es gut.«

»Ja, hast du denn keine Wehen?« wollte Pankraz wissen, und Sabina und Thomas brachen in Lachen aus.

»Habt ihr uns gehört? Nein, nein, wir haben nur geübt.«

Ächzend ließ Franzi sich in einen Sessel fallen. »Ich glaub', ich übersteh' die nächsten Tage net vor Aufregung!«

Maxl, der sich am schnellsten wieder gefaßt hatte, wandte sich zur Tür. »Ich hab' eine Überraschung für euch. Komm, Opa, holen wir sie herein.«

Gemeinsam trugen sie die Wiege ins Haus und die Treppe hinauf in das Zimmer, das für den neuen kleinen Erdenbürger vorbereitet war. Sie wollten das Prunkstück ans Fenster stellen, doch da machte sich bereits ein Stubenwagen breit – mit grellbunt gemusterten Vorhängen, Spitzen und Schleifchen.

Maxl zog ein enttäuschtes Gesicht. »Ach, ihr habt schon ein Bett. Dann braucht ihr die Wiege ja gar net . . .«

Thomas und Sabina wechselten einen raschen Blick. Dann sagte sie, während sie Maxl in die Arme nahm und ihm einen dicken Kuß gab: »Natürlich brauchen wir sie. Der Stubenwagen ist heute aus Italien gekommen. Er soll sowieso neben unser Bett ins Schlafzimmer.«

Thomas strich seinem Sohn über den Kopf. »Die Wiege ist wirklich wunderschön, Maxl. Vielen Dank.«

Franzi schaute sich währenddessen neugierig um. Tapeten und Vorhänge verrieten, daß es sich um ein Zimmer für ein Baby handelte. Ein Wickeltisch stand an der Längswand, daneben eine Kommode.

»Darf ich mal?« fragte Franzi und öffnete eine Schublade. Entzückt betrachtete sie die Babysachen darin und holte ein Jäckchen heraus. »Schau doch nur, die kleinen Ärmel . . .«

Sabina trat neben sie und fischte einen Strumpf aus der Lade. »Und hier, das winzige Strümpfchen. Ist das nicht süß?« Die beiden Frauen lächelten sich verträumt an, während Thomas und Pankraz einander männlich überlegen zugrinsten.

»Magst einen Obstler, Pankraz?« fragte Thomas, und sein Schwiegervater nickte.

»Ja, gern. Ich glaub', wir stören hier nur.«

»Ich komm' mit!« erklärte Maxl und drängelte sich hinter den beiden zur Tür hinaus.

Franzi und Sabina beachteten ihren Abgang gar nicht. Sie waren immer noch in die Betrachtung der Babysachen vertieft.

»Ach ja, ich hab' auch noch was für dich«, sagte die Franzi und holte ein kleines in Geschenkpapier gewickeltes Päckchen aus ihrer Tasche. Als Sabina die Umhüllung entfernte, kam ein Paar niedliche Babyschuhe zum Vorschein.

»Ich hab' sie gestern abend gehäkelt«, gestand Franzi stolz, und Sabina gab ihr einen Kuß auf die Wange.

»Danke, wie süß . . .« Sie öffnete die andere Kommodenschublade und legte die Schühchen hinein. Zu etwa zwanzig Paaren anderer gehäkelter Babyschuhe.

Im übrigen war Dr. Thomas Burgners männliche Überlegenheit, was die bevorstehende Entbindung seiner Frau betraf, nur gespielt. In Wahrheit war er genauso aufgeregt wie die Franzi, wenn nicht noch mehr, und wartete in einer Mischung von Ungeduld und Vorfreude auf seinen Nachwuchs. Hundertmal am Tag fragte er Sabina, ob sie noch nichts spüre, und wenn sie meinte, leichte Rückenschmerzen oder ein Ziehen im Leib zu empfinden, dann wollte er sie am liebsten sofort nach Hall in die Klinik bringen.

Als Thomas Burgner am nächsten Morgen in die Praxis kam, wirkte er ziemlich übernächtigt. Traudl Meinrad, seine Sprechstundenhilfe, bemerkte es und blickte ihn nach ihrem fröhlichen Gutenmorgengruß alarmiert an. »Und?« wollte sie wissen.

Thomas unterdrückte ein Gähnen. »Nichts und. Nur ein kleiner Fehlalarm heut' nacht.«

»Meine Cousine hat drei Wochen übertragen . . .«, verkündete Traudl düster, und er zuckte zusammen.

»Um Gottes willen, mal den Teufel net an die Wand! Morgen kommt Frau Doktor Peters als meine Vertretung. Aber sie kann nur eine Woche bleiben.«

Herr Konrad, der gerade die Anmeldung betrat, hörte den letzten Satz des Bergdoktors und riß entsetzt die Augen auf. Er hatte einen dicken Schal um den Hals gewickelt und schaute Thomas stumm und flehentlich an.

»Na, was is', Herr Konrad?« fragte Dr. Burgner seinen Dauerpatienten. »Hat es Ihnen die Sprache verschlagen?«

»Das wär' zu schön, um wahr zu sein«, murmelte Traudl nicht besonders zartfühlend, aber ehrlich. Herr Konrad hörte es zum Glück nicht, denn er war zum Schreibtisch gegangen und hatte sich dort von Traudls Notizblock einen Zettel abgerissen.

»Ich habe Sängerknötchen«, schrieb er darauf und hielt Thomas den Zettel hin.

Der las und verbiß sich ein Lachen. »Sind Sie unter die Sänger gegangen?«

»Ich fühl' die Knoten direkt hinten im Hals, schrotkugelgroß«, brachte Herr Konrad mit einem unsäglichen Krächzen hervor. »Man muß operieren. Bitte, Herr Doktor, Sie können jetzt keine Vertretung nehmen.«

Thomas ergriff ihn am Arm und führte ihn in sein Sprechzimmer. Dort nahm er einen Spatel aus einer Schale und bat Herrn Konrad, den Mund aufzumachen. Der gehorchte, und Thomas schaute ihm gewissenhaft in den Hals.

In diesem Moment kam Sabina herein und blieb in der Tür stehen.

»Und?« krächzte Herr Konrad, als Thomas seine Untersuchung beendet hatte. Der machte ein ernstes Gesicht.

»Ich glaub', wir kommen grad' noch um eine Operation herum, Herr Konrad. Ich verschreib' Ihnen Salvia officinalis.«

»Hat das Nebenwirkungen?« quetschte Herr Konrad hervor.

Thomas ging nicht auf seine Frage ein, sondern erklärte, daß dies das einzige Mittel sei, was in einem solchen Fall helfen könne. »Sie müssen regelmäßig damit gurgeln. Aber wirklich regelmäßig! Und drei Tage absolutes Sprechverbot.«

»Lieber länger«, warf Traudl, die ihrem Chef in die Ordination gefolgt war, maliziös ein. »Meine Cousine hat zu früh gesprochen, und jetzt kann s' nur noch flüstern.«

Herr Konrads Gesicht bekam einen ausgesprochen panischen Ausdruck, und Thomas setzte sich rasch hinter seinen Schreibtisch und tat, als suche er seinen Rezeptblock, um sein Lachen zu verstecken. Er schrieb das Rezept aus, drückte es Herrn Konrad in die Hand und hielt streng den Finger vor die Lippen, als dieser sich bedanken wollte. Herr Konrad klappte gehorsam den Mund wieder zu und verließ unter allerhand stummen Dankesbezeugungen das Sprechzimmer.

Kaum hatte Traudl die Tür hinter ihm geschlossen, brach Sabina in lautes Lachen aus. »Salbeitee?« fragte sie, und Thomas nickte vergnügt.

»Der hilft immer noch am besten bei Halsweh und Heiserkeit.«

In der Anmeldung klingelte das Telefon, und Traudl rannte hinaus, um den Anruf entgegenzunehmen. Sabina kam zu ihrem Mann an den Schreibtisch. »Es ist noch niemand im Wartezimmer. Machst du mit mir Gymnastik?«

»Du, nein, das geht net«, sagte er eine Spur zu hastig. »Ich muß ein paar Vermerke in der Kartei machen – für die Vertretung.«

Lächelnd drohte Sabina ihm mit dem Finger. »Willst du dich schon wieder drücken?«

Er setzte eine Unschuldsmiene auf. »Ich? Wie kommst du nur auf so etwas?«

»Herr Doktor!« rief Traudl von draußen. »Das Labor in Hall. Wegen der Toni . . .«

Thomas riß den Hörer ans Ohr, während Traudl das Gespräch durchstellte. »Burgner«, meldete er sich. Dann erhellte sich seine angespannte Miene. »Wirklich? Ganz definitiv? Das ist ja phantastisch! Schicken Sie's gleich her. Und danke, daß Sie sofort angerufen haben.« Er legte auf und drückte Sabina voller Freude an sich.

Traudl erschien aufgeregt im Türrahmen. »Und?«

»Negativ!« erklärte Dr. Burgner strahlend. »Auch die letzten Tests haben nichts ergeben. Die kleine Toni ist nicht infiziert. Sie is' kerngesund.«

»Gott sei Dank!« sagte Sabina ehrlich erleichtert. »Noch so einen Schicksalsschlag, das hätten die Zirngiebels vielleicht nicht verkraftet. Erst die Tochter und dann womöglich auch noch das Enkelkind an Aids zu verlieren.«

Traudl schossen plötzlich Tränen in die Augen. Die verstorbene Regina Zirngiebel war ihre Freundin gewesen, und ihr tragischer Tod kurz nach der Geburt ihrer kleinen Tochter ging ihr noch immer nahe. »Wenn die Regina das noch erfahren hätt', daß ihr Kind gesund is' . . .«

Thomas zog seinen weißen Kittel aus. »Ich fahr' gleich zu den Zirngiebels, ihnen die gute Nachricht zu bringen.«

Es war weit über ein Jahr her, daß Regina Zirngiebel hochschwanger nach Sonnenstein zurückgekehrt war. Sie hatte gewußt, daß sie Aids hatte und nicht mehr lange leben würde. Durch eine Bluttransfusion nach einem Unfall hatte sie die tückische Krankheit bekommen. Der Mann, dessen Baby sie erwartete, hatte sie im Stich gelassen, und seitdem hatte Reginas größte und einzige Sorge ihrem ungeborenen Kind gegolten.

Darum war sie auch nach Hause zurückgekehrt in der Hoffnung, ihre Eltern würden das Kleine bei sich behalten. Xaver Zirngiebel hatte die Tochter zuerst ›wegen der Schande‹ hinauswerfen wollen. Doch irgendwann war er zur Vernunft gekommen, und Regina hatte in Frieden sterben können, nachdem sie der kleinen Toni das Leben geschenkt hatte. Seitdem wurde die Kleine von ihren Großeltern aufgezogen, in der ständigen Furcht, die Krankheit, die ihre Mutter das Leben gekostet hatte, könne auch bei ihr ausbrechen. Doch dies war, wie die letzten Labortests einwandfrei bewiesen, glücklicherweise nicht der Fall.

Als Dr. Burgner Tonis Großeltern die glückliche Nachricht mitteilte, brach Waltraud Zirngiebel vor lauter Erleichterung in Tränen aus. Sie saß auf der Hausbank und hielt sich die Schürze vor das Gesicht. Dr. Burgner legte ihr begütigend die Hand auf den Arm. »Na, na, da weint man doch net . . .«

Waltraud ließ die Schürze sinken und lächelte unter Tränen. »Es is' nur . . . die ganze Sorge, die wir hatten. Ich freu' mich ja so. Ist es jetzt auch ganz sicher?«

»Nach menschlichem Ermessen und allen heutigen medizinischen Erkenntnissen – ja. Das Kind hat den Virus nicht.«

Frau Zirngiebel krümmte sich plötzlich zusammen.

Thomas sah, wie sie die Hände auf den Leib preßte, und fragte alarmiert: »Was ist? Haben Sie Schmerzen?«

Sie atmete rasch und keuchend. »Ein bisserl ... der Magen. Das is' die Aufregung. Es is' schon gleich wieder gut.«

Er betrachtete sie genauer und stellte fest, daß sie erbärmlich elend aussah. Sie hatte abgenommen, und ihre Haut hatte eine fahle, ungesunde Farbe. »Sie scheinen völlig überlastet«, sagte Dr. Burgner. »Haben S' denn keine Hilfe?«

Waltrauds Schmerzen ließen allmählich nach, und sie entspannte sich. »Ach, Sie kennen doch meinen Mann«, erwiderte sie mit einem matten Lächeln. »Es hält einfach keine aus bei uns im Haus. Ich bin schon wieder allein, seit die Zenzi gekündigt hat.«

Sie verstummte, weil ihr Mann mit einer Enzianflasche und drei Stamperl aus dem Haus kam. Xaver Zirngiebel war der reichste Bauer in ganz Sonnenstein und Umgebung, ein vierschrötiger Mann mit einem roten Gesicht, das den Choleriker verriet. Geldverdienen war ihm das Wichtigste im Leben, und außer seiner Landwirtschaft betrieb er noch allerlei andere einträgliche Geschäfte. Kein Handel, keine Spekulation, bei denen er nicht irgendwie mitmischte und woran er verdiente.

Jetzt freilich strahlte er, und seine kleinen listigen Äuglein leuchteten, denn er hing sehr an seiner Enkeltochter, und die Tatsache, daß sie ganz gesund war und man nicht mehr um ihr Leben bangen mußte, hatte ihm einen großen Stein vom Herzen fallen lassen.

Der Zirngiebel schenkte die Gläser voll und reichte jedem eines. »Trinken wir auf die Toni! Daß s' gesund und froh heranwächst und uns nur Freude macht.«

Dr. Burgner verabschiedete sich bald darauf, und Frau Zirngiebel fuhr rasch mit dem Rad zur Kramerin, um ein paar Einkäufe zu erledigen. Die kleine Toni, inzwischen vierzehn Monate alt, schlief, so daß sie sie beruhigt allein lassen konnte.

Als sie zurückkam, war das Kind allerdings wach und verlangte lautstark zu essen: Waltraud fütterte es und legte es danach in sein Bettchen zurück, was die Toni wiederum mit sehr ungnädigem Geschrei quittierte.

Waltraud blickte sich gehetzt in der unaufgeräumten Küche um. Was sollte sie jetzt tun? Das Kind schreien lassen und erst ein bisserl Ordnung schaffen? Toni schrie viel, vor allem in der Nacht, so daß die Zirngiebels kaum einmal durchschlafen konnten. Dann schimpfte der Xaver und war auch oft noch am Morgen unleidlich, weil er müde war. Und sie, Waltraud, war ja auch nicht mehr die Jüngste. Der Haushalt, die große Landwirtschaft und nun auch noch ein Kleinkind zu versorgen, das schlug ihr manchmal über dem Kopf zusammen. Aber sie liebte die kleine Antonia, das einzige, was ihr von ihrer Regina noch geblieben war, und hätte sie um nichts in der Welt hergeben mögen.

Das Baby schrie lauter, und Waltraud fischte eilig aus einem großen Korb frisch gewaschener, aber noch nicht gebügelter Wäsche ein Jäckchen für die Kleine heraus. »Gleich, Toni, gleich geh'n wir spazieren«, rief sie durch die offene Küchentür ins Nebenzimmer, wo Tonis Bettchen stand. »Wir geh'n zur Mama . . .«

Der Zirngiebel kam die Treppe aus dem Oberstock herunter und betrat die Küche. »Wo is' denn mein Jagdanzug?« fragte er unwirsch, und seine Frau erschrak.

»Oh, den hab' ich vergessen. Der is' noch in der Reinigung.«

Xaver verzog das Gesicht, weil die Toni noch lauter brüllte. »Warum schläft's denn schon wieder net? Ich brauch' den Anzug heut' abend, das weißt du doch.«

»Hol ihn halt selbst«, bat Waltraud müde und lief nach nebenan, um Toni das Jäckchen anzuziehen.

»Du hast doch den ganzen Nachmittag Zeit«, motzte der Zirngiebel.

Seine Frau tauchte mit dem Kind auf dem Arm in der Tür auf. »Ich hab' der Toni versprochen, daß wir zum Friedhof geh'n. Sie muß raus.«

Sein Gesicht verfinsterte sich. »Jetzt hör halt endlich auf damit! Das is' ungut, jeden Tag diese Rennerei zum Grab. Sorg lieber dafür, daß der Haushalt in Ordnung is'!« Damit stapfte er türenknallend hinaus. Er sah nicht mehr, wie sich seine Frau mit einem Aufstöhnen zusammenkrümmte und an den Magen griff. Der Schmerz zerriß sie fast, und sie sank auf den nächsten Stuhl. Nach einer Weile stand sie auf und tastete sich zum Küchenschrank, wo sie ihre Magenpulver aufbewahrte. Sie hatte sie sich in Hall in der Apotheke besorgt, und bis jetzt hatten sie ihr immer einigermaßen geholfen.

Waltraud schleppte sich zum Spülbecken, goß Wasser in ein Glas und verrührte das Pulver darin. Dann trank sie in kleinen Schlucken.

Toni schrie immer noch. »Waltraud wischte sich über die schweißnasse Stirn. »Ich hol' dich gleich. Wir räumen erst ein bisserl auf, und dann geh'n wir. Und auf dem Weg pflücken wir schöne Blümerl auf der Wies'n.«

Dabei fühlte sie sich so miserabel, daß sie sich am liebsten ins Bett gelegt hätte. Aber sie riß sich zusammen, wie sie es immer tat, räumte ihre Einkäufe in die Speisekammer, holte das saubere Geschirr aus der Spülmaschine und faltete die Wäsche zusammen. Zum Glück tat ihr der Magen nicht mehr weh, so daß sie sich anschließend mit Toni auf den Weg zu Reginas Grab machen konnte.

Lange durfte sie sich dort nicht aufhalten. Um zwei, so hatte der Xaver gesagt, kämen er und der Franzl vom Feld, da mußte das Essen für die beiden Männer fertig sein. Sie würde halt ein paar Schnitzel braten, das ging am schnellsten, und dazu Spinat aus der Tiefkühltruhe.

Der Friedhof von Sonnenstein erstreckte sich rund um die Kirche. Auf den Gräbern blühten bunte Sommerblumen, Geranien, Margeriten, Gladiolen und Fleißige Lieschen. Es war ein stiller, friedlicher Ort. Das empfanden auch die beiden jungen Leute, die vor Regina Zirngiebels Grab standen.

Sie waren erst vor einer halben Stunde in Sonnenstein eingetroffen und hatten in der Poststelle nach dem Hof der Zirngiebels und dem Weg zum Friedhof gefragt. Franzi, die dort den Schalterdienst versah, hatte ihnen bereitwillig Auskunft gegeben und das hübsche, städtisch gekleidete Paar neugierig gemustert. Warum wollten die beiden zu den Zirngiebels? Ob das ehemalige Freunde von der Regina waren? Der Mann fuhr einen Wagen mit einer Münchner Nummer, das hatte Franzi noch durch das Fenster gesehen. Aber die beiden hatten ihn stehen lassen und nur einen Blumenstrauß aus dem Kofferraum geholt. Dann waren sie zu Fuß die große Treppe zur Kirche hinaufgestiegen.

Nach einigem Suchen hatten sie Reginas Grab gefunden, und der Mann hatte mit tiefer Bewegung auf den Stein geblickt, auf dem ihr Name und ihr Geburts- und Todesjahr eingemeißelt waren.

Marion, seine junge Frau, war in einiger Entfernung stehen geblieben. Jetzt trat auch sie an das Grab und nahm die Hand ihres Mannes. »Möchtest du lieber allein sein?« fragte sie leise und verständnisvoll.

Andreas Hofer schüttelte den Kopf. »Nein. Ich bin froh, daß du bei mir bist.«

Sie betrachtete ihn von der Seite und empfand einen winzigen Stich der Eifersucht, für den sie sich im nächsten Moment schämte. »Du hast sie doch mehr geliebt, als du dir selbst eingestehst«, sagte sie dennoch, und er hob den Kopf und sah sie an.

»In gewisser Weise vielleicht, aber es war niemals das,

was uns beide jetzt verbindet. Die Regina und ich haben uns ja nur kurz gekannt und in den Tag hineingelebt. Es war nie die Rede von einer festen Bindung – bis dann die Katastrophe kam. Da hab' ich versagt.«

Marion streichelte seine Finger. »Du mußt aufhören, dir Vorwürfe zu machen. Schließlich hast du sie dann überall gesucht . . . Und jetzt stellst du dich ja deiner Verantwortung.«

Er biß sich auf die Lippen. »Aber wenn die Kleine nun auch infiziert ist? Das kann ich dir doch nicht zumuten.«

»Hör endlich auf damit«, bat sie sanft. »Das haben wir doch alles besprochen. Hab keine Angst, ich steh' zu dir mit allen Konsequenzen.«

Er legte den Arm um ihre Schultern. »Ich danke dir.« Dann küßte er sie sacht auf die Wange. »Ich liebe dich . . .«

Sie schwiegen beide eine Weile und blickten auf das liebevoll gepflegte Grab. Dann legte Andreas Hofer die Blumen vor den Stein und blickte lange mit gefalteten Händen darauf nieder. »Verzeih mir, Regina«, flüsterte er. »Verzeih mir.«

Aus einiger Entfernung hörte man ein Kind fröhlich aufquietschen. Es war Toni, die jetzt in einem Buggy saß und von ihrer Großmutter über den kiesbestreuten Weg geschoben wurde. »Mamamamam«, machte die Kleine vergnügt.

Andreas Hofer zuckte zusammen. »Da kommt jemand. Laß uns verschwinden. Ich will nicht, daß man uns hier sieht. Erst muß ich mit den Zirngiebels sprechen.«

Er zog Marion zu einer Baumgruppe, hinter der sie stehenblieben. Von dort beobachteten sie, wie Waltraud mit dem Kinderbuggy herankam, vor Reginas Grab ein Kreuz schlug und ein kurzes Gebet sprach. Dann entdeckte sie Andreas' Blumen und lächelte gerührt.

»Schau, Toni«, sagte sie zu dem Kind. »Der Opa war

auch schon hier, der alte Polterer . . .« Sie bückte sich, zupfte ein paar verwelkte Geranienblüten ab und strich beinahe zärtlich über den Grabstein. »Bis morgen«, flüsterte sie, bevor sie sich abwandte und mit dem Kinderwagen wieder davonging.

Andreas starrte den beiden nach. »Das ist sie«, flüsterte er und umklammerte Marions Arm. »Das ist mein Kind . . .«

Sie kamen am Nachmittag zum Zirngiebel-Hof. Waltraud war gerade dabei, den Hühnern frisches Körnerfutter hinzuwerfen. Franzl, der Knecht, war mit dem Traktor auf dem Feld, und der Xaver war zum Bürgermeister gefahren, mit dem er etwas zu bereden hatte. Toni lag in ihrem Kinderbettchen unter einem Apfelbaum. Sie schlief nicht, sondern brabbelte zufrieden vor sich hin und freute sich an dem Spiel von Licht und Schatten, das durch die Zweige auf ihre Decke fiel.

Marion und Andreas blieben bei der Kleinen stehen und betrachteten sie. Er lächelte gerührt, als sie seinen Finger ergriff und daran zog.

Toni lächelte zurück. »Mamamamamam«, machte sie wieder.

Waltraud, die die kleine Szene beobachtet hatte, stellte rasch den Beutel mit dem Hühnerfutter beiseite und kam auf die beiden Fremden zu. »Grüß Gott, Frau Zirngiebel«, sagte Andreas. »Ich bin ein Freund von Regina aus München. Wir waren gerade in der Gegend . . .«

Er sah, wie Waltrauds Augen hart und abweisend wurden. Offenbar ahnte sie sofort, wer er war. »Regina ist tot«, erwiderte sie feindselig. »Sie braucht jetzt keine Freunde mehr.«

Er senkte den Kopf. »Das hab' ich erfahren. Es tut mir so leid.« Mit einer spontanen Geste streckte er Waltraud die Hand hin, aber sie trat einen Schritt zurück, und ihr Blick wurde noch eine Spur abweisender.

Andreas schluckte. »Ich wollte sehen, ob das Kind ... also ... wie es dem Kind geht.«

»Ausgezeichnet geht's dem Kind«, antwortete sie kalt. »Und jetzt entschuldigen S' mich, ich hab' zu tun.« Damit nahm sie Toni einfach aus ihrem Bett und ging mit ihr ins Haus.

Andreas blickte ihr nach. Dann wandte er sich seiner Frau zu. »Marion, das Kind hat meine Augen. Hast du das gesehen?«

Sie nickte und nahm seinen Arm. »Komm. Ich glaube, Frau Zirngiebel hat sofort geahnt, wer du bist, und es sieht nicht so aus, als ob wir erwünscht sind.« Sie wollte ihn mit sich zur Straße ziehen, doch er blieb stehen.

»Ich hab' nicht gewußt, wie das ist, mein eigenes Fleisch und Blut ... Ich kann jetzt nicht weggehen, verstehst du das?«

Für einen Moment lehnte sie die Stirn gegen seine Brust. »Natürlich verstehe ich dich. Aber du bist jetzt viel zu aufgewühlt ...«

»Ich will dieses Kind!« sagte er mit einer Verbissenheit, die sie ein wenig erschreckte. Immerhin folgte er ihr wenigstens nach draußen.

»Das wird nicht so einfach sein«, meinte Marion nachdenklich. »Die Kleine hat es anscheinend sehr gut hier.«

»Aber das sind ihre Großeltern«, widersprach er heftig. »Sie werden alt sein, bis sie groß ist. Warum soll sie hier aufwachsen, wenn sie einen Vater hat!«

»Du kannst ihnen die Kleine nicht mit Gewalt wegnehmen!«

»Natürlich nicht! Aber es muß einen Weg geben. Wir wissen ja noch nicht einmal, ob sie das Kind adoptiert oder nur das Sorgerecht haben.« Er straffte die Schultern. »Komm, laß uns zum Bürgermeister gehen. Da gibt es sicher eine Akte ...«

Marion schüttelte den Kopf. »Wenn du dort nachfragst, machst du den Zirngiebels nur angst. Es gibt hier sicher auch einen Arzt. Der muß die Geschichte ebenfalls kennen. Bei dem sollten wir uns erst einmal erkundigen.«

Waltraud hatte indessen im Haus mit zitternden Fingern die Nummer von Bürgermeister Angerer gewählt und ihrem Mann ausrichten lassen, er möge rasch heimkommen. Er erschien zehn Minuten später, und als Waltraud ihm berichtete, wer dagewesen sei, explodierte er sofort und schimpfte in den höchsten Tönen auf den Mann, der seine Tochter in ihrer Not im Stich gelassen hatte.

»Hat er gesagt, daß er wiederkommt?« wollte er wissen, und Waltraud zuckte mit den Schultern.

»Nein, nix. Ich hab' ihn ja gleich stehenlassen.« Sie zögerte. »Vielleicht täusch' ich mich ja auch, und es sind wirklich nur gute Freunde von der Regina. Es war ja auch die Frau dabei . . . Die sah eigentlich sehr nett aus.«

Das Gesicht vom Zirngiebel lief rot an. »Ja, was is' jetzt? Du holst mich in heller Panik aus einer wichtigen Besprechung mit dem Angerer – und jetzt erzählst du mir, daß das nette Leut' sind! Du bist ja hysterisch!«

In diesem Moment überfielen Waltraud die Magenschmerzen von neuem mit krampfartiger Gewalt. Sie stöhnte auf und hielt sich den Leib.

»Was is'?« fragte ihr Mann erschrocken. »Was hast du?«

»Nix«, stammelte sie. Das is' nur die Aufregung.«

»Morgen gehst aber wirklich zum Doktor«, meinte er, schon wieder halbwegs beruhigt.

Sie nickte und richtete sich auf, weil der Schmerz etwas nachließ. »Ja.« Dann fügte sie nach kurzem Nachdenken hoffnungsvoll hinzu: »Vielleicht hab' ich mich ja auch getäuscht in den Leuten. Und wenn nicht, kommen sie sicher wieder.«

»Er soll es nur wagen!« plusterte der Zirngiebel sich auf. »Ich werd' ihn stellen, den Lump!«

»Nein, tu das net«, flehte sie angstvoll, aber er schnaubte nur verächtlich und stapfte aus der Küche.

In Dr. Burgners Praxis hatte Frau Dr. Peters den Platz hinter Thomas' Schreibtisch eingenommen. Für eine Woche würde sie den Bergdoktor vertreten, damit er sich in dieser Zeit um seine Frau und das Baby kümmern konnte. Aber der Nachwuchs ließ auf sich warten, und nicht nur Franzi, auch Pankraz und Maxl und natürlich vor allem der werdende Vater waren schon total genervt.

Deshalb blaffte Dr. Burgner auch die Traudl ungeduldig an, als er während der Sprechstunde, die Frau Dr. Peters abhielt, einmal kurz in die Anmeldung kam und die junge Sprechstundenhilfe ihn mit ihrem schon obligatorisch gewordenen erwartungsvollen »Und?« empfing.

»Jetzt hör endlich auf mit deinem ›Und‹«, bat er gereizt. »Ich sag' schon, wenn was is'!«

Traudl war prompt beleidigt. »Ich wollt' ja nur Anteil nehmen«, maulte sie und erklärte anschließend auf Thomas' Frage, ob in der Praxis alles reibungslos liefe, betont distanziert: »Frau Dr. Peters hat alles im Griff.« Dann jedoch brach ihr fröhliches Temperament wieder durch, und sie beugte sich zu Thomas über den Tisch. »Herr Konrad is' grad' drin. Er kann wieder sprechen. Das wird sicher dauern.«

Thomas, der sich ohne seine Praxisarbeit ausgesprochen amputiert vorkam, warf einen Blick auf die vielen Patienten, die in der Diele warteten. »Da könnt' ich doch die anderen untersuchen«, setzte er an und wurde von Sabinas Stimme unterbrochen.

»Thomas, kommst du mal?« rief sie aus dem Wohntrakt.

Traudl zwinkerte ihm zu. »Gehen S' lieber. Da werden Sie mehr gebraucht.«

Er zog eine Grimasse. »Ja, zum Auswaschen der Schränke. Sie hat den Nestbautrieb, und dieses Nest muß blitzsauber sein.«

»Das hat meine Cousine auch gehabt«, erklärte Traudl verständnisinnig und sah ihm nach, wie er widerstrebend zu seiner Frau zurückkehrte.

Als Maxl aus der Schule kam, bestand Sabina darauf, daß auch das Auto picobello geputzt werden müsse, und darum machten er und Thomas sich nach dem Essen folgsam an die Arbeit. Sabina, die den ganzen Vormittag über Wäsche gewaschen hatte, erholte sich von den Strapazen, indem sie von ihrem Schaukelstuhl aus den beiden zuschaute.

Maxl stellte den Staubsauger ab, mit dem er die Wagenpolster abgesaugt hatte. »Das is' jetzt das dritte Mal in den letzten zwei Wochen, daß wir das Auto waschen«, beschwerte er sich leise bei seinem Vater. Thomas wurde einer Antwort enthoben, weil das mobile Telefon läutete, das auf dem Gartentisch stand. Er ging hin und meldete sich: »Burgner . . . Pronto . . .«

Sabina ruderte abwehrend mit den Armen. Er sah es und sagte ins Telefon: »Nein, noch kein Baby. Sabina . . .« Seine Frau schüttelte entschieden den Kopf, und er fuhr fort: »Sie schläft. Aber wir melden uns sofort, wenn es soweit is'.«

Damit legte er auf und musterte sie verwundert. »Was is' los? Warum willst du net mit deinen italienischen Verwandten sprechen?«

Sabina verdrehte in komischer Verzweiflung die Augen. »Weil das heute der fünfte Anruf aus Italien ist. Sie kontrollieren in Zwei-Stunden-Abständen.«

Maxl kam um das Auto herum und betrachtete sie streng. »Warum geht das eigentlich immer noch net los?«

Sie schnappte nach Luft und sprang auf, so schnell ihr das bei ihrer Fülle möglich war. »Wenn mich das heute noch einmal jemand fragt, krieg' ich einen Anfall.«

Maxl blickte ihr erstaunt nach, als sie ins Haus stürmte und die Tür zuknallte. »Was hat s' denn?«

Thomas lächelte ihm beruhigend zu. »Laß sie. Wir sind halt alle angespannt. Schließlich warten wir schon seit über einer Woche. Ich bin selbst schon das reinste Nervenbündel.« Er vergewisserte sich, daß seine Frau tatsächlich im Haus verschwunden blieb, und stellte das Autoputzzeug beiseite. »Genug für heut'. Komm, wir trinken was. Holst du uns eine Limo?«

Maxl wollte gerade erleichtert loslaufen, als Sabina durch das offene Wohnzimmerfenster rief: »Thomas, ich hab' noch einen Fleck auf dem Teppich gesehen. Kannst du bitte noch mal shampoonieren – und vielleicht die Gardinen abnehmen? Ich will sie waschen.«

Thomas seufzte genervt. »Eigentlich wollt' ich mich in diesem Urlaub mit dem Baby beschäftigen – und net als Putzmann.«

In diesem Augenblick bog Herr Konrad um die Hausecke, und Thomas stürzte sich auf ihn wie auf einen langersehnten lieben Gast. »Ja, Herr Konrad! Das is' aber eine Freud'! Wie geht's Ihnen denn?« Dann rief er Sabina zu: »Ich kann jetzt net ...«

Herr Konrad blickte Thomas völlig konsterniert über den ungewohnt herzlichen Empfang an. »Herr Doktor? Is' alles in Ordnung?«

Maxl grinste staubig, und sein Vater antwortete mit einem etwas mühsamem Lächeln:

»Ja. Wir warten und warten und warten ...«

Herr Konrad nickte wichtig. »Wenn sie plötzlich einen Kuchen backt, dann geht es los. Das hat schon meine Großmutter g'sagt, und es hat immer g'stimmt.«

Thomas hakte ihn freundschaftlich unter. »Aber was führt Sie denn nun zu mir?«

Herr Konrads meist düstere Miene erhellte sich. »Ich wollt' mich bei Ihnen persönlich bedanken, daß Sie mich vor der Operation bewahrt haben. Es is' alles wieder in Ordnung. Hören S' nur . . .« Und er sang mehr laut als schön: »Do-re-mi-fa-so-la-si-do . . . Die Töne kommen wieder ganz rein. Und außerdem muß ich Ihnen was Wichtiges sagen.« Er beugte sich zu Thomas und flüsterte im Verschwörerton: »Diese Frau Doktor Peters, die müssen S' schnell wieder wegschicken. Ich bin sicher, die is' gar keine Frau Doktor. Vielleicht eine Hochstaplerin . . .«

Thomas hätte am liebsten laut gelacht. Er verbiß es sich und wurde von Sabina vor einer Antwort gerettet. Sie erschien nämlich am Fenster und bat: »Maxl, kannst du bei der Franzi ein paar Eier holen?«

Der Bub machte ein hoffnungsfrohes Gesicht. »Willst du einen Kuchen backen?«

»Wieso Kuchen?« wiederholte sie kopfschüttelnd. »Ich hab' Lust auf ein Omelett . . .«

Sie bekam ihr Omelett, während Thomas und Maxl sich zu Mittag einen Schweinsbraten einverleibten, den Franzi, die gute Seele, mit den Eiern gleich mitgeschickt hatte.

Solcherart gestärkt begab Thomas sich nach dem Essen in seine Praxis, um mit Traudl eine Liste für Medikamente und Verbandszeug aufzustellen, die ersetzt werden mußten. Wenig später brachte Sabina einen Besucher herein. Es war Andreas Hofer, der Thomas um ein Gespräch bat.

Als sie zu dritt in der Ordination saßen, kam der junge Mann ohne Umschweife zur Sache. »Ich nehme an, Sie kennen Regina Zirngiebel und haben sie ärztlich betreut.«

Thomas nickte schweigend. Eine Vermutung stieg in ihm auf, die durch Andreas' nächste Worte zur Gewißheit wurde. »Ich . . . nun ja, ich bin der Vater ihres Kindes, und ich bin hergekommen, um die Kleine zu sehen und . . . vielleicht mitzunehmen.«

Dr. Burgner betrachtete ihn stirnrunzelnd. Regina hatte nie über den Mann gesprochen, der sie im Stich gelassen hatte, aber Thomas hatte sich natürlich ein ganz bestimmtes Bild von einem solchen Menschen gemacht. Ein Feigling und Versager mußte das sein, der sich keine Gedanken über das Unglück machte, das er anderen zufügte, und sich vor jeder Verantwortung drückte.

Entsprechend abweisend fiel deshalb auch Thomas' Reaktion aus. »Das darf doch net wahr sein! Wieso tauchen Sie jetzt hier auf? Das hätt' Ihnen wahrhaftig früher einfallen müssen!«

Andreas blickte auf seine Hände. »Es stimmt. Ich hab' sie damals allein gelassen, als ich erfahren hab', daß sie mit dem Aids-Virus infiziert ist.«

»Sie war auch schwanger!« warf Sabina betont ein.

Andreas hob die Schultern. »Ich bin einfach nicht damit fertig geworden . . . Und ich hatte Angst. Erst später hab' ich mich besonnen. Nur . . . als ich zu ihr zurückkommen wollte, war sie verschwunden, und ich hatte keine Ahnung, wo sie sein könnte.«

Sabina fixierte ihn mit ihren dunklen Augen. »Warum haben Sie nicht gleich bei ihren Eltern nachgefragt? Das war doch das Naheliegendste in solch einer Situation.«

Er warf ihr einen um Verständnis bittenden Blick zu. »Sie wollte nie von ihrem Elternhaus sprechen. Alles, was ich wußte, war, daß sie sich mit ihrem Vater überworfen hatte.«

»Und wie kommen Sie jetzt hierher?« erkundigte sie sich ungläubig.

»Ich hab' sie überall gesucht – und schließlich eine Detektei beauftragt. Die haben herausgefunden, daß sie hier aus Sonnenstein stammt . . . und hier begraben liegt. Und daß die Großeltern das Kind haben.«

Traudl erschien nach einem kurzen Anklopfen in der Tür. »Ein Anruf aus Italien . . .«

Sabina seufzte und stand widerstrebend auf, um den Telefonhörer auf dem Schreibtisch abzunehmen. Thomas erhob sich ebenfalls und nickte Andreas zu. »Kommen Sie, wir gehen ein paar Schritte. Ich glaub', das is' eine sehr problematische Situation. Die sollten wir ganz ungestört besprechen.«

Eine Zeitlang wanderten sie schweigend nebeneinander her. Als sie die letzten Häuser des Dorfes hinter sich gelassen hatten und über einen Wiesenweg zum Bergwald schlenderten, begann Andreas zu sprechen. Daß er die Toni auf dem Friedhof und später bei den Zirngiebels gesehen und mit ihrer Großmutter gesprochen habe. Und daß er vor ein paar Wochen geheiratet habe. Seine Frau Marion wisse über alles Bescheid und sei mit ihm hierhergekommen.

»Wir wünschen uns viele Kinder. Die Toni könnte mit jungen Eltern und mit Geschwistern aufwachsen, wie ein normales Kind eben. Wir haben ein schönes Häuschen am Stadtrand von München, mit einem großen Garten . . .«

Thomas hatte ihn zunächst reden lassen, ohne ihn mit einem Wort zu unterbrechen. Jetzt blieb er stehen und blickte auf Sonnenstein hinunter. Er liebte dieses Dorf inmitten der Tiroler Berge, hatte hier Wurzeln geschlagen und konnte sich nicht mehr vorstellen, jemals woanders zu leben.

»Das hier ist die Heimat der kleinen Toni. Und hier kann sie in aller Geborgenheit aufwachsen«, sagte er ernst. »Bei Großeltern, die sie lieben, in einer intakten Dorfgemeinschaft. Stören Sie diesen Frieden nicht! Die Zirngiebels haben schon genug durchgemacht.«

Andreas betrachtete die Hausdächer, die in der Sonne leuchteten, die vielen Obstbäume, die sanft abfallenden

Wiesen. Dr. Burgner hatte recht, es war wunderschön hier. Und dennoch . . .

»Aber das Kind hat doch auch ein Recht . . . Eines Tages wird es nach seinem Vater fragen.«

Thomas legte ihm die Hand auf die Schulter. »Wenn es seinen Vater wirklich kennenlernen will, ist dann immer noch Zeit. Jetzt haben die Zirngiebels noch net einmal den Tod ihrer Tochter überwunden. Wissen Sie, was das bedeutet, wenn Sie jetzt kommen und das Kind wollen?«

Andreas nickte. »Schon. Ich möchte aber die Vaterschaft anerkennen und für die Toni sorgen.«

»Für Reginas Kind ist auch finanziell gesorgt. Die Zirngiebels sind die reichsten Bauern hier.«

Andreas' Blick bettelte förmlich um Verständnis. »Dr. Burgner, begreifen Sie doch! Das ist auch mein Kind. Seit ich es gesehen habe . . . Ich kann einfach nicht so wieder abfahren!«

Thomas lächelte flüchtig. Er war ihm sympathisch, dieser Andreas Hofer, auch wenn er zunächst einen Mordszorn auf ihn gehabt hatte. »Wenn Sie wissen möchten, wie es der Toni geht, können Sie sich ja gelegentlich bei mir erkundigen.« Er warf einen Blick auf seine Armbanduhr. »Ich muß zurück. Meine Frau . . .«

»Ach ja, ich habe es gesehen«, versetzte Andreas voller Bitterkeit. »Sie werden Vater. Das ist sicher schön, nicht wahr?«

Die Worte trafen Dr. Burgner. Er sah ein, daß er bis jetzt nur im Interesse der Zirngiebels und daher recht einseitig argumentiert hatte. »Verzicht ist manchmal der größte Beweis der Liebe«, sagte er trotzdem, und Andreas verzog den Mund.

»Das sagt sich so leicht . . .«

Sein unglückliches Gesicht ging Dr. Burgner den ganzen Tag nicht mehr aus dem Kopf. Er dachte noch an Andreas Hofer, als er abends allein im Wohnzimmer saß und vergeblich versuchte, sich auf ein Buch zu konzentrieren, das er sich eigens in Hall besorgt hatte. Es war ein Psycho-Ratgeber zum Thema Väter und Töchter, denn für Thomas stand es fest, daß Sabina ein Mädchen zur Welt bringen würde.

Seine Frau hatte sich bereits vor einer Stunde ins Schlafzimmer zurückgezogen, und Thomas sprang erschrocken auf, als sie plötzlich im Morgenmantel in der Wohnstube erschien.

»Geht's los?« fragte er, doch sie winkte mit einem mitleiderregenden Lächeln ab.

»Nein. Ich weiß überhaupt nicht mehr, wie ich liegen soll. Warum hast du nicht bei mir reingeschaut?«

Er zog sie an sich. »Ich wollt' dich net stören. Der Maxl hat gesagt, du schläfst schon.«

Sie nahm das Buch auf, das er bei ihrem Eintritt beiseite gelegt hatte, und las den Titel. »Väter und Töchter«, sagte sie amüsiert. »Du bist dir wohl sehr sicher?«

»Natürlich. Franzi sagt, Mädchen lassen sich immer so lang' Zeit. Sie üben schon fürs richtige Leben.«

»Bäh«, machte Sabina und streckte ihm die Zunge heraus. Dann ließ sie sich schwer auf das Sofa fallen. Auch Thomas setzte sich wieder. »Du?« fragte sie nach einem kurzen Schweigen. »Was hast du eigentlich mit dem Vater von der Toni besprochen?«

»Ich hab' ihm geraten, von hier zu verschwinden und alle in Frieden zu lassen. Das ist das Beste für die Kleine.«

Sie runzelte die Brauen. »Das Beste? Daß die Toni nie ihren Vater kennen wird? Also, ich weiß nicht ...«

»Es bringt doch nur Unruhe«, verteidigte er seinen Standpunkt, »auch wenn Herr Hofer es gut meint. Er möcht' sie sogar zu sich nehmen, wenn's geht.«

Sie streckte den schmerzenden Rücken. »Das wäre vielleicht nicht das Schlechteste. Mal ganz ehrlich – so herrlich ist es auch nicht, mit dem alten Zirngiebel aufzuwachsen. Stell dir nur vor, wenn Toni in Maxls Alter ist, dann ist er ein alter Mann.«

Ihre Worte stimmten ihn nachdenklich. »Da wird er net viel Verständnis haben, wenn sie mal frech wird . . .«

Sabina nickte. »Die beiden scheinen mir sowieso ziemlich überfordert mit dem Versprechen, das sie der Regina gegeben haben.«

Thomas stand auf. Er machte ein paar ziellose Schritte durch das Zimmer, dann setzte er sich wieder auf die Sofakante zu seiner Frau. »Die Frau Zirngiebel sieht sehr schlecht aus«, murmelte er und erinnerte sich wieder an seinen Besuch.

Sabina nahm seine Hand und legte sie auf ihren Bauch, wie sie es gern tat, seit sich das Baby in ihr bewegte. »Würdest du nicht auch alles tun, um dein Kind zu finden?« fragte sie leise. »Und dafür zu sorgen?«

Er drückte ihre Finger. »Ja. Natürlich würd' ich das tun. So hab' ich das noch gar net g'sehen . . .« Auf einmal fühlte Dr. Burgner sich sehr verunsichert.

Um dieselbe Zeit saßen Andreas und Marion Hofer im Hotel zur Post beim Abendessen. Marion beobachtete besorgt, wie ihr Mann nur in seinem Schnitzel mit Blumenkohl herumstocherte und kaum einen Bissen hinunterbrachte. »Jetzt iß halt was«, mahnte sie besorgt. »Du hast den ganzen Tag noch nichts angerührt.«

Er schob den Teller mit einer nervösen Bewegung von sich. »Ich kann nicht . . .«

In diesem Augenblick kam der Zirngiebel in die Gaststätte gestampft, blickte sich kurz um und marschierte dann zielstrebig auf den Tisch der Hofers zu. »Sind Sie Andreas Hofer?« fragte er grob.

Andreas stand höflich auf. »Ja, und Sie sind . . .«

»Zirngiebel, ganz recht!« antwortete Tonis Großvater

drohend. »Was für ein Freund von der Regina sind Sie eigentlich? Und was wollten Sie heut' bei uns auf dem Hof?«

»Ich ... ich bin der Vater von der Toni«, gestand Andreas, und der Zirngiebel funkelte ihn erbost an.

»Aha! Hat sich gedrückt vor der Verantwortung – bis jetzt! Und jetzt meinen S' vielleicht, Sie könnten sich ein kerngesundes Kind abholen ...«

Andreas schüttelte den Kopf. »Es ist nicht so, wie Sie denken. Ich hab' die Regina verzweifelt gesucht. Sie hatte mir nie von Ihnen erzählt.«

Aber der Zirngiebel ließ sich in seinem Redefluß nicht aufhalten. »Zu ihren Eltern mußte das arme Mädchen fliehen!« donnerte er. »Nur weil Sie so ein verantwortungsloser Lump sind!«

»Bitte«, fiel Andreas ihm abermals ins Wort. »Ich möcht' die Vaterschaft anerkennen und für die Toni sorgen.«

Der vierschrötige Bauer senkte den Kopf wie ein gereizter Stier. »Die Toni g'hört zu uns! Die braucht keinen Hallodri als Vater!«

Auch Marion war jetzt aufgestanden. »Bitte, Herr Zirngiebel, können wir nicht in Ruhe miteinander reden? Mein Mann und ich wollen Ihnen doch keine Schwierigkeiten machen«, sagte sie begütigend, doch der Zirngiebel wurde nur noch lauter.

»Dann verschwinden S'!« brüllte er. »Aber dalli! Eh' ich mich vergeß! Und wagen Sie es net, je wieder einen Fuß in diesen Ort zu setzen.« Damit wandte er sich zum Gehen.

»Herr Zirngiebel, bitte!« rief Andreas ihm nach, aber der drehte nicht einmal mehr den Kopf.

»Ich hab' nix mehr zu sagen!«

Hoch befriedigt, es diesem gewissenlosen Kerl richtig gegeben zu haben, kehrte er nach Hause zurück.

Seine Frau hörte ihn kommen und stand eilig von Tonis Bettchen auf, an dem sie bis jetzt gesessen und gewartet hatte, daß die Kleine einschlief.

Auf Zehenspitzen ging Waltraud in die Küche, wo ihr Mann sich gerade ein großes Glas Obstler einschenkte. »Wo warst du?« fragte sie ängstlich.

Er trank und wischte sich über den Mund. »Beim Angerer. Ich hab' den Halunken gestellt.«

Waltraud ließ sich erschrocken auf einen Stuhl fallen. »O Gott!«

»Es is' der Vater!« berichtete der Zirngiebel, und sie wurde leichenblaß.

»Und will er . . . die Toni?«

Der Zirngiebel goß sich noch einen Obstler ein. »Keine Angst, der kommt net wieder. Das soll er sich nur trauen . . .«

»Aber wenn er vor Gericht geht? Schließlich is' er der leibliche Vater.«

Er sah die Sorge in ihren Augen und ging zu ihr. Unbeholfen zog er sie aus dem Stuhl hoch und nahm sie in die Arme. Sie ließ für einen Moment den Kopf gegen seine Schulter sinken, löste sich aber sofort von ihm, als Toni nebenan zu schreien begann.

Zirngiebel tätschelte ihr den Rücken. »Jetzt bleib halt hier. Mußt dir doch trotzdem net auf der Nas'n herumtanzen lassen.«

Mit einer entschiedenen Bewegung machte sie sich frei. »Nein, laß mich.«

Er blickte ihr nach, wie sie ins Nebenzimmer ging. »Du machst dich noch kaputt.« Eine steile Falte erschien auf seiner Stirn, als er hörte, wie sie das schreiende Kind hochnahm und beruhigend auf die Kleine einredete. Vielleicht wär's wirklich besser, wenn die Toni bei jungen Eltern aufwachsen tät', dachte er bei sich, verdrängte diesen Gedanken aber sofort wieder. Das Kind war das einzige, was ihnen von der Regina geblieben war. Toni gehörte zu ihnen.

Traudl Meinrad empfing Thomas Burgner ein paar Tage später wie gewohnt, als er in die Anmeldung kam. »Guten Morgen ... Und?« Sie fing seinen strafenden Blick auf und entschuldigte sich hastig.

Thomas steckte die Hände in die Hosentaschen und wippte nervös auf den Fußspitzen. »Und? Was und? Das Wetter is' schön ...«

Traudl mußte lachen. »Tut sich denn gar nix? Also, meine Cousine war dreimal mit falschem Alarm in der Klinik. Und zum Schluß haben s' einen Kaiserschnitt machen müssen – auf Leben und Tod.«

»Traudl!« rief er empört, und sie zog den Kopf ein.

»'tschuldigung, Chef.«

»Heut' nacht hat sie ein paar Wehen gehabt«, berichtete Thomas. »Aber als wir in die Klinik wollten, hat alles wieder aufgehört.« Er fuhr sich in komischer Verzweiflung durch die Haare. »Es is' zum Verrücktwerden.«

»Sie Ärmster!« sagte Traudl mitleidig. »Dann war das mit der Vertretung ja eigentlich ganz unnötig.«

»O nein, ganz und gar net!« widersprach er voller Galgenhumor. »Die Gardinen sind sauber, die Teppiche gereinigt, das Auto ist frisch gewaschen, die Fenster sind geputzt ...«

Sie lachte wieder. »Frau Dr. Peters is' heut' den letzten Tag da. Sie wollen sicher noch mal mit ihr reden?«

Er nickte eifrig. »O ja! Wir werden ein langes, langes Gespräch führen, sonst muß ich vielleicht noch selbst in die Waschmaschine.« Er wollte gerade sein Sprechzimmer betreten, als Frau Zirngiebel hereinkam. Sie sah gehetzt und vergrämt aus.

»Dr. Burgner, ich muß Sie sprechen.«

»Heut' praktiziert noch die Frau Dr. Peters«, erwiderte er freundlich. Dann begriff er, daß sie nicht als Patientin gekommen war, und nahm ihren Arm. »Kommen S', wir reden in Ruhe draußen im Garten.«

Eine Weile gingen sie schweigend nebeneinander her. Dann begann Waltraud zu sprechen. »Da is' neulich ein Fremder gekommen. Er hat die Toni sehen wollen und...«

»Und gesagt, daß er ihr Vater ist«, vollendete Dr. Burgner. »Ich weiß. Herr Hofer ist auch bei mir g'wesen. Er hat mir gesagt, daß er die Toni gern zu sich nehmen würde, aber ich glaub', ich hab' ihm plausibel machen können, daß das net nur Ihnen, sondern auch dem Kind gegenüber net richtig wär'.«

Sie warf ihm einen unruhigen Blick zu. »Mein Mann war auch bei ihm in der ›Post‹. Er hat ihm gedroht, daß er sich bloß net mehr bei uns blicken lassen soll. Aber er is' danach net abgereist, und seitdem hab' ich solch eine Angst, Herr Doktor. Wenn er nun wiederkommt? Wenn er die Toni vielleicht sogar entführt?«

Thomas schüttelte den Kopf. »Ich glaub' net, daß er so was tun würd'. Und wenn er kommt, sollten Sie ihm eine Chance geben. Weisen S' ihn net ab, die Toni is' schließlich sein Kind. Und Ihre Regina hat ihn einmal geliebt...«

»Und wenn er die Toni dann für immer haben will?« flüsterte sie mit zitternden Lippen.

Dr. Burgner blieb stehen und betrachtete sie besorgt. »Es würd' bestimmt genügen, wenn er die Kleine regelmäßig sieht – und sie vielleicht auch mal zu sich nimmt. Sie brauchen doch auch Ihre Kräfte, Frau Zirngiebel.«

Sie senkte den Kopf. »Ja, ich hab' seit einem Jahr keine Nacht mehr durchgeschlafen. Sie weint so viel, die Toni.«

»Eben«, sagte er sanft. »Und dazu die Trauer um Ihre

Regina – das zehrt. Und eine Hilfe ist Ihnen Ihr Mann bestimmt net.«

»Nein«, gab sie zu. »Er hat sehr ... altmodische Ansichten von Kindererziehung.«

»Da wär' ein junger Vater vielleicht ein guter Gegenpol für die Toni«, meinte Dr. Burgner lächelnd.

Waltraud schlug plötzlich die Hände vor das Gesicht und begann zu weinen. »Ich will doch auch nur das Beste für die Toni ...«

»Das wollen alle«, erwiderte er herzlich. »Also gibt es auch eine Lösung – bestimmt.« Er wollte noch etwas hinzufügen, doch Sabinas Stimme ließ ihn herumfahren.

»Thomas!« rief sie vom Haus her. »Komm, ich habe Wehen!«

»Ich komme!« schrie er aufgeregt zurück und umfaßte Waltraud Zirngiebels Schultern. »Endlich! Wissen S' was? Wenn das Baby da ist, setzen wir uns alle zusammen und reden miteinander.«

»Thomas!« rief Sabina wieder. Es klang angstvoll, und Waltraud schob ihn in Richtung Haus.

»Jetzt gehen S' aber zu Ihrer Frau! Alles Gute! Und vielen Dank, Sie haben mir schon geholfen.«

Die letzten Worte hörte er bereits nicht mehr. Mit langen Sätzen rannte er ins Haus zurück.

Waltraud hatte Toni zum Doktorhaus mitgenommen und die Kleine in ihrem Buggy vor dem Praxiseingang stehen lassen. Jetzt kehrte sie langsam mit ihr nach Hause zurück. Sie ließ den Buggy auf dem Hof stehen und trug die Enkeltochter auf dem Arm in die Küche. Die Tür nach draußen stand noch offen.

In diesem Moment wurde Waltraud von einer neuen heftigen Schmerzattacke überrollt. Sie konnte Toni gerade noch auf dem Fußboden absetzen und zum Küchenschrank stürzen, wo sie ihr Magenpulver aufbewahrte. Aber sie schaffte es nicht mehr, es einzunehmen.

Der Schmerz war diesmal so rasend, daß Waltraud über den Tisch fiel und sich daran festklammerte. Übelkeit, heiß und würgend, stieg in ihr auf. Da sah sie, wie Toni, fröhlich vor sich hin brabbelnd, nach draußen auf den Hof krabbelte, wo der Knecht gerade den schweren Mähdrescher aus dem Schuppen fuhr.

»Toni . . . nein, nicht!« versuchte Waltraud zu schreien, aber sie brachte nur ein heiseres Flüstern heraus. Das Kind reagierte nicht, und der Franz konnte es beim Rückwärtsfahren nicht sehen.

Vergnügt machte Toni das Motorengeräusch nach und krabbelte weiter auf das schwere Gefährt zu.

»Um Gottes willen!« schrie da jemand. Es war Andreas, der mit Marion gerade auf den Hof kam. Mit einem Blick erfaßte er die tödliche Gefahr, in der das Kind schwebte, und jagte zu ihm hin.

»Stopp! Stopp!« schrie Marion und ruderte wild mit den Armen. Das sah der Franzl und hielt an. Im selben Augenblick hatte Andreas das Kind hochgerissen und hielt es fest an sich gedrückt.

Franzl stieg aus der Fahrerkabine. Er wurde kreideweiß vor lauter Schrecken. »Jessasmaria, die Kloane!« stammelte er. »Die hab' ich net g'seh'n!«

Andreas war mit dem Kind ins Haus gelaufen. Marion und der Franzl folgten etwas langsamer, als plötzlich der Zirngiebel auftauchte. Er hatte auf der Wiese hinter dem Hof auf den Knecht gewartet.

»Herrgottsakra, wo bleibst denn?« fuhr er den Franz an. Dann entdeckte er Marion, und seine Miene wurde drohend. »Was wollen Sie denn hier noch? Verschwinden Sie!«

»Aber die Toni«, setzte die junge Frau an. »Sie wär' beinahe . . .«

»Runter vom Hof!« schrie der Zirngiebel und wollte sie bei den Schultern packen, als von drinnen aus der Küche Andreas' entsetzter Aufschrei zu hören war:

»Einen Arzt! Schnell, wir brauchen einen Arzt.«

Waltraud war neben dem Küchentisch zusammengebrochen. Reglos lag sie am Boden, und unter ihrem Gesicht breitete sich eine Blutlache aus.

Dr. Burgner hatte gerade seiner Frau ins Auto geholfen, als der Anruf kam. Traudl nahm ihn entgegen und stürzte aus dem Haus. »Herr Doktor, die Frau Zirngiebel . . .«

Thomas warf Sabinas Koffer auf den Rücksitz und setzte sich ans Steuer. »Ich kann jetzt nicht!« rief er und startete den Motor. Dabei sah er, wie Sabina von einer neuen Wehe erfaßt wurde. »Geht's?« fragte er besorgt. »Kannst es noch aushalten?«

Sie japste ein wenig. »Ja, ja, aber jetzt möcht' ich schnell in die Klinik. Wir haben vielleicht doch zu lange gewartet.«

Traudl riß die Autotür auf. »Die Frau Zirngiebel spuckt Blut. Sie müssen kommen!«

Bei Sabina kündigte sich die nächste Wehe an. »Bitte«, sagte sie schwach, »ich muß in die Klinik.«

Ein, zwei Sekunden saß Thomas wie erstarrt. Was sollte er tun? Dann stieg er aus dem Wagen. »Traudl, fahr du die Sabina. Und ruf die Franzi und den Pankraz an. Sie sollen den Maxl aus der Schule holen. Ich komme nach, so schnell ich kann.«

Er beugte sich noch einmal zu seiner Frau. »Sei mir net bös', bitte . . . Ich liebe dich. Ich komm' rechtzeitig, ich versprech's.«

Er küßte sie, und sie strich ihm sacht über die Wange. Sie verstand ihn ja. Schließlich war sie selbst Ärztin und wußte, daß man in diesem Beruf nicht immer nach seinem Herzen, sondern nach seinem Verantwortungsgefühl handeln mußte.

Eine halbe Stunde später traf der von Thomas angeforderte Krankenwagen bei den Zirngiebels ein. Thomas Burgner war gerade noch im letzten Augenblick gekommen. Waltraud hatte schweres Magenbluten, das vermutlich von einem Magendurchbruch herrührte.

Mit schreckgeweiteten Augen sah der Zirngiebel zu, wie seine Frau von zwei Sanitätern aus dem Haus getragen wurde. »Ich fahr' mit dem Krankenwagen«, sagte Thomas zu ihm, aber er hörte es gar nicht.

»Waltraud«, stammelte der vierschrötige Mann entsetzt. »Mein Gott, mein Gott, was soll ich tun? Und die Toni . . .«

Marion, die das kleine Mädchen auf dem Arm hielt, drückte es an sich. »Fahren Sie auch mit. Wir passen auf die Kleine auf.«

Xaver blickte erst sie, dann ihren Mann an, und für ein paar Sekunden brachen seine Starrköpfigkeit und sein cholerisches Temperament wieder bei ihm durch. »Sie? Nein, Sie net!«

Dr. Burgner nahm seinen Arm. »Kommen S', Zirngiebel«, sagte er ruhig, »seien S' net so halsstarrig. Ihre Frau braucht Sie jetzt. Und ohne die beiden da«, er deutete auf Marion und Andreas, »ohne die beiden hätten S' gar keine Toni mehr. Da wär' das Unglück noch viel größer.«

Man sah dem Zirngiebel an, wie sehr er mit sich kämpfte. Doch dann siegte die Angst um seine Frau, und er nickte Andreas Hofer kurz zu, ehe er Dr. Burgner zum Rettungswagen folgte und hastig einstieg. Mit eingeschalteter Sirene und zuckendem Blaulicht jagte das Gefährt die schmale, gewundene Straße nach Hall hinunter.

Während der Fahrt nahm Thomas Funkkontakt mit der Klinik auf, damit man sich auf die Notoperation an Waltraud Zirngiebel einstellte. Als der Wagen vor dem Portal hielt, sprang Thomas als erster heraus. »Es ist alles vorbereitet«, sagte er zu Xaver Zirngiebel. »Sie kommt gleich in den OP . . . Ich muß jetzt zu meiner Frau.«

Damit rannte er in langen Sätzen auf den Eingang zu und verschwand hinter der gläsernen Schwingtür.

Auf dem Flur vor dem Kreißsaal warteten Maxl und Pankraz Obermayr. »Papa, da bist du ja endlich!« rief der Bub erleichtert, als er seinen Vater erkannte, und Pankraz drängte:

»Beeil dich! Sie preßt schon.«

Eine Schwester hielt Thomas hinter der Tür des Kreißsaals auf und drückte ihm den sterilen Kittel in die Arme, den er überziehen mußte. Sabina lag auf dem Entbindungsstuhl. Daneben stand Franzi, gleichfalls in steriler Kleidung, und hielt ihre Hand. Ein Arzt war ebenfalls da. Es war Dr. Schubert, ein, wie Thomas wußte, ausgezeichneter, erfahrener Gynäkologe.

Mit einem Blick sah Thomas, daß bei Sabina bereits die Austreibungsphase eingesetzt hatte. Sie preßte angestrengt, entspannte sich wieder, preßte von neuem. Sie war naßgeschwitzt.

»Willst dich net doch besser hinhocken?« fragte Franzi besorgt. Schließlich hatte sie in den letzten Wochen nicht nur einen Kursus über Säuglingspflege mitgemacht, sondern auch alles, was ihr in die Finger kam, über Geburtshilfe gelesen. Außerdem war es nicht die erste Entbindung, bei der sie dabei war. »Da kommt's Kindl leichter.«

Sabina hechelte, wie sie es in der Schwangerschaftsgymnastik gelernt hatte. Dann lächelte sie Thomas zu, der sich an ihre andere Seite stellte, sie küßte und dann ihre Hand nahm. Die nächste Wehe kam mit aller Kraft, und Sabina stöhnte auf.

»Weiter, weiter!« befahl Dr. Schubert. »Nicht aufgeben!« Er sah den kindlichen Kopf bereits austreten. »Weiterpressen . . . ja! Gleich ist es geschafft!« Behutsam und doch kräftig zog er wenig später den Körper des Neugeborenen aus dem Geburtskanal. »Da ist sie ja. Es ist eine Tochter.«

Erschöpft ließ Sabina den Kopf auf die Seite sinken. Sie sah, wie Thomas strahlte, und lächelte zu ihm hoch. »Mußt du eigentlich immer recht behalten?«

Franzi war vor lauter Freude in Tränen ausgebrochen. »Dem Herrgott sei Dank«, murmelte sie inbrünstig.

Der erste kräftige Schrei des Kindes ertönte. Thomas lauschte ihm nach, und sein Strahlen vertiefte sich. Seine kleine Tochter! »Hört nur«, sagte er, »jetzt haben die Frauen endgültig die Übermacht im Hause Burgner.«

Er blieb bei Sabina, bis sie aus dem Kreißsaal hinausgefahren wurde, saß dann noch eine Weile bei ihr im Zimmer und schaute zu, wie sie das erste Mal ihr Baby an die Brust legte. Erst danach fiel ihm wieder Frau Zirngiebel ein, und er verabschiedete sich hastig von seinen beiden Frauen. »Ich schau' später noch einmal herein«, versprach er. Dann ging er eilig zum OP-Trakt hinüber.

Dort erfuhr er zu seiner Erleichterung, daß die Operation an Waltraud erfolgreich beendet worden war. Man hatte sie bereits auf die Intensivstation gebracht. Dr. Burgner wollte trotzdem nach ihr sehen und zog zum zweiten Mal an diesem aufregenden Tag sterile Kleidung über.

Waltraud dämmerte noch vor sich hin. Sie war an das Überwachungsgerät angeschlossen, und ein Tropf stand neben ihrem Bett. Ihr Mann saß bei ihr und hielt ihre Hand. Als Thomas eintrat, schaute er auf. »Ham S' Ihr Kind?«

Dr. Burgner nickte glücklich. »Ja. Es is' eine Tochter.«

»Das is' schön. Ist alles gutgegangen?« wollte der Zirngiebel wissen.

»Ja, eine einfache und schnelle Geburt. Und bei Ihnen? Die Operation is' ja Gott sei Dank gut verlaufen.«

Xavers Gesicht verschattete sich wieder. Er blickte seine Frau an. »Genauso hat sie auch dagelegen, unsere Regina, damals, wie s' gestorben is'...« Er senkte den Kopf und kämpfte gegen seine Tränen an.

Dr. Burgner legte ihm die Hand auf die Schulter. »Machen Sie sich keine Sorgen. Ihre Frau wird wieder ganz gesund. Aber es war sehr ernst. Wenn so ein Magengeschwür durchbricht... Sie hätt' viel früher kommen müssen, anstatt selbst an sich rumzudoktern.«

»Sie wollt' ja geh'n«, murmelte der Zirngiebel. »Aber nie hat sie Zeit gefunden.« Ratlos blickte er zu Thomas auf. »Was soll nur werden jetzt? Die Kleine daheim – und eine kranke Frau in der Klinik. Ich kann doch das Kind net versorgen.«

Waltraud bewegte unruhig den Kopf. »Toni«, flüsterte sie angstvoll. »Net rauslaufen. Bleib hier, mir geht's gleich wieder gut.«

Ihr Mann streichelte unbeholfen ihre Wange. »Es is' nix passiert. Sei ruhig.«

Seine Worte drangen noch nicht in das Bewußtsein der Kranken. Sie versuchte, sich aufzusetzen. »Ich muß zur Toni...«

Thomas drückte sie sanft in die Kissen zurück. »Ruhig, ruhig... Der Toni geht's gut. Schlafen Sie noch ein bisserl. Es wird alles gut.«

Dieses Mal entspannte sie sich tatsächlich und schloß müde die Augen. »Es wird alles gut«, wiederholte sie. Dann dämmerte sie wieder in den Schlaf hinüber.

Der Zirngiebel gab es auf, gegen seine Tränen anzukämpfen. Er fuhr sich über die Augen. »Sterben hätten s' können, alle beide, wenn nicht...« Er schluckte und brachte es immer noch nicht über sich, den Namen von Andreas Hofer auszusprechen. »Wenn sie keiner g'funden hätt'...«

»Danken Sie Ihrem Herrgott, daß die Toni einen Vater hat«, sagte Thomas fest, und der Zirngiebel nickte.

Wenn er heimkam, würde er wohl mit diesem Andreas

Hofer und seiner Frau reden müssen. Vielleicht gelang es ihnen ja, eine Lösung zu finden, die nicht nur für die Toni gut war, sondern auch für ihn selbst und vor allem für die Waltraud. Sie hatte sich viel zuviel zugemutet, und damit mußte jetzt ein für allemal Schluß sein.

Xaver Zirngiebel hatte sich das nie so recht klargemacht, aber in den letzten Stunden, wo er so höllische Angst um seine Frau ausgestanden hatte, hatte er begriffen, wie wichtig sie doch für ihn und sein Leben war. Und das wollte er nicht mehr vergessen.

Am nächsten Morgen war Dr. Burgner schon in aller Frühe in Hall in der Klinik, um nach seiner Frau und seiner kleinen Tochter zu sehen. Freilich konnte er nicht lange bleiben, weil in Sonnenstein die Patienten auf ihren Bergdoktor warteten, aber er versprach, am Mittag wiederzukommen. Diesmal brachte er Traudl mit, die sich mit einer Kamera bewaffnet hatte, um Sabina und das Neugeborene zu fotografieren.

Als sie auf dem Parkplatz aus Thomas' Jeep stiegen, kamen ihnen Xaver Zirngiebel und die beiden Hofers entgegen. Andreas trug die kleine Toni auf dem Arm. »Dr. Burgner«, sagte er herzlich, als er Thomas' ansichtig wurde. »Meinen Glückwunsch zur Tochter.«

»Danke.« Thomas schüttelte ihm stolz die Hand. »Sie is' ganz der Papa.«

Andreas wollte etwas erwidern, doch Traudl platzte dazwischen. »Bleiben S' jetzt erst einmal hier?« erkundigte sie sich neugierig.

»Noch ein paar Tage«, gab er Auskunft. »Bis die Toni sich an uns gewöhnt hat.«

»Dann nehmen wir sie zu uns nach München«, fügte Marion hinzu. »Mein Mann muß ja wieder arbeiten.«

Traudl machte ein erschrockenes Gesicht. »Für immer?«

Der Zirngiebel nickte schwer. »Es geht net anders. Wir sind ja doch zu alt ... Und die Waltraud is' jetzt eh zu schwach.«

Thomas drückte seinen Arm. »Das war für Sie net leicht. Aber ich glaub', das is' die beste Lösung.«

Andreas streichelte Tonis Wange. »Wir kommen natürlich her, so oft es nur geht. Hier wird die Toni immer eine Heimat haben.«

Das klang so aufrichtig, daß Xaver Zirngiebels bedrückte Miene sich ein wenig aufhellte. Vielleicht entwickelten sich die Dinge ja doch besser, als er bis jetzt angenommen hatte.

Sabina lag in einem Einzelzimmer. Auf ihrem Nachttisch stand ein riesiger roter Rosenstrauß, den Thomas schon am Morgen gebracht hatte. Sie hielt ihr Baby im Arm, und Pankraz, der vor einer Viertelstunde zusammen mit der Franzi gekommen war, betrachtete seine Quasi-Enkelin verzückt.

»Und wenn's net richtig trinkt«, sagte er, »dann zieh' ich's halt mit der Flasche groß.«

Franzi lachte schallend. »Geh, das macht man bei Menschenbabys doch immer so, du alter Tierdoktor!« Dann betrachtete sie die Blumen. »So ein schöner Rosenstrauß ...«

Sabina lächelte. »Ja, ich werde richtig verwöhnt.«

»Schau dir erst mal den Ring an, den die Sabina vom Thomas bekommen hat«, mischte der Pankraz sich ein, der schon am Vormittag auf einen Sprung hiergewesen war. Die junge Mutter hob die Hand und zeigte den im Sonnenlicht funkelnden Brillantring.

»Schön ist der, Sabina«, sagte die Franzi neidlos. Aber dann wurde sie doch ein wenig traurig. Rote Rosen, einen kostbaren Ring, ein Baby ... Von so etwas hatte sie auch einmal geträumt, aber es war nie etwas daraus geworden. Schade, dachte sie.

Pankraz hielt dem Baby seinen Finger hin. »Wo bleiben s' denn nur?« meinte er ungeduldig. »Gleich schläft s' ein. Dann wird's nix mit dem Foto.«

In diesem Augenblick traten Thomas und Traudl ein. »Hallo!« rief die junge Sprechstundenhilfe fröhlich und nahm ihre Kamera aus dem Etui, während Thomas seine Frau und seine Tochter mit einem Kuß begrüßte. Traudls erschrockener Aufschrei ließ ihn herumfahren.

»Jessas! Da is' ja gar kein Film drin! Ich bin gleich wieder da!«

Als sie zehn Minuten später zurückkam, hatte sich auch der Maxl eingefunden, der von der Schule aus gleich in die Klinik gekommen war. Er saß mit seinem Vater am Bett, Franzi und Pankraz warteten im Hintergrund.

»Und jetzt bitte lächeln«, rief Traudl und knipste das erste Familienfoto.

»Jetzt wir«, sagte die Franzi resolut und nahm Pankraz beim Arm. »Schließlich haben wir das Kind mit auf die Welt gebracht.«

Thomas und Maxl standen auf und überließen ihnen den Platz am Bett der Wöchnerin. Traudl ließ ihre Kamera klicken, und im gleichen Moment begann das Baby lauthals zu schreien.

»Was hat sie?« fragte Sabina sofort besorgt, und Maxl antwortete:

»Hunger . . . is' doch klar!«

Franzi schüttelte den Kopf. »Sie muß gewickelt werden. Soll ich das machen?«

»Ihr is' zu warm«, meinte Thomas.

Pankraz schüttelte verweisend den Kopf. »Unsinn, sie is' vor dem Blitzlicht erschrocken.«

Sabina hatte unterdessen ihrer schreienden Tochter den Daumen in den Mund gesteckt, und die Kleine begann sofort, daran zu saugen. »Der Maxl hat recht. Ich glaube, wir haben eine ziemlich verfressene Tochter. Ich muß gleich stillen.«

Sie wollte gerade ihr Nachthemd aufknöpfen, als sich die Tür nach einem kurzen Anklopfen öffnete und Herr Konrad erschien. Er hatte einen großen Blumenstrauß und ein Notenblatt in der Hand.

Traudl warf ihm einen empörten Blick zu. Immerhin tauchte er bereits zu den unmöglichsten Zeiten bei Dr. Burgner auf, wenn er meinte, wieder einmal ein äußerst bedenkliches Krankheitssymptom bei sich entdeckt zu haben. »Herr Konrad!« schimpfte Traudl. »Nicht hier auch noch! Das geht jetzt wirklich net!«

Aber ausnahmsweise kam Herr Konrad diesmal nicht als Patient. »Bitt' schön, wenn ich ungelegen komm'«, meinte er verlegen. »Aber ich hab' extra was eingeübt für den großen Tag.« Er warf Dr. Burgner einen dankbaren Blick zu. »Wo doch meine Stimme jetzt wieder ganz in Ordnung is'.«

»Wollen S' etwa singen?« fragte Thomas lachend, und Herr Konrad stellte sich in Positur.

Freude, schöner Götterfunken, stimmte er an, *Tochter aus Elysium . . .* Woraufhin das Baby den mütterlichen Daumen verschmähte und noch lauter zu schreien begann.

Xaver Zirngiebel und die Hofers saßen währenddessen bei Waltraud am Bett. Sie war von der Intensiv- auf die Chirurgische Station verlegt worden, und natürlich hatte der Zirngiebel es sich nicht nehmen lassen, ebenfalls auf einem Einzelzimmer für seine Frau zu bestehen. Schließlich war er der reichste Bauer im Sonnensteiner Tal und konnte sich das leisten.

Die kleine Toni hatte ihre Großmutter mit einem fröhlichen Quietschen begrüßt, aber sie schien sich auf dem

Arm ihres Vaters so wohl und sicher zu fühlen, daß sie kurz darauf einschlief.

Andreas betrachtete das Kind und warf Marion einen fragenden Blick zu. Sie nickte ihm zu. »Sie schläft ganz tief. Morgen kommen wir wieder . . .«

Leise standen die beiden auf, drückten Waltraud die Hand und nickten Xaver verabschiedend zu, ehe sie auf Zehenspitzen das Zimmer verließen.

»Waltraud schaute auf die Tür, die sich hinter ihnen schloß. »Glaubst du, daß wir das richtig machen?« wandte sie sich zweifelnd an ihren Mann, und er drückte ihre Hand.

»Es is' das Beste für die Toni. Und wir haben sie ja net verloren . . .«

»Aber weh tut's doch, sehr weh«, sagte sie erstickt, und er sah, wie sich zwei Tränen aus ihren Augen lösten und über ihre Wangen liefen. Unbeholfen zog der Zirngiebel sein Taschentuch aus der Hose und wischte sie ihr weg. Dabei hätte er am liebsten mitgeheult, weil es ihm ja auch schwerfiel, die Toni herzugeben. Aber es war wirklich am vernünftigsten.

»Wenn du's net aushalten kannst«, sagte er stockend und streichelte Waltrauds Hand, »dann fahr'n wir nach München und besuchen sie. Immer wenn du willst. Du wolltest doch öfter mal in die Stadt. Jetzt hast wenigstens einen Grund.«

Sie legte seine Hand gegen ihre Wange. Wie gut und verständnisvoll er mit einem Mal war, ihr Xaver! Gar nicht mehr der jähzornige Polterer, der ihr so oft das Leben schwergemacht hatte.

Vielleicht bleibt er eine Weile so, dachte die Waltraud und lächelte unter Tränen zu ihm hoch. Das wär' schön!

Schwester Namenlos

Drehbuch von Christiane Sadlo

Ein paar Tage später durfte Sabina mit ihrem Baby die Klinik verlassen. An diesem Vormittag hielt Dr. Burgner keine Sprechstunde ab. Das besagte auch ein von Maxl geschriebenes und an die Tür geheftetes Schild mit dem Hinweis: *Praxis wegen Familienzuwachs geschlossen.*

Zufrieden betrachtete der Bub sein Werk, dann rief er ungeduldig nach oben zum elterlichen Schlafzimmer: »Jetzt mach schon, Papa, sonst ist sie erwachsen, bis wir da sind!«

Dr. Burgner erschien auf dem Balkon, der sich um den ganzen Oberstock des Hauses zog, und versuchte, seine Krawatte zu binden. »Ich krieg' den verdammten Knoten net hin!«

Maxl trat von einem Fuß auf den anderen. »Jetzt vergiß halt die blöde Krawatte, der Zwerg kann eh noch nix erkennen!«

Thomas verschwand wieder im Schlafzimmer. »Aber die Mama vom Zwerg sieht alles!« rief er zurück.

Maxl seufzte, blickte auf die Uhr und hörte erleichtert seinen Vater die Treppe hinunterkommen. Er verließ das Haus, immer noch mit ungebundener Krawatte, und stellte sich vor seinem Sohn auf. »Hilf du mir halt schnell.«

Maxl grinste, nahm ihm die Krawatte kurzerhand ab und stopfte sie in seine Jankertasche. »Das glaubst doch selbst net, daß die Sabina merkt, was wir anhaben. Die hat doch bloß Augen für ihr Baby.« Damit zog er Thomas zu dem funkelnagelneuen Auto, das vor dem Haus stand. Es war Thomas' Geschenk an seine Frau, und todsicher würde sie total überrascht sein, wenn sie den Wagen entdeckte.

Die beiden waren kaum abgefahren, als Traudl, die in der Praxis ein wenig Bürokram aufarbeitete, ihren Schreibtisch aufräumte und eilig ein paar prall gefüllte Leinenbeutel aus dem Schrank holte, die sie dort versteckt hatte. Dann lief sie ins Dorf zur Poststelle hinunter.

Dort war Franzi damit beschäftigt, die eingegangene Glückwunschpost für Sabina und den Bergdoktor zu sortieren. Der Waschkorb neben ihr auf dem Boden war schon ziemlich voll mit Briefen, Karten und Päckchen.

»Bist fertig, Franzi?« fragte die Traudl nervös. »Der Doktor und der Maxl sind auf dem Weg nach Hall. Zwei Stund' haben wir ungefähr Zeit.« Die beiden hatten sich nämlich vorgenommen, zusammen mit dem Pankraz das Doktorhaus für den Empfang von Sabina und ihrem Baby festlich zu schmücken.

Plötzlich jedoch verfinsterte sich Traudls Blick. Sie hatte zwei große Windelkartons hinter dem Postschalter entdeckt. »Was soll denn das?« fragte sie indigniert.

»Die Windeln?« Franzi lachte. »Meinst, bloß weil es sich um die Tochter vom Doktor handelt, kann s' gleich auf den Topf gehen?«

»Schmarr'n! Aber Windeln sind pure Umweltverschmutzung«, erklärte Traudl. »Ich hab' der Sabina ungebleichte Baumwollwindeln besorgt. Wegen unseres ökologischen Gewissens.«

Franzi musterte sie kopfschüttelnd. »Wenn du wie ich im Säuglingskurs g'wesen wärst, tätest wissen, daß Stoffwindeln das reinste Mittelalter sind. Weißt du überhaupt, wie viele Windeln so ein Baby braucht?«

»Vier Stück am Tag?« fragte Traudl unsicher, und Franzi lachte wieder.

»Vier? Mindestens acht! Das sind sechsundfünfzig in der Woche und im Jahr . . . wart mal!« Sie tippte etwas in ihren Taschenrechner. »Genau! Im Jahr braucht das Butzerl zweitausendneunhundertzwanzig Windeln. Wer soll die denn alle waschen?«

»Im Doktorhaus gibt's eine Waschmaschine«, konterte Traudl und wurde von Franzi mit einem vorwurfsvollen Blick bedacht.

»Ich glaub', dein ökologisches Gewissen ist doch noch net ganz ausgebildet. Weiß du überhaupt ...« Sie brach ab, weil Pfarrer Hauberer die Poststelle betrat. Freundlich erwiderte er den Gruß der beiden Frauen und trat an den Schalter.

»Sagt einmal, wie sieht's denn aus inzwischen?«

Franzis Miene wurde mütterlich strahlend. »Das Madel? Sehr herzig. Rabenschwarze Haar hat s', blaue Augen ...«

»Geh, Franzi«, unterbrach Hochwürden sie. »Wie's mit der Namensfindung aussieht, will ich wissen. Sonst kann ich das arme Kind doch gar net taufen am nächsten Sonntag.«

Das war in der Tat ein Problem, und die meisten Sonnensteiner konnten gar nicht begreifen, daß es überhaupt dazu gekommen war. Da hatten sich ihr Bergdoktor und seine Frau wie verrückt auf ihren Nachwuchs gefreut und in den letzten Wochen in nervenzerfetzender Ungeduld darauf gewartet – nur über einen Namen hatten sie sich bis jetzt noch nicht einigen können, obwohl darüber inzwischen die heftigsten Diskussionen im Gange waren.

Franzi grinste. »Ach, mit der Namensfindung! Na ja, gar so schlecht schaut's da net aus. Alle haben gesucht, und alle haben gefunden, jeder einen anderen Namen. Ich glaub', jetzt stehen zwölf zur Auswahl – und einer schöner als der andere.«

Pfarrer Hauberer warf ihr einen anklagenden Blick zu. »Das arme Kind! Ich seh' uns schon die Taufe verschieben.«

Sichtlich frustriert machte er sich auf den Heimweg und winkte Pankraz Obermayr, der gerade mit seiner Kutsche vor der Poststelle vorfuhr, ziemlich ungnädig zu. Aber der hatte keine Zeit, über das Verhalten von Hochwürden nachzudenken, weil Franzi und Traudl, mit ihren Windelpaketen und dem Korb voller Postsachen für das Doktorhaus beladen, bereits auf die Straße traten. Pankraz half ihnen beim Aufsteigen, und dann ging es in flottem Trab zum Doktorhaus.

Thomas und Maxl waren inzwischen in Hall eingetroffen, hielten aber noch vor einem Blumengeschäft, wo jeder einen wunderschönen Strauß erstand. Der kleinere vom Maxl war für seine Schwester bestimmt, der große von Thomas für Sabina.

Auch sie hatten sich, wie könnte es anders sein, während der Fahrt über einen Namen für das Baby unterhalten und waren zu keiner Einigung gekommen.

»Aber wenn sie dann mal in Amerika oder Australien leben will«, setzte Maxl die durch den Blumenkauf unterbrochene Diskussion mit seinem Vater fort, »dann wär's halt besser, sie hätt' so einen internationalen Namen wie... halt wie amerikanische Schauspielerinnen. Whoopie oder Meryl oder... wart mal... Genau: Wynona! Das klingt doch super.«

Dr. Burgners Miene drückte Zweifel aus. »Wynona Burgner? Na, ich weiß net, Maxl. Vielleicht will s' ja gar net weg von hier. Und überhaupt – für mich ist es absolut klar, wie sie heißt: nämlich Sabina.«

Sie hatten inzwischen ihren Wagen erreicht, den Thomas in der Nähe der Landesbank geparkt hatte. Er drückte seinem Sohn den Blumenstrauß in die Arme, um nach dem Autoschlüssel zu suchen. »Ich mein', Sabina ist ein schöner Name. Und international.«

»Und phantasielos«, motzte der Maxl. Während sein Vater die Tür aufschloß, blickte der Dreizehnjährige betont gelangweilt die Straße entlang. Er sah eine elegant gekleidete Dame aus dem Gebäude der Bank kommen und im nächsten Augenblick ein Motorrad auf sie zujagen. Zwei junge Leute saßen darauf. Sie trugen Sturzhelme mit verspiegeltem Visier. Bei dem Beifahrer lugten hinten noch die Zipfel eines auffallenden rotgemusterten Kopftuches heraus.

Das Folgende spielte sich in Sekundenschnelle ab. Der Beifahrer versuchte, der Dame die Handtasche zu entreißen. Sie schrie auf, ließ aber den Ledergurt zunächst nicht los. Die schwere Maschine heulte auf, als der Fahrer Gas gab. Die Dame wurde ein Stück mitgeschleift und stürzte schließlich zu Boden. Im Fallen sah sie noch, wie der Beifahrer sich ihre Tasche unter den Arm klemmte.

Die beiden rasten davon, ganz nahe an Dr. Burgner und Maxl vorbei. Thomas versuchte, sich ihnen in den Weg zu stellen. »Stehenbleiben!« rief er. »Bleiben Sie stehen!«

Aber natürlich dachten die beiden nicht daran, sondern hätten ihn über den Haufen gefahren, wenn er nicht im letzten Moment zur Seite gesprungen wäre. Dabei gelang es ihm allerdings, die gestohlene Handtasche zu ergreifen. Der Beifahrer versetzte Thomas einen Stoß, der so heftig war, daß ihm die Tasche entglitt und zu Boden fiel.

Im nächsten Augenblick war das Motorrad um die Straßenecke verschwunden.

Dr. Burgner starrte ihm ein paar Sekunden atemlos nach, ehe er sich bückte und die Tasche aufhob. Die Dame hatte sich inzwischen blaß und zitternd aufgesetzt.

»Wie geht es Ihnen?« erkundigte Thomas sich besorgt. »Haben S' irgendwo Schmerzen?«

Sie schüttelte verwirrt den Kopf. Dann nahm sie die Tasche, die er ihr hinhielt, und atmete erleichtert auf.

»Vielen, vielen Dank«, sagte sie, während sie mit seiner

Hilfe aufstand. »Gott, hab' ich einen Schrecken bekommen! Wenn die meine Tasche erwischt hätten . . .« Sie stockte, weil ihr bei der bloßen Vorstellung schon ganz schwummerig zumute wurde. »Ich komm' grad' von der Bank. Ich hab' das ganze Geld für mein neues Auto in der Tasche.«

»Na, servus«, meinte der Maxl. »Das wär' was g'wesen. So ein fetter Beutezug.«

Sabina wartete unterdessen, bereits gestiefelt und gespornt, das Baby auf dem Arm, vor dem Eingang des Krankenhauses auf ihre beiden Männer, die versprochen hatten, sie pünktlich um half elf abzuholen. Inzwischen war es zwanzig Minuten später geworden, und das, so fand Sabina, war eine überaus unzumutbare Wartezeit.

»Okay«, meinte sie verärgert zu der Krankenschwester, die sie nach draußen begleitet und ihre Tasche getragen hatte, »der Doktor hat wohl was Besseres vor. Seien Sie so lieb, Schwester Luise, und rufen Sie mir ein Taxi.«

Die junge Pflegerin blickte sie etwas bänglich an. Schließlich kannte sie Sabinas italienisches Temperament noch aus der Zeit, wo die junge Ärztin als Anästhesistin im Haller Krankenhaus gearbeitet hatte. Wenn Frau Dr. Spreti-Burgner zornig wurde – o je! »Ein Taxi?« wiederholte Schwester Luise betreten. »Aber das geht doch nicht, Frau Doktor.«

Sabina runzelte die schwarzen Augenbrauen. »Wenn sich mein Mann so wenig für mich und meine Tochter interessiert . . .«

Sie brach ab, weil Thomas in diesem Augenblick vor dem Krankenhausportal hielt und aus dem Wagen sprang. »Noch dreißig Sekunden, und wir wären weg gewesen«, sagte sie streng, konnte aber nicht verhindern, daß ihre Augen beim Anblick ihres Mannes aufstrahlten.

Thomas umarmte sie und ihre Tochter. »Tut mir leid, Mädels, aber . . .«

»Ich weiß, du wurdest aufgehalten – wie immer!« vollendete Sabina ironisch. Dann erst registrierte sie, daß Thomas mit einem fremden Auto gekommen war. »Was ist denn das für ein Wagen?«

Er lachte. »Das Sicherste, was ich für meine beiden Schönen finden konnte. Airbag, supersicherer Kindersitz – alles vom Feinsten.«

Sie löste sich in gespielter Empörung, ganz die selbständige, emanzipierte Frau, aus seiner Umarmung. »Was? Du kaufst mir ein Auto, ohne mich zu fragen?«

Maxl, der inzwischen ebenfalls ausgestiegen war, grinste breit. »Willst ihn verprügeln, Sabina? Dann gib mir solang' mein Schwesterl zum Halten.«

Prompt drückte sie ihm das Baby in die Arme und ging drohend auf Thomas zu, aber nur, um ihm wieder um den Hals zufallen und ihn herzhaft abzuküssen. »Danke, daß du so besorgt um uns bist«, sagte sie zärtlich.

Maxl streichelte seiner kleinen Schwester über die Wange. *»Hi, Wynona, how are you?«* fragte er, was das Baby zum Anlaß nahm, prompt lautstark loszubrüllen.

»Maxl, was machst du denn?« fragte Thomas erschrocken, und der Bub zuckte mit den Schultern.

»Irgendwie muß man ja rauskriegen, welcher Name ihr paßt. Wynona scheint's net zu sein.«

Während die vier Burgners die Heimfahrt antraten, hatten Pankraz und Franzi eine große Blumengirlande über der Haustür des Doktorhauses angebracht und Traudl ein selbstgemaltes Schild mit der Aufschrift ›*Herzlich willkommen, Schwester Namenlos*‹.

Wobei das ›Namenlos‹ Pankraz' Widerspruchsgeist herausforderte. »Sie heißt Helena«, behauptete er und untermauerte seine Worte mit kräftigen Hammerschlägen, um an der Girlande eine herunterhängende Schleife zu befestigen. »Was gibt's da zu überlegen? Schön soll sie werden wie die Griechin und tapfer und kämpferisch wie die Heilige von Trier.«

»Und nennen tut man sie dann Leni – wie das Schaf vom Zimmerer«, konterte Franzi trocken und nahm ihm den Hammer ab, um ihn auf die Hausbank zu legen. »Mä-ä-äh . . .«

Traudl, die noch auf dem Balkon stand, sah als erste Thomas' Wagen über der Hügelkuppe auftauchen. »Sie kommen!« rief sie und verschwand eilig im Haus, um sich wie verabredet im Kinderzimmer zu postieren. Gleich darauf fuhr Thomas laut hupend vor. Maxl war der erste, der ins Freie sprang. Pankraz riß die Tür an der Beifahrerseite auf und half Sabina mit dem Baby heraus.

»Herzlich willkommen, ihr zwei«, sagte er liebevoll.

Sie lächelte ihm zu. »Danke.« Anerkennend betrachtete sie die Girlande und Traudls Schild. »Das ist ja ein toller Empfang!«

»Bloß – was soll das heißen – ›Schwester Namenlos‹?« protestierte Thomas. »Sie heißt doch Sabina.«

Seine bessere Hälfte warf ihm einen tadelnden Blick zu. »*Ich* heiße Sabina, mein Lieber. Noch eine brauchen wir nicht. Das hab' ich dir schon tausendmal gesagt.«

Pankraz betrachtete das nun wieder friedlich schlafende Baby. »Egal, wie sie heißt«, meinte er verzückt, »auf jeden Fall ist sie eine Schönheit – wie die Mutter.« Behutsam strich er der Kleinen über den Kopf. »Helena! Natürlich Helena . . .«

Im nächsten Augenblick zuckte er zurück, denn das Baby, eben noch selig schlummernd, fing wieder an zu schreien, als stecke es am Spieß.

Sofort nahm Sabina ihm die Kleine ab und drückte sie Thomas in die Arme. »Thomas, sie hat was!« sagte sie aufgeregt.

Er schüttelte den Kopf und küßte seine Tochter. »Geh,

Sabina, sie hat überhaupt nix. Sie will bloß net Helena heißen.«

Aus dem Haus ertönte Traudls ungeduldige Stimme. »Ja, wo bleibt's denn alle? Wollt's da draußen Wurzeln schlagen?«

Sie wartete in dem hübschen komplett eingerichteten Kinderzimmer. Die Berge von Geschenken und Glückwunschbriefen waren auf einer Kommode aufgebaut. Der ganze Raum war mit Blumen und Luftballons geschmückt, und in der Mitte prangte Maxls Wiege.

Als Traudl Schritte aus dem Treppenhaus hörte, zog sie rasch eine Spieluhr auf. ›Alle Vögel sind schon da‹, erklang es in silberhellen Tönen. Schwungvoll riß Traudl die Tür auf. »Endlich!«

Thomas, der seine Tochter immer noch auf dem Arm trug, schob Sabina als erste ins Zimmer. Überrascht blickte sie sich um. »Wundervoll! Wie für eine Prinzessin!«

Maxl nahm seinem Vater sehr vorsichtig seine kleine Schwester ab, trug sie zur Wiege und legte sie hinein. Sie hatte zu weinen aufgehört und sah ihn mit ihren großen blauen Augen aufmerksam. an. Der Bub kniete sich neben die Wiege, schaukelte sie sacht hin und her und strich seiner Schwester über das flaumige Köpfchen. »So, Schwesterl, jetzt bist daheim. Und hast einen großen Bruder, der auf dich aufpassen wird.«

Thomas und Sabina lächelten sich gerührt zu. Auch Pankraz und Traudl konnten ihre Bewegung nicht verbergen. Nur Franzi ließ sich davon nicht anstecken. Sie blickte vorwurfsvoll in die Runde. »Ist schon ein armes Hascherl, das Bergdoktor-Baby. Hat alles, was das Herz begehrt, bloß keinen eigenen Namen!«

Die jungen Leute, die die Dame vor der Bank in Hall zu überfahren versucht hatten, hießen Tobias Gründler und

Moni Riedegger. Sie waren von daheim weggelaufen, weil die Moni – übrigens nicht zum ersten Mal – ihre Anstellung verloren hatte. Das heißt, das junge Mädchen hatte seinen Freund zu diesem Schritt überredet. Es verstand sich nicht besonders mit seinen Eltern und träumte von einem Leben in Freiheit, in dem niemand mehr mit ihm herummotzte und Vorschriften machte.

Nach dem mißglückten Überfall war Tobias wie der Teufel aus der Stadt hinausgefahren, die Landstraße entlang, die in die Berge und damit auch ins Sonnensteiner Tal führte. Als er sicher war, daß sie nicht verfolgt wurden, hielt er an und stellte die Maschine am Straßenrand ab. Heilfroh, daß sie entkommen waren, ließ er sich in die Wiese daneben fallen und nahm den Sturzhelm ab. Darunter trug er ein so rotgemustertes Kopftuch, wie es auch Moni hatte.

Das junge Mädchen nahm ebenfalls den Helm ab. »Wie kann man bloß so bescheuert sein«, sagte Moni aufgebracht, wobei sich seine Wut gegen sie selbst richtete, weil sie die schon erbeutete Tasche wieder losgelassen hatte. »Die Alte hatte sicher Kohle wie Heu.«

Die Idee, auf diese Weise an Geld zu kommen, war von Moni ausgegangen. Sie und Tobias waren schon ein paar Tage unterwegs und hatten alles ausgegeben, was sie von daheim mitgenommen hatten. Tobias hatte sich nur widerwillig zu dem Coup überreden lassen und war nun insgeheim heilfroh, daß er schiefgegangen war.

»Du hast doch keine Chance gehabt«, meinte er begütigend. »Der Typ hat doch wie blöd an der Tasche gezerrt. Wenn du sie nicht losgelassen hättest, wärst du selbst dran gewesen.«

Moni legte die Arme um seinen Hals. »Hast ja recht.«

Er blickte in den wolkenverhangenen Himmel über sich. »Bloß – wie soll's jetzt weitergehen? Wir haben keinen Schilling mehr. Wenn's wieder zu regnen anfängt, sehen wir ganz schön alt aus.«

»Nur keine Panik!« erklärte sie. »Wir dürfen uns das nächste Mal nur nicht ganz so beknackt anstellen.«

Tobias nagte an der Unterlippe. »Vielleicht sollten wir es einfach lassen. Ich mein', wenn wir wieder nach Haus fahren . . . Den Krach mit deinen Eltern können wir doch aushalten.«

»Spinnst du?« rief sie empört. »Inzwischen haben die doch erfahren, daß ich schon wieder aus der Arbeit geflogen bin.«

»Aber das war doch gar net deine Schuld«, wandte er ein, doch sie ließ ihn nicht ausreden.

»Glaubst du, das interessiert meine Alten? Nee, du, wir bauen ab nach Italien.«

»Ohne Kohle?« fragte er zweifelnd.

Sie schüttelte den Kopf. »Was wir für den Trip brauchen, das kriegen wir schon. Und da unten, da gibt's jede Menge Jobs.«

Sie redeten noch eine Weile hin und her, und Moni gelang es, Tobias' Bedenken zu beschwichtigen.

Am Spätnachmittag begann es wieder zu regnen, und Moni drängte darauf, sich irgendwo ein Zimmer in einer Pension zu suchen. Tobias' Einwand, daß sie das doch gar nicht bezahlen könnten, wischte sie mit einer großspurigen Handbewegung beiseite. »Wer sagt denn was von Bezahlen? Erst mal brauchen wir ein Dach über dem Kopf und was Gescheites zum Essen. Am nächsten Tag verduften wir einfach. Es sei denn, wir machen noch auf andere Weise ein bißchen Kohle. Es muß ja nicht immer so laufen wie bei der Alten vorhin. Laß doch die Dinge einfach auf dich zukommen.«

Eine halbe Stunde später waren sie in Sonnenstein und fragten in der ›Post‹ nach einem Zimmer. Nachdem sie sich frischgemacht hatten, überredete Moni ihren Freund noch zu einem Abendessen, das sie in der Gaststube einnahmen. Elfriede Angerer servierte ihnen einen deftigen Schweinsbraten mit Knödeln.

»Schmeckt's Ihnen?« fragte sie freundlich, als sie Moni noch eine Cola brachte.

Das junge Mädchen nickte und strahlte sie an. »Fast so gut wie bei meiner Oma. Und die war eine Superköchin.«

Elfriede lächelte geschmeichelt. »Wo kommen S' denn her?«

»Aus... aus Nürnberg«, sagte Moni. »Wir sind auf dem Weg nach...« Sie überlegte einen Moment, und Tobias antwortete an ihrer Stelle:

»... nach Italien.«

»Quatsch!« widersprach Moni und warf ihrem Freund einen gereizten Blick zu. »Wir wollen nach Griechenland.«

Die Postwirtin lachte. »Na, da sind Sie aber weit vom rechten Weg abgekommen.«

»Wir machen das ganz langsam«, behauptete Moni. »Erst sehen wir uns Österreich an, dann Italien, dann setzen wir mit der Fähre über.«

Elfriede Angerer seufzte sehnsüchtig. »Herrlich! So frei ist man nur, wenn man jung ist.«

Tobias kompensierte sein Unbehagen, indem er schweigend sein Essen in sich hineinstopfte. Moni dagegen wirkte völlig gelassen. Als die Wirtin von einem anderen Gast gerufen wurde, bat sie ganz selbstverständlich: »Ach, Frau Angerer, das Essen schreiben Sie uns bitte auf die Rechnung.«

Elfriede nickte im Davongehen. »Natürlich. Sie zahlen dann alles auf einmal, wenn Sie abreisen.«

Als sie hinter der Theke ein Bier zapfte, wandte Moni sich wieder an Tobias. »Griechenland!« sagte sie leise und betont.

»Aber wir wollen doch nach Italien«, widersprach er unsicher.

Sie gab ihm einen ärgerlichen Knuff. »Wenn du das jedem auf die Nase bindest, kommen wir da nie hin.«

Am nächsten Morgen schien wieder die Sonne, und Elfriede Angerer deckte die Tische für die Frühstücksgäste deshalb draußen vor dem Haus. Sie plauderte dabei ein wenig mit Herrn Konrad, der neuerdings jeden Tag zum Frühstücken in die ›Post‹ kam, weil er in einer Zeitschrift gelesen hatte, daß alleinstehende Herren in seinem Alter zur Vereinsamung neigten und darüber sogar krank werden konnten. Traudl Meinrad kam vorbeigeradelt. Sie rief der Elfriede einen fröhlichen Morgengruß zu, und die unterbrach ihre Unterhaltung, um sich neugierig, wie sie nun einmal war, nach Dr. Burgner und seinem Familienzuwachs zu erkundigen. »Wie geht's denn so im Doktorhaus?« wollte sie wissen.

Traudl stieg mit wichtiger Miene vom Rad. »Bis jetzt schon noch. Aber wie lang'? Ich versteh' net, daß so ein kleiner Mensch alle Erwachsenen in seiner Umgebung an den Rand des Irrsinns bringen kann.«

»Wieso?« fragte Elfriede.

Traudl grinste. »Sie sollten mal den Herrn Obermayr sehen. Dauernd nennt er das Butzerl Helena. Was dem einfällt! Und der Maxl will die Kleine irgendwie ausländisch taufen.«

»Und die Eltern?«

»Die sind sich net einig. Der Doktor will, daß sie so heißt wie die Mutter . . .«

»Eine sehr schöne Geste«, warf Frau Angerer ein, doch Traudl schüttelte den Kopf.

»Das findet die Doktorin überhaupt net. Sie sagt, sie sei was Einmaliges. Aber selber fällt ihr vor lauter Begeisterung über ihr Kind überhaupt nix mehr ein. Daß die Doktorin sich so verwandelt . . . Die ganze Emanzipation is' beim Teufel. Also, ich weiß net, ob Kinderkriegen wirklich das Richtige für uns Frauen ist.«

Elfriede kam nicht dazu, etwas zu erwidern, denn in diesem Augenblick verließ Tobias das Hotel. Als er die Wirtin sah, zuckte er erschrocken zusammen und stammelte einen kurzen Morgengruß.

»Guten Morgen«, antwortete Frau Angerer freundlich. »Haben Sie denn schon gefrühstückt?«

Er verneinte unsicher. »Meine Freundin . . . Wissen Sie, die schläft noch. Da mach' ich erst mal einen Spaziergang durchs Dorf.« Damit ging er hastig davon, und Frau Angerer wandte sich wieder Traudl zu.

»Na ja, bis Sonntag müssen sie sich entschieden haben. Denn daß man dem Kind bei der Taufe bloß einen provisorischen Namen gibt, kann ich mir net vorstellen.«

Tobias schlug währenddessen einen weiten Bogen um die ›Post‹ und näherte sich dann, ängstlich darauf bedacht, daß niemand ihn sah, der Rückfront des Hotels. Nervös wartete er auf die Moni, die oben im Zimmer ihre Sachen zusammenpacken und dann heimlich damit verschwinden wollte. Ihm schien es eine Ewigkeit zu dauern, bis sich endlich im Erdgeschoß ein Fenster öffnete und Moni die beiden Rucksäcke ins Gras warf. Danach kletterte sie ins Freie und atmete erleichtert auf, als sie Tobias in einiger Entfernung winken sah. Sie nahm die Rucksäcke und lief zu ihm hin.

»Wo ist die Maschine?« fragte sie atemlos. Seine Auskunft, er hätte sie ein Stück weiter bei einem Schuppen versteckt, brachte sie schon wieder in Rage. »Wieso hast du sie nicht geholt? Jetzt müssen wir das Zeug schleppen.«

»Und wenn man mich mit der Maschine gesehen hätt'?« gab er gereizt zurück. »Die denken doch, daß ich bloß einen Spaziergang mach' und zum Frühstück zurückkomme.«

Sie warf ihm einen verächtlichen Blick zu. »Manchmal frag' ich mich wirklich, was an dir so toll ist!« Damit marschierte sie, mit beiden Rucksäcken beladen, davon, und Tobias folgte ihr mit hängenden Schultern.

Ungesehen gelangten sie zu ihrem Motorrad. Tobias warf die schwere Maschine an, während Moni das Gepäck festzurrte. Dann stieg sie auf, und die beiden rasten in einem wahren Höllentempo davon. Als sie in die Straße einbogen, die aus dem Dorf hinausführte, radelte Traudl vor ihnen her. Tobias hupte und fuhr gefährlich dicht auf. Dann setzte er zu einem waghalsigen Überholmanöver auf der schmalen Straße an. So dicht brausten sie an der jungen Sprechstundenhilfe vorbei, daß die ins Schwanken geriet und absteigen mußte.

»Ihr Deppen!« rief sie aufgebracht, aber Tobias und Moni nahmen keine Notiz von ihr, sondern rasten weiter.

Ihr vorläufiges Ziel war der Bergwald oberhalb von Sonnenstein, wo sie erst einmal Rast machten und ihr versäumtes Frühstück nachholten. In ihrem Gepäck befanden sich noch ein paar Dosen Cola und zwei Packungen Kekse, das mußte genügen, bis sie wieder an Geld kamen. Und die Moni wußte natürlich auch schon, auf welche Weise das geschehen sollte. Man würde in der Nähe bleiben und in der Dunkelheit dem Dorf noch einmal einen Besuch abstatten. Irgendwo würde sich schon eine Gelegenheit ergeben, in ein Haus einzusteigen und die Haushaltskasse zu leeren.

Tobias wagte nicht, seiner Freundin zu widersprechen. Sie brachte es fertig und putzte ihn sonst herunter wie einen dummen Jungen.

Während sie auf einer Waldlichtung saßen und rauchten, blickte die Moni sich um. Dabei entdeckte sie das Baumhaus, das sich in einiger Entfernung auf einer alten weit ausladenden Eiche befand. Eine Leiter führte hinauf, und innen war das aus groben Holzbohlen zusammengezimmerte Haus sogar mit Matratzen und Decken eingerichtet.

»Hier bleiben wir bis morgen früh«, erklärte die Moni und ließ sich übermütig auf eine Matratze fallen. »Hier findet uns keiner.«

»Glaubst du?« fragte der Tobias skeptisch. »Und wenn nun der Besitzer auftaucht?«

Sie blies sich eine Strähne ihres langen Haares aus dem Gesicht. »Dann können wir uns immer noch was einfallen lassen.«

Sabina und Thomas Burgner hatten eine halbwegs durchwachte Nacht hinter sich, weil ihre kleine Tochter fast pausenlos geschrien hatte, eine Tatsache, die Sabina völlig aus dem Gleichgewicht brachte. Sie war überbesorgt, daß die Kleine krank sein könnte, und drängte Thomas, sie zu untersuchen. Natürlich hatte er sie ausgelacht, überzeugt davon, daß dem Baby nichts fehlte, aber wirklich beruhigen können hatte er sie nicht. Sie sei eben keine vernünftige Frau Doktor mehr, hatte sie behauptet, sondern eine hysterische Mutter.

Am Morgen hatte Thomas endlich ein bißchen Schlaf gefunden, und Sabina war allein aufgestanden, ohne ihn zu wecken. Sie machte Frühstück, trank aber nur eine Tasse starken schwarzen Kaffee. Dann zog sie das Namensbuch, das Pfarrer Hauberer vor kurzem gebracht hatte, zu sich heran, blätterte seufzend darin und studierte mit gerunzelter Stirn das Formular des Standesamtes, mit dem ihr Baby angemeldet werden mußte. Geburtstag und Geburtsort waren bereits eingetragen, es fehlten nur noch der Name des neuen Erdenbürgers und die Unterschriften der Eltern.

Kurz darauf kam Thomas in die gemütliche Küche. Er wirkte ebenso übernächtigt wie seine Frau. »Na, Langschläfer«, sagte sie ironisch, als er sie auf die Schläfe küßte.

Er rieb sich stöhnend die Augen. »Hast du mitgezählt, wie viele Minuten des Schlafs uns deine Tochter gegönnt hat? Zehn oder elf?«

»*Unsere* Tochter«, verbesserte sie ihn, »hat uns bestimmt zwei Stunden gegeben. Reicht dir das etwa nicht?«

Thomas goß sich Kaffee ein und schenkte Sabina nach. Dabei fiel sein Blick auf das Namensbuch. »Na, fündig geworden?« Auf ihr stummes Kopfschütteln hin zog er den Vordruck des Standesamts zu sich hinüber und setzte sich. »Schaffen wir Sachzwänge.« Er nahm einen Kugelschreiber und unterschrieb das Formular. Danach schob er es Sabina hin. »Dann brauchen wir nur noch den Namen einzusetzen – falls du dich entscheiden könntest.«

Sabina seufzte und unterschrieb gleichfalls. Als Thomas ihr auffordernd den Brötchenkorb hinhielt, schüttelte sie wiederum stumm den Kopf.

»Du mußt aber was essen«, drängte er sie sanft. »Sonst fällst du vom Stengel.«

Sie warf ihm einen nachdenklich-besorgten Blick zu. »Meinst du, es macht ihr was aus, daß sie immer noch keinen Namen hat? Schreit sie deshalb die ganze Zeit? Vielleicht will sie uns ja was sagen?«

Er nahm sich eine Semmel und schnitt sie auf. »Ist doch klar, daß man als kleines Menschlein ein paar Schwierigkeiten hat, sich auf der Welt zurechtzufinden. Es is' für sie schließlich net mehr so nett und gemütlich wie in deinem Bauch.«

Sabina lehnte sich an seine Schulter und schloß erschöpft die Augen. »Vielleicht, wenn wir sie Felicitas nennen? Dann weiß sie, daß sie glücklich zu sein hat. Oder . . .«

Sie brach ab, als Traudl in die Küche gestürmt kam. »Beinah' hätten S' sich eine neue Arzthelferin suchen müssen, Herr Doktor«, sprudelte sie heraus. Sie wollte gerade die Geschichte von den beiden rücksichtslosen Motorradfahrern loswerden, als sie Sabinas müdes Gesicht gewahrte. »Kein Auge zugetan?« erkundigte sie sich mitfühlend.

Sabina schüttelte den Kopf. »Aber jetzt schläft sie, Gott sei Dank.«

Es war, als wäre das ein Stichwort für das Baby gewesen, das Gegenteil zu beweisen, denn es fing wieder lauthals zu schreien an. Das kräftige Stimmchen drang mühelos durch alle Wände. Thomas leerte seine Kaffeetasse, stopfte sich das letzte Stück Semmel in den Mund und stand auf. »Tja, ich muß dann . . . Hausbesuche.«

»Du läßt mich allein?« fragte Sabina entsetzt, und er grinste ihr zu.

»Geh, Sabina, du bist doch eine starke Frau. Du wirst dich doch net von deiner Tochter in den Sack stecken lassen.«

Sie verdrehte die Augen. »Ha, stark! Kleine Mädchen werden doch nur deshalb stark, weil sie ihre Mütter in den Sack stecken. Was glaubst du, was ich mit meiner Mutter gemacht habe? Das gleiche macht jetzt meine Tochter mit mir.«

Sie warf ihm einen anklagenden Blick zu, stand dann aber auf und küßte Thomas auf die Wange. »Also auf in den Kampf. Ich werde mich schon nicht unterkriegen lassen.« Damit verließ sie die Küche und ging ins Kinderzimmer hinauf, um ihr schreiendes Baby aus der Wiege zu nehmen.

Immerhin war Sabina doch nicht so völlig verlassen, wie sie angenommen hatte. Sie hatte das Baby gerade gebadet und frisch gewickelt, als Franzi erschien. Sabina mühte sich gerade vergeblich damit ab, der Kleinen das Strampelhöschen zuzuknöpfen. Dabei fluchte sie unterdrückt auf italienisch, schämte sich aber sofort wieder über diesen unziemlichen Ausbruch vor den zarten Ohren ihrer Tochter und stellte die Spieluhr an.

»Ich glaub', das Hoserl is' verkehrt rum«, meinte Franzi, die Sabina über die Schulter geblickt hatte. »Gibst sie mir mal?«

Mit einem erleichterten Aufatmen legte Sabina ihr das Baby in die Arme und warf sich in einen Sessel.

Franzi schäkerte mit der Kleinen. »So ein Schatzerl bist du! So ein herziges Schatzerl! Komm, jetzt zieh'n wir dich mal richtig an.« Dabei streifte sie ihr geschickt das Höschen ab, drehte es um und zog es ihr von neuem über.

»Auch wenn man keine eigenen Kinder hat, irgendwie weiß man als Frau instinktiv, wie das alles geht«, meinte sie zu Sabina, ohne sich umzuwenden, und knöpfte das Höschen zu. »Außerdem – ein bisserl geübt hab' ich ja schon im Säuglingskurs.« Sie piekte das Baby zärtlich in den Bauch. »Gell, mein Herzerl, jetzt is' alles gut. Schließlich ist man ja dafür gemacht, Kinder zu kriegen. Das is' ja auch ganz einfach.« Das Kind auf den Armen, drehte sie sich zu Sabina um. »So, da hast deine Prachttochter. Alles picobello, wie aus dem Ei...« Sie verstummte verblüfft, weil Sabina nicht reagierte. Vor lauter Erschöpfung war sie in ihrem Sessel eingeschlafen.

Franzi ließ sie schlafen und beschloß, sich inzwischen um das Baby zu kümmern. Die Gelegenheit war günstig, da der Pankraz nach Innsbruck fahren wollte, um neue Medikamente für seine Tierarztpraxis zu besorgen. Er würde erst spät am Abend zurückkommen, weil er sich mit ein paar Freunden verabredet hatte.

Sabina erwachte erst um die Mittagszeit, weil das Baby weinte. Und trotz Franzis Protest ließ sie sich nicht daran hindern, diesmal mit der Kleinen in die Praxis zu kommen, wo Traudl dabei war, die Karteikarten der Vormittagspatienten mit den entsprechenden Vermerken wieder in den Aktenschrank zu sortieren.

»Hi, Dottoressa«, sagte sie verwundert. »Ich denk', Sie schlafen.«

Sabina verzog den Mund. »Wenn Sie erst ein Kind haben, werden Sie sehen, wie das ist. Kaum wimmert das Wurm, sind Sie wach. ›Mütterliche Instinkte‹ nennt man das wohl.«

»Aber ich denk', die Franzi . . .«, warf Traudl ein, doch Sabina schüttelte den Kopf.

»Na ja, ich weiß nicht recht. Sie hat doch keine eigenen Kinder.« Damit nahm sie ein Stethoskop vom Schreibtisch, legte das Baby auf die Platte und begann konzentriert, den kleinen Brustkorb abzuhören.

»Aber was machen Sie denn da?« fragte Traudl verwundert, doch Sabina gab ihr keine Antwort, so beschäftigt war sie mit der Untersuchung. Als Franzi hereinkam, warf Traudl ihr einen verschmitzten Blick zu. Die Doktorin spinnt, sollte der Blick bedeuten, und Franzi nickte zurück.

Draußen fuhr Thomas' Wagen vor. Er hatte nach der Vormittagssprechstunde noch in Hall zu tun gehabt und bei dieser Gelegenheit den Maxl von der Schule abgeholt, sehr zu dessen Mißvergnügen, weil er mit seinen Freunden Luggi und Mike im Bus verabredet war. Die drei wollten am Nachmittag zu dem Baumhaus, das sie sich vor kurzem oben im Bergwald gebaut hatten.

Sabina hatte ihre Untersuchung beendet und zog dem Baby das Hemdchen wieder hinunter. »Viele Kinder haben einen angeborenen Herzfehler«, dozierte sie dabei. »Das kann sehr gefährlich sein. Außerdem ist es wichtig, daß die Lungen frei sind . . .« Sie brach ab, weil Thomas und Maxl hereinkamen. Ihr Mann gab ihr einen Kuß und nahm dann seine Tochter hoch. »Hallo, Burgner-Baby, wie ist das Leben?«

»Ich würde sagen, ganz schön schwierig«, behauptete Sabina. »Es kann ja so viel schiefgehen.«

Thomas lachte und küßte das Baby herzhaft ab. »Aber es kann auch ganz viel einfach gutgehen. Man darf sich von so einem Zwerg net nervös machen lassen.«

Sabina strich sich das dunkle Haar aus dem Gesicht. »Klingt gut. Aber wenn sie immer schreit ... Immerhin könnte ihr ja etwa fehlen.«

Thomas nickte amüsiert. »Das is' das Übel mit den Babys. Reden können s' net und noch net einmal deuten. Ein rechts Elend is' das!«

Sein liebevoller Spott ließ Franzi und Traudl lächeln, trug ihm von seiner Frau aber nur einen verweisenden Blick ein. Was wußten die drei schon, wie einer Mutter zumute war! Franzi blieb den Tag über im Doktorhaus, zauberte wieder einmal ein herrliches Essen und backte einen Apfelstrudel, bevor Thomas sie mit dem Wagen heimbrachte. Das Haus lag im Dunkeln, Pankraz war also noch nicht zurück.

»Dank dir, Thomas«, sagte die Franzi, als er den Jeep stoppte, und er tätschelte ihre rundliche Hand.

»Es war mir ein Vergnügen.«

Sie stieg aus und wollte die Autotür zuwerfen, als er sie zurückhielt. »Ach, Franzi, wart mal, ich würd' gern was mit dir besprechen.«

»Was hast denn auf dem Herzen?« fragte sie verwundert, während sie nebeneinander zum Haus gingen.

Er setzte sich auf die Bank davor. »Nichts Aufregendes eigentlich. Es is' nur so: Du hast doch gemerkt, wie ... na ja, sagen wir mal, wie neu die Situation mit dem Baby für die Sabina is'.«

Franzi nickte eifrig. »Genau! Deshalb will ich ihr ja ein wenig unter die Arme greifen. Damit sie sich an das neue Leben gewöhnen kann.«

»Das is' gut gemeint«, sagte Dr. Burgner zögernd. »Aber ich denk', daß es für sie einfacher wird, wenn sie sich ganz allein mit allem zurechtfinden muß.«

Die beiden ahnten nicht, daß ihr Gespräch zwei Zuhörer hatte. Es waren Moni und Tobias, die in der Dunkelheit an der Rückfront des Hauses ein Fenster eingeschlagen hatten und eingestiegen waren. In der Küche hatte Moni sich sogleich daran gemacht, den Schrank nach Geld zu durchsuchen, während Tobias hinter dem Fenster stand und angespannt nach draußen lauschte. Er hatte Thomas' Wagen gehört und Moni beschworen, zu verschwinden, doch sie fuhr unbeirrt fort, Tassen, die Zuckerdose, Schüsseln und Schachteln zu inspizieren.

Die Hausbank, auf der Thomas und Franzi saßen, stand vor dem Küchenfenster, so daß Tobias die beiden im schwachen Abendlicht sehen konnte. Ein Heidenschrecken erfaßte ihn, als er Dr. Burgner erkannte. »Du, das ist der Typ aus Hall, der der Tante mit der Tasche geholfen hat«, flüsterte er nervös. »Mensch, Moni, jetzt mach mal! Die können jeden Augenblick reinkommen.«

Moni zog eine Küchenschublade auf. »Bleib cool, Mann. Irgendwo muß die Alte doch das Haushaltsgeld haben.«

»Laß uns abhauen«, flehte er, doch sie fuhr ihn gereizt an:

»Mach dir nicht in die Hose, die sind doch am Labern. Verdammt, wo hat sie bloß das Geld versteckt?« Sie entdeckte oben auf dem Schrank eine Vase und angelte danach, bekam sie aber nicht zu fassen, sondern stieß sie um.

Draußen sprang die Franzi erschrocken auf, weil aus dem Haus ein lautes Klirren ertönte. »Da is' wer!«

»Dem Pankraz wird was runtergefallen sein«, meinte Thomas beruhigend, doch Franzi lief schon zur Haustür, um sie aufzuschließen. »Der Pankraz is' in Innsbruck. Und den Poldi hat er mitg'nommen.«

Sie wollte ins Haus stürzen, doch Thomas drängte sich an ihr vorbei. »Laß mich mal.« Dann rief er laut in die dunkle Stille: »Ist da jemand?«

Keine Antwort. Thomas knipste das Licht in der Diele an und öffnete die Türen, die davon abgingen. Aber niemand war zu sehen.

»Und?« fragte die Franzi gespannt.

»Alles in Ordnung.« Aber zur Vorsicht schaute Thomas noch in die Speisekammer, und da fiel Franzis erster Blick auf das eingeschlagene Fenster, das in den Garten hinausging.

»Von wegen!« rief sie empört.

Thomas besah sich die zersplitterte Scheibe und nickte ingrimmig. »Hast doch einen ungebetenen Gast gehabt.«

Nun fuhr der Franzi doch ein Zittern in die Glieder. Sie setzte sich im Flur auf eine Truhe. »Einbrecher! Das is' ja ... Thomas, da is' einfach jemand reingekommen. Ich hab' immer gedacht, ich sei hier sicher, und jetzt ... Der is' einfach in meine Privatsphäre eingebrochen.«

Tobias und Moni rasten währenddessen auf ihrem Motorrad über die nachtdunkle leere Straße. Er hatte das Gas voll aufgedreht und jagte wie ein Irrsinniger in die vielen Kurven. Moni, sonst die Kaltblütigere von ihnen beiden, bekam es mit der Angst zu tun. »Fahr langsamer, du Idiot!« schrie sie, aber er hörte nicht darauf, sondern schoß in die nächste Kurve. Die schwere Maschine legte sich auf die Seite, geriet ins Schleudern. Tobias versuchte vergeblich, sie in der Gewalt zu behalten. Gleichzeitig mit Moni flog er aus dem Sattel und landete in einer Wiese. Das Motorrad knallte gegen eine Strauchgruppe, der Motor erstarb mit einem Blubbern, und dann herrschte Stille.

Thomas Burgner war noch bei Franzi geblieben, bis der Gendarm Gilch gekommen war und mit wichtiger Amtsmiene den Tatbestand aufgenommen hatte. Franzi hatte in aller Eile kontrolliert, ob der Einbrecher etwas hatte mitgehen lassen, aber sie konnte nichts feststellen. Das versöhnte sie wieder ein wenig mit dem unangenehmen Zwischenfall, und sie bat Thomas, der bei ihr auf Pankraz Obermayrs Rückkehr warten wollte, doch ruhig nach Hause zu fahren. Das tat er denn auch in der Hoffnung, diesmal eine ungestörtere Nacht als die letzte zu verbringen.

Sabina hatte die Wiege mit dem Baby ins Schlafzimmer gestellt. Während sie sich für die Nacht fertig machte, schaute Thomas bei Maxl herein, weil er noch Licht in seinem Zimmer gesehen hatte. Maxl saß im Schlafanzug an seinem Schreibtisch und versteckte hastig seine letzte Klassenarbeit, bei der er eine Sechs geschrieben hatte, unter einem Stapel Schulbücher. Er hatte große Angst, seinem Vater davon zu erzählen.

»Ab in die Falle!« befahl Thomas und boxte seinen Sohn spielerisch in die Seite. »Was du jetzt noch lernst, bleibt eh net in deinem Hirn haften.«

Im Gegensatz zu sonst, wo Maxl sich begeistert mit seinem Vater gerauft hätte, kletterte der Bub sofort gehorsam ins Bett. Thomas stopfte die Decke um ihn fest. »Schlaf gut, Sohn.«

»Du auch«, wünschte ihm der Maxl. Er druckste herum. »Du, Papa, ich muß dir noch was . . .« Er brach ab, weil nebenan das Baby schrie.

Sein Vater ging zur Tür. »Morgen, Maxl. Ich glaub', ich muß jetzt die Sabina retten. Es hat doch Zeit bis morgen?«

»Ja, ja, klar«, versicherte der Bub erleichtert, weil er noch eine Galgenfrist mit seiner Beichte hatte.

Dr. Burgner blieb noch einmal stehen. »Wie wär's, wenn wir morgen mittag auf den Berg gingen – dem Babystreß für ein paar Stunden entrinnen. Nur wir zwei?«

Maxls Miene erhellte sich. »Super! Dann kannst dir

auch gleich anschauen, wie wir das Baumhaus hergerichtet haben. Das is' jetzt echt geil.«

»Okay.« Der Vater grinste ihn liebevoll an. »Das is' echt super.«

Maxl setzte sich besorgt auf. »Aber die Sabina? Meinst, wir können sie allein lassen?«

Thomas zwinkerte ihm zu. »Geh, Sohn, sie is' erwachsen. Sie hält's schon mal ein paar Stunden ohne mich aus.«

Als er ins Schlafzimmer kam, hockte Sabina mit total unglücklichem Gesicht auf der Bettkante und starrte die Wiege an, in der das Baby unvermindert schrie. »Meine Tochter kann mich nicht leiden«, sagte sie anklagend.

Thomas lachte, nahm das Kind aus dem Bett, klopfte ihm leicht den Rücken und legte es sich dann über die Schulter. Gleich darauf ertönte ein lautes ›Bäuerchen‹, und das Weinen der Kleinen verstummte prompt. Thomas nickte zufrieden. »Mit soviel Luft im Bauch kann kein Mensch schlafen.« Er legte das Baby wieder in die Wiege zurück und schäkerte ein paar Augenblicke mit ihm.

»Wenn ich dich nicht hätte!« sagte Sabina mit einem abgrundtiefen Seufzer. »Ach, Thomas, ich finde es furchtbar, daß ich solch eine Versagerin bin. Ich sollte doch eine echte italienische Mama sein.«

Thomas setzte sich neben sie. »Ein Kompromißvorschlag: Anna-Sabina.«

Sie starrte ihn perplex an, ehe sie begriff, was er meinte. Dann verfinsterte sich ihr hübsches Gesicht. »Ich bin verzweifelt, und du denkst nur daran, wie man das kleine Biest nennen soll.«

Er nahm ihre Hand. »Komm, Sabina, sie braucht einen Namen. Ich kann net immer Burgner-Baby zu ihr sagen. Sabina für mich und Anna für dich. Anna ist wunderschön.«

Sabina nickte.
»Johanna aber auch. Und Sophia gefällt mir ebenfalls. Und Agnes... So heißt meine Mutter mit zweitem Namen. Die Kramerin hat gemeint, sie würde aussehen wie eine Ricarda, und Traudl schwört auf Isabella...«
In gespielter Theatralik hob er die Arme. »Hör auf, mein Herz, ich fühle mich restlos überfordert! Komm, laß uns schlafen, solange unsere namenlose Tochter es zuläßt.« Damit zog er sie mit sich ins Bett, deckte sie zu und knipste die Nachttischlampe aus.
Der nächste Tag war ein Mittwoch und daher am Nachmittag keine Sprechstunde. Hausbesuche waren ebenfalls nicht zu absolvieren, so daß Thomas und Maxl gleich nach dem Essen zu ihrer Bergwanderung aufbrechen konnten. Während sie zügig durch den Wald bergauf stiegen, redeten sie natürlich wieder über das Baby. Maxl verstieg sich bereits in den schönsten Zukunftsträumen.
»Wenn ich dreißig bin, ist sie sechzehn. Wenn ich dann von meinen Forschungsreisen zurück bin, wird sie mich wahrscheinlich ganz schön anhimmeln. So junge Maderln brauchen ein Idol, weißt?«
Thomas grinste belustigt. »Vorerst gedenke ich das Idol meiner Tochter zu sein.«
Maxl kniff ihm frech ein Auge zu. »Das wird sich gleich erledigen, wenn ich ihr erzähl', daß du net einmal in der Lage warst, ihr einen Namen zu geben.«
Sein Vater stöhnte auf. »Hör bloß auf damit! Und überhaupt – von mir hat s' ja schon einen Namen. Burgner klingt net übel, oder? Für das andere sind andere zuständig.«
Währenddessen hatten sie das Baumhaus erreicht, und Maxl entdeckte verblüfft, daß einige Stufen der Leiter, die nach oben führte, angebrochen waren. »He, was is' denn da los?« rief er und kletterte schnell und geschickt über

die unversehrten Sprossen nach oben. Und dann sah er das Durcheinander: zerwühlte Decken, leere Coladosen, Kekspapier und Zigarettenstummel.

Sein Vater, der ihm gefolgt war, preßte die Lippen zusammen. »So haben wir eigentlich net gewettet, Max«, sagte er aufgebracht. »Du hast mir doch versprochen, daß du net rauchst. Und jetzt tut ihr's sogar im Wald.«

»Aber das is' net von uns!« beteuerte der Maxl. »Ich find' das ganz schön blöd, daß du gleich denkst . . .«

Thomas blickte ihn ein paar Sekunden prüfend an. Dann legte er ihm die Hand auf die Schulter. »Tut mir leid. Ich war wohl ein bisserl voreilig. Ich würd' halt gern vermeiden, daß du das Rauchen anfängst.«

Maxl hörte kaum auf seine letzten Worte. Ihn beschäftige viel mehr, wer sein geliebtes Baumhaus so verunstaltet hatte. »Das is' richtig gemein! Wenn ich den erwische, der das gemacht hat . . . So eine Sauerei!«

Sein Vater versuchte, ein wenig aufzuräumen. Er hatte eine Plastiktüte entdeckt und stopfte die leeren Dosen und Kippen hinein. Dann schüttelte er die Decken aus und faltete sie ordentlich zusammen. Dabei fiel ihm ein auffälliges rotgemustertes Kopftuch in die Hand. Er zeigte es Maxl. »Das scheinen Mädchen gewesen zu sein«, meinte er, und sein Sohn zuckte wütend mit den Schultern.

»Is' mir ganz egal! Das Baumhaus gehört mir und dem Mike und dem Luggi. Da darf niemand rauf. Das is' schließlich unsere Privatsphäre.«

Dr. Burgner runzelte die Stirn. Das Wort ›Privatsphäre‹ weckte eine undeutliche Erinnerung in ihm. Wer hatte es gestern gebraucht – und in welchem Zusammenhang?

Und dann wußte er es. Es war Franzi gewesen, als sie den Einbruch entdeckt hatte. »Weißt was?« murmelte Dr. Burgner nachdenklich. »Es könnt' sein, daß das hier die Einbrecher von der Franzi waren.«

Maxls Augen wurden groß und rund. Er witterte ein spannendes Abenteuer. »Dann komm jetzt«, drängelte er. »Laß uns schnell weitergehen. Vielleicht sind sie ja noch in der Nähe. Dann fangen wir sie!«

Doch Thomas bremste seinen Elan. »Langsam, langsam! Erstens glaub' ich net, daß sie noch hier sind. Und zweitens is' der Gilch als Gendarm für die Gangster zuständig, net wir. Wenn wir wieder in Sonnenstein sind, werden wir ihm von unserer Entdeckung berichten.«

Maxl zog ein enttäuschtes Gesicht. Er hätte sich zu gern selbst als Gendarm betätigt. Sein Vater zerstrubbelte ihm liebevoll das Haar. »Los, geh'n wir weiter, dann sind wir in einer Stunde bei der Marei auf der Alm. Ich freu' mich schon auf ihren frischen Ziegenkäs'.«

Vorsichtig kletterten sie die Leiter wieder hinunter und machten sich auf den Weg. Bald hatten sie den Wald hinter sich gelassen und stiegen weiter bergauf, ohne zu ahnen, daß diejenigen, die der Maxl so gern gefangen hätte, vor kurzer Zeit denselben Weg eingeschlagen hatten.

Moni und Tobias hatten ihren Sturz vom Motorrad einigermaßen unbeschadet überstanden. Allerdings war es ihnen nicht gelungen, die Maschine wieder flottzubekommen. So hatten sie sie schließlich liegen gelassen und waren zu Fuß zu Maxls Baumhaus zurückgekehrt, Moni mit zerrissener Hose und ein paar blutigen Schrammen, Tobias hinkend und mit einer leichten Fleischwunde am linken Arm.

Moni hatte sie ihm verbunden, so gut es ging. Danach hatten sie ihren restlichen Proviant aufgegessen und eigentlich nur den Morgen abwarten wollen, um dann in Richtung Italien weiterzuwandern.

Aber sie waren beide so müde und erschöpft gewesen,

daß sie erst erwachten, als die Sonne schon hoch am Himmel stand. Da waren sie dann in alle Eile aufgebrochen, obwohl Tobias lieber nach Sonnenstein zurückgekehrt wäre und sich der Polizei gestellt hätte. Doch davon hatte die Moni absolut nichts wissen wollen.

»Verdammt noch mal, wann kapierst du das endlich! Meine Eltern machen mich doch fertig«, hatte sie ihn angefahren. »Die sind doch schon gegen dich, bloß weil du keine Arbeit hast, und jetzt hab' ich auch keine. Das finden die überhaupt nicht komisch. Dann will mein Vater wieder, daß ich bei ihm im Büro maloche . . .« Sie hatte heftig den Kopf geschüttelt. »Ich im Büro – da geh' ich ja ein wie eine Primel. Nein, nein, jetzt hauen wir erst mal ab über die Grenze. Dort drüben hinter dem Berg liegt schon Italien, und dort suchen wir uns erst mal einen Job.«

Erst viel später hatten sie gemerkt, daß Tobias sein Kopftuch, das er genau wie Moni unter dem Sturzhelm getragen hatte, im Baumhaus vergessen hatte. Aber da war es zu spät gewesen, noch einmal umzukehren und es zu holen. Tobias hinkte immer noch ein wenig, so daß sie nicht allzu schnell vorankamen, zumal der Weg immer beschwerlicher wurde. Außerdem hatten sie schon wieder Hunger und Durst, so daß sie regelrecht aufatmeten, als sie weiter oben die Almhütte erblickten, die von der Marei bewirtschaftet wurde.

Die alte Sennerin, daran gewöhnt, daß Bergwanderer bei ihr einkehrten, empfing die beiden jungen Leute freundlich, hieß sie auf der Bank vor der Hütte Platz nehmen und stellte ihnen Brot und Käse auf den Tisch. Dann brachte sie einen Krug Milch und schenkte ihnen zwei Becher voll ein. Ein niedlicher kleiner Mischlingshund, der erst ein paar Wochen alt war und auf den Namen Bummerl hörte, wieselte fröhlich um ihre Beine.

Die Marei schob Tobias und Moni die Milchbecher

hin. »Das is' das Beste, was uns die Natur schenkt. Jeden Tag aufs neue«, meinte sie lächelnd.

Moni blickte erst auf die Milch, dann zu den Ziegen hinüber, die in einiger Entfernung auf der steil abfallenden Bergwiese grasten. »Das ist doch nicht etwa . . .«

»Doch, doch«, sagte die Marei. »Ganz frische Milch is' das. Hab' ich grad' gemolken – von der Elfi, meiner besten Ziege.«

»Ziegenmilch!« Tobias verzog angewidert den Mund. »Haben Sie sie wenigstens abgekocht?«

Lachend und nicht im geringsten gekränkt schüttelte die Marei den Kopf. »Geh, Bub, dann verliert s' doch alle Vitamine und Nährstoffe.«

Moni schob ihr Glas von sich. »Ich kann das leider nicht trinken. Ich hab' eine Milchallergie«, schwindelte sie.

Die Sennerin betrachtete sie mitleidig. »Ach, du arm's Madel!« Dann schaute sie auf das dicke Stück Käse, das die Moni sich gerade in den Mund schob, und setzte verwundert hinzu: »Aber einen Käs' kannst essen? Der is' doch auch aus . . .«

Tobias sprang plötzlich auf. »Da kommen Leut!« rief er und deutete nervös auf die beiden Gestalten, die über die Hangwiese zur Hütte hinaufstiegen. Sie waren nahe genug, daß er ihre Gesichter erkennen konnte.

Die Marei ging den beiden ein paar Schritte entgegen. »Ach, der Dr. Burgner und sein Maxl«, sagte sie erfreut. »Das is' aber nett!«

Tobias beugte sich zu Moni. Er war ganz blaß geworden. »Du, das is' wieder der Typ . . . der aus Hall. Wenn der uns erkennt . . .«, flüsterte er so leise, daß die Sennerin ihn nicht hören konnte.

Moni sah ihm an, daß er am liebsten die Flucht ergriffen hätte, und warf ihm einen beschwörenden Blick zu. Dann stand sie auf. »Ach, Frau Marei, wir würden uns gerne mal ansehen, wie Sie den Käse machen. Würden Sie uns das zeigen?«

Die Sennerin nickte arglos. »Ja, ja, kommt nur mit. Ich muß sowieso dem Doktor eine Brotzeit herrichten. Die haben bestimmt Hunger.«

Zu dritt verschwanden sie in der aus dicken Holzstämmen zusammengefügten Hütte. Bummerl, der kleine Welpe, lief auf seinen kurzen Beinchen eilig hinterher.

Drinnen taten Moni und Tobias so, als ob sie die großen Käselaiber bestaunten, die in einem Regal lagen. Die Marei holte ein Tablett aus dem Küchenkasten und richtete Brot und Ziegenkäse auf zwei Holztellern an. Draußen rief der Maxl: »Wir sind's, Marei . . .«

Sie schnitt noch ein Stück Käse ab und legte Messer und Gabeln dazu. »Ich komm' gleich!« rief sie zurück. Sie wollte mit der Brotzeit nach draußen gehen, doch da stellte Moni sich ihr in den Weg. Ihr Gesicht war hart und entschlossen.

»Es ist besser, Sie sagen nicht, daß wir hier sind . . .«

Die Sennerin blickte sie irritiert an. »Aber . . . aber wieso denn net?«

»Kein Aber!« Drohend versperrte Moni die Tür. »Dieser Doktor darf nicht erfahren, daß noch jemand hier oben ist. Hast du das verstanden, Alte?«

Die Marei war eine couragierte Person. Sie kuschte nicht, sondern wurde zornig. »Ja, wie red'st denn du mit mir? Ich laß mir doch von dir net den Mund verbieten. Und jetzt laß mich durch.«

»Kein Wort!« wiederholte die Moni und ergriff ihren Arm.

Aufgebracht machte die Marei sich los und schob sie zur Seite. »Geh, red doch kein Schmarr'n!« Sie wollte die Hütte verlassen, doch in diesem Moment hörte sie ihren Hund erschrocken aufquietschen. Moni hatte sich den Bummerl geschnappt und zwischen ihren Beinen eingeklemmt. Gleichzeitig hatte sie das große Messer vom Tisch genommen, mit dem die Marei Brot und Käse geschnitten hatte. Sie setzte es an den Hals des Welpen.

»Wenn Sie uns verraten, stirbt Ihr Hund«, zischte sie, und die Marei spürte, daß das junge Ding genau das meinte, was es sagte.

»Marei?« rief Dr. Burgner von draußen. »Kann ich was helfen?«

Moni setzte das Messer noch enger an die Kehle des Hundes. Marei schluckte, dann straffte sie sich. »Ich komm' schon, Herr Doktor. Seit wann sind S' denn so ungeduldig?« antwortete sie und trat rasch ins Freie.

Thomas Burgner hatte sich auf die Bank gesetzt. Maxl stand in einiger Entfernung und suchte mit dem Fernglas seines Vaters die Umgebung ab, immer noch in der Hoffnung, diejenigen zu entdecken, die bei Franzi und seinem Opa eingebrochen waren und sein Baumhaus verschandelt hatten.

»Ja, grüß Eahna, Herr Doktor«, sagte die Marei. »Da haben S' aber einen schönen Tag erwischt für Ihre Wanderung.« Ihre Stimme klang leidlich unbefangen, aber ihre Hände zitterten, als sie das Tablett auf dem Tisch abstellte. Mein armes Bummerl, dachte sie. Was tun s' da drinnen bloß mit dir?

Thomas war aufgestanden. »Warten S', ich helf' Ihnen«, sagte er und stellte die Holzteller mit Brot und Käse auf den Tisch. Maxl gab sein vergebliches Umherspähen auf und kam zu seinem Vater.

»Wer is' denn da noch hier?« erkundigte er sich neugierig, als er die Brettchen und Becher von Tobias und Moni gewahrte.

Die Marei zuckte zusammen. »Ihr seid die einzigen, Bub. Aber groß bist du 'worden, schon fast erwachsen.«

»Aber die Becher . . .«, beharrte Maxl, und sie stellte das verräterische Geschirr hastig auf ihr Tablett.

»Ach, das meinst . . .« Sie überlegte fieberhaft, wie sie Thomas eine verschlüsselte Nachricht zukommen lassen konnte, und hatte schließlich eine Idee. »Das . . . ja, das waren die . . . weißt schon, die Förster, der Herbert und der Matthias, die sind vor einer Stund' dagewesen. Die machen gern bei mir Brotzeit.« Mit einem merkwürdig eindringlichen Blick wandte sie sich an Thomas. »Und wie geht's denn Ihrem Madel, Herr Doktor? Wissen S' jetzt schon, wie es heißen soll?«

Maxl stöhnte auf. »Das gibt's doch net! Sogar auf dem Berg gibt's kein anderes Thema. Das nervt ganz schön. Das Madel wird mit zwanzig noch ›Burgner-Baby‹ heißen.«

Thomas hatte einen kräftigen Zug von seiner Milch genommen. Jetzt lachte er. »Net verzagen, Sohn. Irgendwann wird einfach jemand eine Entscheidung treffen, und das wird's dann gewesen sein.«

Maxl kam wieder auf sein augenblickliches Lieblingsthema zurück. »Und jemand Fremdes is' net dagewesen heroben? Ich mein . . .«

»Jetzt hör schon auf, Maxl«, unterbrach sein Vater ihn mit gutmütigem Spott. »Seine Einbrecher wird's doch niemals hier herauf verschlagen. Iß lieber was.«

Der Bub steckte sich ein Stück Brot in den Mund, setzte dann aber wieder das Fernglas an die Augen, um die Umgebung zu beobachten. Thomas betrachtete die alte Sennerin.

»Und dir, Marei, wie geht's denn dir alleweil?«

»Immer g'sund und munter, Herr Doktor«, antwortete sie. »An mir können S' nix verdienen.«

Ihr Lachen klang nicht ganz echt, fand er und musterte sie genauer. »Ein bisserl blaß um die Nase bist. Macht dir der Föhn zu schaffen?«

»Mir? Noch nie«, erklärte sie entschieden, überlegte es sich dann aber anders. »Du merkst es ja doch, Doktor.

Ein bisserl schwummrig is' mir schon in letzter Zeit gewesen, immer bevor 's Wetter umschlagt. Aber mit einem Baldrian und abends einem Glaserl Rotwein is' das gleich wieder weg.« Sie warf dem Maxl einen zufriedenen Blick zu, weil er ein großes Stück Ziegenkäse vom Brettchen nahm. »Laß dir's nur schmecken, Bub, ich geh' gleich noch einen Käs' holen.«

»Wo is' denn der Bummerl?« erkundigte er sich, während er mit vollen Backen kaute.

Wieder zuckte die Marei zusammen, faßte sich aber rasch. »Ach, der Faulpelz schläft in seinem Korb. Weißt, dem ist's zu warm draußen.«

»Recht hat er«, stimmte Thomas ihr zu. »In seinem Pelzmantel muß er ja ins Schwitzen kommen.« Er leerte seinen Milchbecher und holte ein paar Schillingstücke aus seiner Jackentache, die er der Sennerin in die Hand drückte. »Dank' schön, Marei. Und wennst das nächste Mal runterkommst – im Herbst, dann kommst mal bei mir vorbei. Ich geb' dir was gegen die Wetterfühligkeit.«

Sie nickte und warf ihm wieder diesen merkwürdig eindringlichen und gleichzeitig angstvollen Blick zu. »Vergelt's Gott, Herr Doktor!«

Thomas wartete noch, bis Maxl seine Milch getrunken und sich das letzte Stück Käse in den Mund gesteckt hatte, dann machten sich die beiden wieder auf den Weg. Maxl drehte sich noch einmal zur Marei um. »Und wenn du so ein undurchsichtiges Subjekt vorbeikommen siehst, dann rufst mit deinem Funkgerät gleich den Gilch!« rief er ihr zu, und sein Vater lachte.

»Jetzt hör aber auf, Maxl. Du machst ja der Marei angst.«

Sie antwortete nichts darauf, sondern ließ sich mit einem tiefen Seufzer auf die Bank fallen. Er hatte nichts gemerkt, der Bergdoktor, gar nichts. Welch ein Jammer!

Sie starrte vor sich hin, während Thomas noch einmal

zu ihr zurückschaute. Ihre müde, irgendwie hoffnungslos wirkende Haltung ließ ihn stutzen. Was war nur heute mit der Marei los? Ob sie irgendeinen Kummer mit sich herumschleppte? Aber davon hätte sie ihm doch sicherlich erzählt. Oder doch nicht? Wenn sie nicht reden will, kann ich sie auch nicht bestürmen, es zu tun, dachte er und folgte Maxl, der schon ein Stück vorausgelaufen war.

Marei gab sich einen Ruck und stand auf, um ins Haus zurückzukehren. Hoffentlich war dem Bummerl inzwischen kein Leid geschehen. Aber dann sollten die zwei da drinnen etwas erleben!

Doch als sie die Hüttentür öffnete, ließ die Moni den Hund los, der sofort auf die alte Sennerin zulief und winselnd an ihr hochsprang. Sie nahm ihn auf den Arm. »Und jetzt schaut's, daß ihr weiterkommt, ihr Gesindel«, sagte sie grob.

Moni funkelte sie in einer Mischung aus Angst und Wut an. »Wo ist das Funkgerät?«

Die Marei stellte sich unwissend. »Was denn für ein . . .«

»Der Junge hat gesagt . . .«, unterbrach Tobias sie, und die Marei lachte.

»Ach, der Maxl, der weiß net, daß mein Funkgerät schon seit zwei Jahren kaputt is'.« Sie betrachtete ihre beiden ungebetenen Gäste genauer. »Wer seid ihr überhaupt, und was habt's ihr ausgefressen? Ihr seht doch gar net aus wie Verbrecher.«

»Sind wir ja auch nicht«, setzte der Tobias an, doch die Moni fuhr ihm sogleich über den Mund.

»Halt die Klappe, du Idiot!« Dann wandte sie sich wieder der Sennerin zu. »Sie machen uns jetzt was zu essen. Danach zeigen Sie uns, wie wir über die Grenze kommen, und dann lassen wir Sie in Ruhe.«

Die Marei wollte den Bummerl wieder auf den Boden setzen, doch Moni riß ihn ihr fort. »Den nehmen wir mit!

Damit Sie nicht doch die Polizei rufen. Wenn wir weit genug weg sind, lassen wir ihn laufen. Er wird schon wieder nach Hause finden.«

»Der Bummerl?« Die alte Sennerin schüttelte, den Tränen nahe, den Kopf. »Der is' doch noch so jung. Der kennt sich doch überhaupt net aus in den Bergen.«

Moni preßte die Lippen zusammen. Eigentlich mochte sie Hunde, und der hier war besonders niedlich. »Hören Sie auf damit! Tun Sie, was wir wollen und . . .«

In diesem Moment griff die Marei sich ans Herz und stieß ein lautes Stöhnen aus, während sie auf einen Stuhl sank. Tobias erschrak. »Moni, die hat was . . .« Er blickte sich in der Hüttenstube um und entdeckte einen Krug Wasser neben dem Herd. Hastig schenkte er der Marei einen Becher voll ein und setzte ihn ihr an die Lippen. Sie trank mit geschlossenen Augen und rang zwischendurch immer wieder schwer nach Luft.

»Die stirbt«, stammelte Tobias entsetzt, und Moni umfaßte die Schultern der alten Frau.

»Um Gottes willen, sagen Sie doch etwas . . .«

Aber die Marei stöhnte nur noch lauter und kippte kraftlos zur Seite. Moni konnte sie gerade noch festhalten, sonst wäre sie zu Boden gestürzt. Dabei bemerkten weder sie noch Tobias, daß der Bummerl durch die angelehnte Hüttentür nach draußen rannte.

Thomas und Maxl waren währenddessen weiter bergauf gewandert. Aber Dr. Burgner mußte immer noch an die Marei denken. Irgendwie war sie anders als sonst gewesen. »Komisch«, sagte er aus seinen Gedanken heraus. »Die Marei is' doch noch nie wetterfühlig gewesen. Na ja, vermutlich wird s' jetzt doch alt. Aber . . .«

Abrupt blieb der Maxl stehen. »Hast du eigentlich

irgendwo die Enzianflasche herumstehen sehen?« fragte er stirnrunzelnd.

Sein Vater blickte ihn überrascht an. »Stimmt. Das einzige, was der Matthias trinkt, ist ein guter Enzianschnaps.«

»Auf dem Tisch sind aber bloß zwei Milchbecher gestanden«, rekapitulierte der Maxl, und Thomas nickte alarmiert.

»Der Matthias hat ja noch net damals als kleines Kind Milch getrunken . . .« Er griff in seine Hosentasche und holte das rotgemusterte Kopftuch heraus, das er vorsorglich aus dem Baumhaus mitgenommen hatte. »Und jetzt weiß ich auch, wo ich das Tuch schon mal g'sehen hab'! Der Motorradräuber in Hall, der hat so was unter dem Helm ang'habt. Mir scheint, unsere Marei is' eine ganz Schlaue. Der Matthias und Milch – und sie mit ihrer neuen Wetterfühligkeit . . .« Er fuhr herum und rannte mit langen Sätzen den Weg zur Almhütte zurück. »Los, Maxl, schnell!«

In diesem Augenblick kam ihnen der Bummerl mit lautem Gebell entgegen. »Und das mit dem Hund hat auch net g'stimmt!« rief Maxl aufgeregt. Sie liefen, als ginge es um ihr Leben. Erst kurz vor der Hütte stoppten sie und schlichen so geräuschlos wie möglich zur Tür.

Drinnen hatten Tobias und Moni die Marei auf ihr Bett gelegt. Sie hielt die Augen geschlossen und rang immer noch mit halboffenem Mund nach Luft. Tobias hatte das Funkgerät im Küchenkasten entdeckt und mühte sich fieberhaft damit ab.

»Jetzt mach schon«, drängte die Moni, »sonst stirbt sie wirklich! Wir müssen jemanden alarmieren, bevor wir abhauen.« Sie nahm Mareis Hand, als die alte Frau aufstöhnte. »Durchhalten!« flüsterte das junge Mädchen beschwörend. »Sie schaffen das schon.« Auch Moni hatte jetzt nur noch Angst und verfluchte ihren Eigensinn, mit dem sie sich auf diese schlimme Geschichte eingelassen hatte. Nervös riß sie Tobias das Funkgerät weg. »Gib her . . .«

In diesem Moment tauchte Dr. Burgner in der Hüttentür auf. Er sah die Marei auf dem Bett und war mit zwei Schritten bei ihr. »Was haben Sie mit ihr gemacht?« fragte er scharf, während er ihren Puls fühlte.

Monis Stimme flatterte. »Wir? Überhaupt nichts. Wir sind gerade angekommen, da ist sie einfach umgefallen.« Sie deutete auf das Funkgerät. »Wir wollten um Hilfe . . .«

Sie ließ es zu, daß Maxl ihr das Gerät aus der Hand nahm. »Ich ruf' die Bergrettung«, sagte er, während sein Vater sich um die alte Sennerin kümmerte. Moni und Tobias wollten die Gelegenheit nutzen, um eilig zu verschwinden. Doch da setzte die Marei sich urplötzlich auf.

»Hiergeblieben!« rief sie mit fester Stimme. »Ihr habt's net bezahlt!«

Die beiden jungen Leute fuhren herum, und Dr. Burgner grinste ihnen spöttisch zu. »Ja, unsere Marei is' mit allen Wassern gewaschen. Wer die überrumpeln will, der muß besonders früh aufstehen.«

»Sie . . . Sie hätten Schauspielerin werden sollen«, stieß die Moni fassungslos hervor, während die Marei gesund und munter von ihrem Bett stieg.

»Ich ruf' besser gleich den Gilch«, sagte der Maxl, während sie zum Schrank ging, um die Enzianflasche zu holen.

»Eigentlich is' der ja für den Matthias reserviert«, erklärte die alte Frau verschmitzt. »Aber jetzt haben wir uns einen verdient.«

Moni und Tobias hatten alle Flucht- oder Erpressungsversuche aufgegeben. Sie wußten, daß sie verloren hatten, und so ließen sie sich auch ohne Widerstand festnehmen, als der Gilch schnaufend und schwitzend in der Almhütte auftauchte. Er hatte sein Polizeiauto weiter unten stehen lassen und das letzte Stück zu Fuß gehen müssen. Aber daran war er als Gendarm von Sonnenstein gewöhnt, und der Enzian, den ihm die Marei einschenkte, erleichterte ihm den Rückweg.

Maxl und Thomas kamen erst ziemlich spät nach Hause zurück, und der Maxl war von all dem Erlebten so aufgeregt, daß er lange nicht einschlafen konnte. Trotzdem stand er am nächsten Morgen recht zeitig auf und schlich sich in das Zimmer seiner kleinen Schwester. Sie war schon wach, schrie aber ausnahmsweise nicht, als er sich über sie beugte.

Maxl hob sie vorsichtig aus ihrer Wiege, wickelte sie in eine Decke und huschte auf Zehenspitzen mit ihr nach draußen. Unten in der Küche holte er sich noch das Anmeldeformular fürs Standesamt und die diversen Namensbücher, die sich inzwischen im Doktorhaus angesammelt hatten. Damit setzte er sich auf die Terrasse, nachdem er das Baby fürsorglich in seinen Kinderwagen gelegt und in die Sonne geschoben hatte.

Irgend jemand muß eine Entscheidung treffen, hat der Papa gestern gesagt, dachte der Bub. Dieser Jemand kann bloß ich sein. Er zog das Buch mit den vielen Heiligennamen zu sich heran, das von Pfarrer Hauberer stammte, und blätterte stirnrunzelnd darin.

»Ursula?« murmelte er vor sich hin. »Nein. Annemarie ... nein!« Er betrachtete seine kleine Schwester, tupfte sie mit dem Finger auf die Nase, und das Baby machte fröhlich: »Ga-ga-ga-ga ...«

»Gagaga?« wiederholte der Maxl. »Vielleicht Gaterina? Hmm, Katharina ist sehr gut.« Und da die Kleine diesmal nicht schrie wie sonst, wenn man sie mit irgendeinem Namen anredete, nahm er das Anmeldeformular und einen Kugelschreiber und begann, es sorgfältig auszufüllen.

»Heute ist der siebte Juli«, sagte er, die Zunge vor lauter

Konzentration fest in den Mundwinkel geklemmt, während er das Datum eintrug. Wieder schaute er seine kleine Schwester an. »Ein Julibaby bist du. Juli . . . Julia . . . Ja, das ist es!« Er kitzelte die Kleine unter dem Kinn und schrieb dann mit großen deutlichen Buchstaben in das Formular: *Julia Katharina Burgner.* Sehr zufrieden betrachtete er sein Werk, legte es dann auf die Decke des Kinderwagens und stand auf.

»Und jetzt sagen wir dem Bürgermeister und dem Pfarrer, wie du heißt, und dann kann uns niemand mehr dreinreden. Meine Schwester Julia.« Damit schob er den Kinderwagen in Richtung Dorf.

Eine halbe Stunde später gellte Sabinas Entsetzensschrei durch das Doktorhaus. »Thomas!«

Dr. Burgner, der gerade in der Praxis seine erste Patientin dieses Tages untersuchte, fuhr zusammen. Er ließ das Stethoskop sinken, mit dem er gerade die alte Marei hatte abhören wollen. Sie war schon in aller Frühe von ihrer Alm heruntergekommen, weniger, weil sie ärztliche Hilfe brauchte, sondern weil sie wissen wollte, was es für Neuigkeiten von den beiden jungen Leuten gab, die der Gilch gestern abgeführt hatte. Noch vor Sprechstundenbeginn war sie im Doktorhaus aufgetaucht.

Dr. Burgner hatte ihr berichtet, daß die zwei inzwischen total reuigen Sünder noch spät in der Nacht von Monis Eltern abgeholt worden waren. Die Riedeggers waren viel zu froh gewesen, ihre Tochter wiederzuhaben, als daß sie ernstlich mit ihr geschimpft hätten.

»Ein Verfahren müssen sie natürlich bekommen«, hatte Dr. Burgner gesagt. »Aber ich denk' net, daß die Strafe sehr hoch ausfallen wird. Sie bereuen ja schon längst, was sie gemacht haben.«

»Thomas!« schrie Sabina zum zweiten Mal und kam die Treppe hinuntergestürzt. »Ist das Baby bei dir?«

»Wieso denn?« fragte Dr. Burgner irritiert. »Ich bin doch in der Praxis.«

»Es ist weg!« stammelte Sabina, an allen Gliedern zitternd.

»Jetzt komm, red net ...« Zwischen Unglauben und Unruhe schwankend, wollte er auf seine Frau zugehen, doch in diesem Moment klingelte das Telefon. Thomas meldete sich und hörte am anderen Ende der Leitung die geradezu jubelnde Stimme von Pfarrer Hauberer.

»Wie bitte?« fragte Thomas verdutzt, bevor ein breites Lächeln sein Gesicht überzog. Er deckte die Sprechmuschel mit der Hand zu und flüsterte in Sabinas Richtung: »Der Pfarrer gratuliert uns zu unserer Namenswahl.« Dann sprach er wieder ins Telefon: »Gut gelungen, meinen Sie? – Ach ja, der Maxl hat den Zettel vorbeigebracht. Na, dann bin ich beruhigt.«

Nach ein paar Abschiedsworten legte er auf und wandte sich seiner Eheliebsten zu. »Maxl und seine Schwester Julia Katharina haben gerade dem Pfarrer einen Besuch abgestattet. Ich glaub', wir haben ein Problem weniger.« Sabina starrte ihn ein paar Sekunden an, bis sie begriff, daß ihre Aufregung vollkommen unnötig gewesen war, und stimmte dann erleichtert in Thomas' und Mareis herzliches Lachen ein.

Am Sonntag wurde die kleine Julia Katharina in der Dorfkirche zu Sonnenstein getauft. Es war so schön und rührend, wie eine Kindtaufe eigentlich immer sein sollte. Die glücklichen Eltern umstanden das Taufbecken, neben sich eine dezent schluchzende Franzi und Pankraz Obermayr, der seine Bewegung hinter einer besonders brummigen Miene zu verstecken suchte. Maxl aber in seinem schönsten Trachtenanzug hielt seine Schwester auf dem Arm, die ein zauberhaftes weißes Spitzenkleidchen trug und mit großen Augen Pfarrer Hauberer betrachtete, der gerade ihr Köpfen mit Weihwasser besprengte.

»Ich taufe dich auf den Namen Julia Katharina . . .« Er stockte, wechselte einen Blick des Einverständnisses mit Thomas und Sabina und fügte lächelnd hinzu: »Maximiliane.«

Maxl, der ganz auf seine Schwester konzentriert war, begriff erst ein paar Sekunden später, was Hochwürden da als dritten Namen hinzugesetzt hatte. Dann jedoch überzog ein stolzes Lächeln sein hübsches Gesicht.

Pfarrer Hauberer schlug ein Kreuz. »Im Namen des Vaters, des Sohnes und des Heiligen Geistes. Amen.«

Und ausnahmsweise schrie die kleine Julia Katharina Maximiliane Burgner diesmal nicht. Offenbar war sie mit ihren drei Taufnamen vollkommen einverstanden.

Schweigepflicht

Drehbuch von Gabriele Kister

Sabina Spreti-Burgner lächelte, als sie das junge Paar Hand in Hand auf das Doktorhaus zukommen sah. Der Hannes und die Claudia waren zwei ausgesprochen hübsche Menschen, und sie waren so verliebt ineinander, daß ganz Sonnenstein sich an ihrem Glück mitfreute.

»Grüß Gott, Frau Doktor«, rief der Hannes schon von weitem. Er war ein großer blonder Mann, der mit seinem Vater zusammen einen der schönsten Höfe im Tal bewirtschaftete.

»Grüß Gott«, sagte auch die Claudia und ließ Hannes' Hand los, um die kleine Julia zu betrachten, die Sabina auf dem Arm hielt. »Ist die süß! Darf ich sie mal halten?«

Sabina streichelte ihrem Baby die Wange. »Na, Julia, magst du zur Claudia?« Dann reichte sie der jungen Krankenschwester ihr Kind. Claudias Gesicht bekam einen fast andächtigen Ausdruck, als sie es an sich drückte.

Hannes betrachtete die beiden lächelnd, dann wandte er sich wieder Sabina zu. »Wir wollen Ihnen unsere Einladung zur Verlobung persönlich vorbeibringen.« Er zog einen Umschlag aus seinem Trachtenjanker und überreichte ihn ihr.

Thomas kam gerade, noch im Arztkittel, aus seiner Ordination. »Ach, unser junges Paar!« sagte er herzlich. »Wird's jetzt ernst mit euch beiden?«

Hannes nickte voller Stolz. »Ja, endlich! Noch in diesem Jahr soll Hochzeit sein. Aber erst gibt's ein großes Fest zu unserer Verlobung.«

Dr. Burgner warf Claudia einen lächelnden Blick zu. »Über diese Schwiegertochter freut dein Vater sich sicher ganz besonders, was, Hannes?«

Wenn möglich, strahlte der junge Mann noch mehr. »Ja. Eine, die sich in der Landwirtschaft auskennt – und auch noch die liebste Frau der Welt is', das is' schon ein Glück.«

»Willst du denn dann in der Klinik aufhören, Claudia?« erkundigte Sabina sich, und das junge Mädchen nickte.

»Ja, gleich nach der Hochzeit.«

Hannes legte ihr den Arm um die Schultern. »Der Vater drängt schon richtig. Und wir wollen ja auch bald so was Kleines haben.«

Thomas lachte und markierte ein langgezogenes Gähnen. »Ein bisserl Zeit könnt ihr euch schon noch lassen, falls ihr noch etwas von euren Nächten haben wollt.«

Sabina warf ihm einen tadelnden Blick zu. Mußte er denn immer wieder darauf anspielen, daß ihre Tochter zwar ein besonders süßes, aber auch anstrengendes Kind war, das durch ihr Schreien immer noch die Nachtruhe ihrer Eltern empfindlich verkürzte? »Wir kommen natürlich gern zu eurem Fest«, sagte sie zu dem Brautpaar und nahm Claudia das Baby wieder ab. Die junge Krankenschwester ergriff Hannes' Hand, und nach einem fröhlichen Abschiedsgruß gingen die beiden davon.

Thomas und Sabina schauten ihnen nach. »Schön, daß es das noch gibt«, meinte er. »Ein perfektes Paar. Besser kann man gar net zusammenpassen.«

»Wirklich?« fragte sie mit schiefgelegtem Kopf und lächelte ihn verführerisch an.

»Außer uns natürlich!« Dr. Burgner legte den Arm um seine beiden Frauen und drückte sie an sich.

Claudia und Hannes hatten indessen den Weg ins Dorf hinunter eingeschlagen. Hinter einer Wegbiegung blieben sie stehen und küßten sich erst einmal. Dann zog Hannes seine hübsche Braut weiter. »Zum Kurt müssen wir auch noch . . .«

Über Claudias Gesicht flog ein Schatten. »Dem kannst die Einladung doch auch beim Schützenverein geben.«

Er schüttelte lebhaft den Kopf. »Nein, nein. Schließlich soll er unser Trauzeuge werden. Da kann er net als letzter die Einladung kriegen.«

Sie blieb stehen. »Du, Hannes, ich möcht' lieber net, daß er unser Trauzeuge wird.«

»Meinst, weil ihr damals ein bisserl poussiert habt?« Er umfaßte ihr Gesicht mit seinen großen kräftigen Händen und schaute ihr in die Augen. »Es war doch nix Ernstes, oder?«

»Nein, bestimmt net«, versicherte sie. »Du weißt doch, wie immer geratscht wird.«

Er zog sie fester an sich. »Was vergangen is', is' vergangen. Aber wenn du mir jetzt so was antät'st . . .«

Sie lehnte die Stirn gegen seine Brust. »Hannes, wie könnt' ich das. Ich lieb' dich doch mehr als mein Leben.«

»Ich dich auch«, sagte er innig und küßte sie noch einmal. Dann nahm er wieder ihre Hand. »Wir sagen schnell grüß Gott beim Kurt. Und dann muß ich mit dem Vater Heu machen.«

»Ich komm' mit und helf' euch«, versprach Claudia, und er strich ihr über die Wange.

»Das brauchst doch net. Du hast doch schon deinen Dienst hinter dir.«

Sie lachte zu ihm auf. »Doch, dann bist schneller fertig und kannst noch mit zu mir kommen.«

Hannes' Freund Kurt Hameder arbeitete in der Autowerkstatt gleich um die Ecke. Als Claudia die Straße überqueren wollte, stolperte sie plötzlich und stieß einen leisen Schmerzenslaut aus. Hannes sah, wie sie sich das Knie rieb, und fragte besorgt, ob sie sich weh getan habe. Aber sie schüttelte lachend den Kopf. »Es is' nix passiert.«

Sie hielten sich nicht lange in der Werkstatt auf, und wie immer, wenn Claudia mit Kurt zusammentraf, blieb sie im Hintergrund und hatte nur ein leises ›Pfüat di'‹ für ihn, als sie sich verabschiedete. Sie wußte, daß Kurt einmal sehr verliebt in sie gewesen war, auch wenn sie seine Zuneigung nicht erwidert hatte. Aber noch immer hatte er manchmal eine Art, sie anzusehen, die sie sich unfrei und gehemmt fühlen ließ.

Es bedrückte sie, daß Kurt sie offenbar immer noch gern hatte. Aber er war Hannes' bester Freund, und Claudia sagte sich vernünftig, daß sie ihm nicht ständig aus dem Weg gehen konnte. Irgendwie mußte sie sich in Zukunft daran gewöhnen, daß er ins Haus kam, um Hannes zu besuchen, und daß die beiden Männer auch sonst häufig zusammensteckten.

Trotzdem war Claudia froh, als sie und Hannes den Pointner-Hof erreichten, wo sie schon ungeduldig von Xaver Pointner, Hannes' Vater, erwartet wurden. Das Wetter war gut, sonnig, aber nicht zu heiß, und die drei schafften fleißig bis zum Angelusläuten, das von der Sonnensteiner Kirche zu ihnen heraufklang. Dann war der letzte Heuballen auf den Wagen verladen worden, und Xaver Pointner setzte sich an das Steuer des Traktors.

Bevor er den Motor anließ, nickte er Claudia wohlwollend zu. »Wird Zeit, daß du ganz auf den Hof kommst, Madel. Die Arbeit is' ja kaum noch zu schaffen für uns zwei Männer.«

Hannes schwang sich auf den Notsitz. »Du, die Claudia soll meine Frau werden und net unsere neue Magd. Schließlich hat s' ja auch noch einen Beruf.« Es klang ein wenig gereizt, und Claudia lächelte ihm beruhigend zu.

»Ich versteh' deinen Vater schon. Er is' genau wie meiner. Die Familie und der Hof – sonst hat nix gezählt für ihn.« Sie legte ihrem zukünftigen Schwiegervater die

Der beliebteste Arzt der Alpen:
Bergdoktor Dr. Burgner (Gerhart Lippert)

Oben: Mutter, Baby und Bergdoktor wohlauf: Die Burgners (Anita Zagari, Gerhart Lippert) mit Nachwuchs.

Rechts: Herr Konrad (Herbert Fux) mal ohne ernsthafte Krankheit, dafür mit Blumenstrauß.

Freude bei der ganzen Familie: Auch Franzi (Enzi Fuchs), Pankraz (Walther Reyer) und Maxl (Manuel Guggenberger) feiern die neue Erdenbürgerin.

Maxl mit "Schwester Namenlos" – soll sie "Whoopie" oder "Wynona" heißen?

Stolze Eltern – und das Kind hat einen Namen.

Die Taufe nahm – natürlich – Pfarrer Hauberer vor.

Kathi (Isabel Feifel) und Maxl – so etwas wie ein Krankenbesuch.

Die seltsame Dame mit Vogelkäfig auf dem Weg nach Sonnenstein (Gisela Trowe).

Pfarrer Hauberer steht im Mittelpunkt der Folge "Der Hecht in Gottes Karpfenteich".

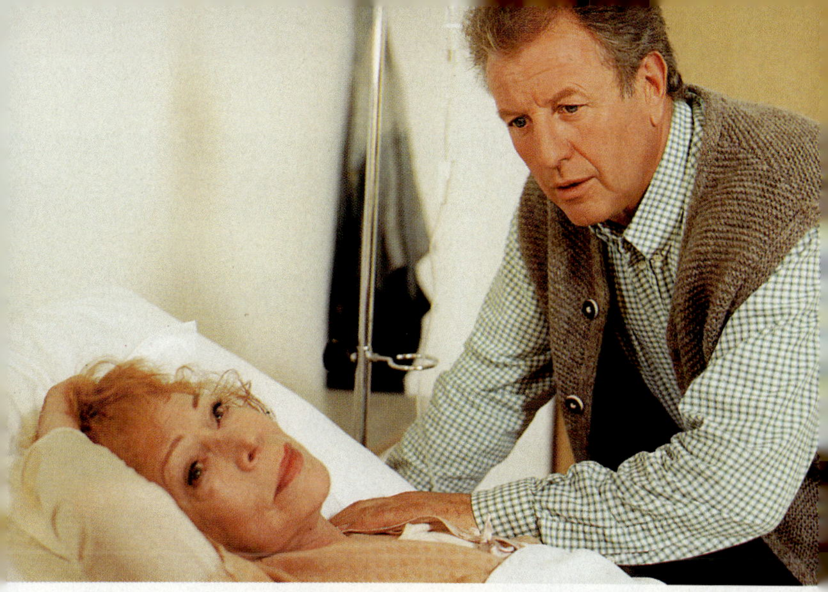

Endlich im Krankenhaus – und endlich die Lösung des Geheimnisses der alten Dame.

Die Aussprache – und eine überraschende Erkenntnis: Der Bergdoktor und David (Thomas Fritsch).

Für den Zuschauer heißt es nach dreizehn neuen Folgen wieder Abschied nehmen vom Bergdoktor und seiner Familie.

Hand auf die Schulter. »Ich werd' zum nächsten Termin kündigen. Dann kann ich bei der Ernte helfen.«

»Und warum ziehst net schon bei uns ein, Claudia?« fragte der Xaver, der sich darauf freute, daß endlich wieder eine Frau ins Haus kam – und eine junge, gesunde, die schaffen konnte, noch dazu.

Sie schüttelte lachend den Kopf. »Nein, nein, erst nach der Hochzeit. Es muß alles seine Ordnung haben.«

Wenig später tuckerte das vollbeladene Gefährt die gewundene Bergstraße hinunter und schwenkte in die Einfahrt zum Pointner-Hof ein. In einer engen Kurve, als sie sich ein wenig abstützten mußte, verspürte Claudia wieder diesen heftigen Schmerz im Knie, den sie schon ein paarmal gehabt hatte. Aber sie sagte dem Hannes nichts davon, und als der Wagen vor dem großen Heustadel hielt, war der Schmerz zum Glück wieder vergangen.

Claudia half noch mit abzuladen und bereitete anschließend für sich und die beiden Männer ein kräftiges Abendessen zu. Danach räumte sie noch ein wenig auf, so daß es schon dunkel wurde, als sie endlich mit Hannes in ihr Häuschen am anderen Ende des Dorfes zurückkehren konnte, das sie von ihren Eltern geerbt hatte.

Während sie sich im Bad ein wenig frisch machte, stellte Hannes das Radio an. Ein Sender brachte Johann-Strauss-Melodien. Gerade ertönte der Donauwalzer, und Hannes drehte den Apparat ein wenig lauter, damit auch Claudia die Musik hören konnte. Als sie ins Wohnzimmer kam, trug sie ein wunderschönes festliches Dirndl aus schwerem Brokatstoff mit Silberstickerei, das sie sich für ihr Verlobungsfest gekauft hatte. Ein wenig unsicher lächelte sie Hannes an. »Eigentlich solltest du das Kleid ja noch net sehen ... Aber ich konnt's einfach net abwarten.«

Er war aufgestanden und betrachtete sie voller Liebe und Bewunderung. »Es ist bezaubernd – wie du.«

Ihre Augen strahlten auf, und sie machte ein paar Walzerschritte vor ihm. Er ließ keinen Blick von ihr. »Du hast die schönsten Beine der Welt«, sagte er leise. Dann drehte er das Radio ganz laut und zog Claudia in die Arme, um mit ihr durch das Zimmer zu tanzen. »Und überhaupt bist du die schönste Frau der Welt. Und die liebste und beste und klügste . . .«

Die beiden drehten sich immer schneller, während Hannes Claudias Gesicht mit kleinen Küssen überschüttete, bis sie ihn lachend und atemlos ein Stück von sich schob. »Laß, sonst ist das Kleid schon ruiniert, bevor ich's getragen hab.«

»Dann mußt du's ganz schnell ausziehen«, sagte er verliebt und begann, ihr die Seidenschürze abzubinden und das Mieder aufzuknöpfen. Claudia schloß die Augen und überließ sich seinen zärtlichen Händen.

Am nächsten Tag hatte Clauda Spätdienst im Haller Krankenhaus. Während sie ihrer Arbeit nachging, Essen und Medikamente verteilte, Betten machte und Verbände wechselte, lag oft ein verträumtes Lächeln auf ihrem Gesicht. Es war so schön, daß es den Hannes gab und daß sie sich liebten!

›*Donau so blau, so blau, so blau*‹, summte Claudia vor sich hin, als sie ein leeres Krankenbett für einen Neuzugang auf ihre Station brachte. Dr. Burgner wartete oben vor dem Aufzug. Er hatte eine Patientin besucht, die er vor ein paar Tagen mit einer akuten Bauchspeicheldrüsenentzündung hier eingeliefert hatte.

Die breiten Lifttüren glitten auseinander. Claudia löste mit dem Fuß die Arretierung am Bett, um es auf den Flur zu schieben. Dabei durchfuhr sie wieder dieser messerscharfe Schmerz im Knie. Diesmal war er noch heftiger als sonst, so daß sie unwillkürlich einen Schmerzenslaut ausstieß und sich das Knie rieb.

»Claudia, hast du dich gestoßen?« fragte Dr. Burgner sofort besorgt.

»Grüß Gott, Herr Doktor«, erwiderte sie und schüttelte den Kopf. »Nein, nein, es is' nix. In meinem Knie sticht's nur manchmal so komisch.«

»Das würd' ich aber mal anschauen lassen«, meinte er, doch davon wollte sie nichts wissen.

»So schlimm ist es ja net. Wenn ich mal Zeit hab' . . .« Damit schob sie das Bett weiter und winkte ihm verabschiedend zu.

Thomas stieg in den Lift. »Hast du heut' Spätdienst? Dann komm' ich nachher auf einen Kaffee zu dir. Deiner is' nämlich am besten!«

»Gern, Doktor Burgner«, rief sie noch, dann schlossen sich die Türen, und Claudia summte wieder ›ihren‹ Donauwalzer vor sich hin.

Ein paar Tage später kam sie dann allerdings doch zu Dr. Burgner in die Sprechstunde. Das heißt, eigentlich war es schon Mittagszeit, und Thomas wollte gerade zum Essen gehen, obwohl er neuerdings gar keinen rechten Appetit mehr auf das Mittagessen hatte. Es gab nämlich fast nur noch Nudelgerichte, weil Sabina die meiste Zeit mit ihrem Baby beschäftigt war und für das Kochen nicht mehr als eine halbe Stunde erübrigen mochte.

Aber als Traudl durch die Sprechanlage anfragte, ob er noch Zeit für Claudia hätte, knöpfte Thomas seinen weißen Kittel wieder zu und begrüßte die junge Krankenschwester herzlich.

Sie wirkte unruhig und nervös. »Das Knie tut jetzt immer öfter weh«, berichtete sie. »Manchmal kann ich kaum laufen.«

Thomas bat sie, sich auf der Untersuchungsliege auszustrecken, und tastete sorgfältig die Kniescheibe ab. »Tja, bis auf eine leichte Schwellung kann ich so nix feststellen.«

»Kann es was Schlimmes sein?« erkundigte sie sich ängstlich.

Er lächelte beruhigend. »Für eine Arthrose bist ja wirklich noch zu jung. Vielleicht ist's eine Entzündung. Das muß auf jeden Fall geröntgt werden. Ich schreib' dir eine Überweisung, und dann gehst in der Klinik in die Radiologie zum Kollegen Renner. Der schaut sich die Röntgenaufnahmen an und stellt die Diagnose.«

Zu seiner Überraschung wehrte sie ab. »Nein, in der Klinik will ich das net machen lassen. Da tratschen sie gleich wieder alle darüber. Und ich will auch net, daß der Hannes was davon erfährt.«

Dr. Burgner betrachtete sie kopfschüttelnd. »Ja, aber warum den net? Schließlich seid ihr bald verheiratet. Da verschweigt man doch so was net.«

Claudia setzte sich auf. »Ich kenn' ihn doch. Wenn ich's ihm sag', macht er sich gleich unnötige Sorgen.«

Das leuchtete ihm ein. »Wie du meinst«, sagte er und füllte die Überweisung aus. »Weißt denn schon, wo du hingehen willst?«

Sie nahm den Schein und steckte ihn in ihre Umhängetasche. »In die Praxis Schneider und Hartmann in Hall. Da mach' ich einen Termin aus.«

»Gut, dann geh halt dahin. Sie sollen den Befund an mich schicken. Aber geh bald, sonst kannst vielleicht auf deinem Verlobungsfest gar net tanzen.« Claudia erwiderte Thomas' Lächeln, aber ihre Augen blieben ernst.

»Danke, Dr. Burgner. Und bitte, sagen S' dem Hannes net, daß ich hier war.«

Das versprach er ihr. Schließlich war er an die ärztliche Schweigepflicht gebunden. Trotzdem hatte Thomas irgendwie ein ungutes Gefühl, als er Claudia nachblickte, wie sie mit einem leichten Hinken die Praxis verließ.

Am Abend nach ihrem Dienst traf sie sich mit Hannes im Hotel zur Post, um die Einzelheiten ihrer Verlobungsfeier zu besprechen. Da es Sommer und anhaltend schönes Wetter war, sollte das Fest auf der großen Wiese oberhalb von Sonnenstein stattfinden. Elfriede Angerer hatte zugesagt, dort ein großes Büfett mit warmen und kalten Speisen aufzubauen. Sie notierte sich Hannes' Wünsche und stand dann auf, um die Getränkekarte zu holen.

Claudia machte ein etwas bängliches Gesicht. »Wird das net zu teuer, Hannes?« fragte sie leise. »Dazu noch die Kapelle und ein Tanzboden . . .«

Er nahm ihre Hand und drückte einen raschen Kuß darauf. »Sei net so bescheiden, Schatzl. Du sollst doch eine Feier haben, die du nie vergißt.«

Sie lehnte sich in ihrem Stuhl zurück. »Schad', daß meine Eltern das net mehr erleben können«, meinte sie ein wenig traurig, und er strich ihr über die Wange.

»Jetzt kriegst ja einen neuen Papa. Der is' schon ganz vernarrt in dich. Natürlich net so wie ich – aber das darf ja eh außer mir keiner.«

Sie lächelte ihm zu. »Bist jetzt sogar schon auf den eig'nen Vater eifersüchtig?«

»Ach, geh«, sagte er zärtlich und küßte wieder ihre Finger.

Der Befund kam am übernächsten Morgen per Eilboten in Dr. Burgners Praxis. Thomas war gerade total übernächtigt hinuntergekommen und hatte Traudl als erstes um einen extra starken Kaffee gebeten. »Schläft die kleine Maus immer noch net durch?« hatte sie mitleidig gefragt, und er war sich mit allen zehn Fingern durch die Haare gefahren.

»Nein, sie meint, daß zwei Uhr morgens eine perfekte Zeit zum Spielen is'. Oder zum Herumgetragenwerden. Oder zum Essen.«

Während Traudl den Kaffee kochte, öffnete Dr. Burgner den Expressbrief. ›*Röntgenpraxis Dr. Schneider / Dr. Hartmann*‹ stand als Absender darauf. Thomas holte den schriftlichen Befund heraus und begann zu lesen. Dabei wurde er totenblaß. »Das kann doch net wahr sein«, murmelte er fassungslos. »Sie is' doch noch so jung.«

Er las ein zweites Mal, was ihm die Röntgenologen in sachlichen Worten mitteilten, und griff dann zum Telefon.

»Hier Dr. Burgner in Sonnenstein«, sagte er, als sich die Sprechstundenhilfe der Haller Röntgenpraxis gemeldet hatte. »Es geht um den Befund Claudia Pfister, den Sie mir geschickt haben. Ich hätte gern die Röntgenbilder selbst gesehen . . . Am besten, ich hol' sie mir gleich ab.«

Eine halbe Stunde später tauchte er mit den Aufnahmen in der Klinik in Hall auf. Sein Kollege Dr. Renner hängte sie in den Leuchtkasten und sah sie sich gemeinsam mit Thomas an.

»Herr Renner, kann es net doch eine Fehldiagnose sein?« fragte Thomas fast flehend, obwohl er selbst sah, was mit Claudia los war.

Der Röntgenologe schüttelte den Kopf. »Nein. Das ist eindeutig ein Sarkom im Frühstadium. Wir brauchen natürlich weitere und genauere Diagnosen, bevor wir über eine Therapie entscheiden können.«

Thomas konnte es immer noch nicht fassen. »Sind Sie wirklich sicher?«

Sein Kollege betrachtete ihn beinahe mitleidig. »Wenn Sie wollen, kann ich Ihre Patientin in der Klinik noch einmal röntgen, um ganz sicherzugehen.«

»Ja, danke«, erwiderte Thomas tonlos. »Ich werd' sie zu Ihnen schicken.«

Dr. Renner seufzte. »Ihnen liegt wohl viel an der Patientin? Wer ist es denn?« Er wollte auf das Namensschild auf den Aufnahmen blicken, doch Thomas nahm sie schnell von der Leuchtwand und steckte sie in den braunen Umschlag, in dem er sie hergebracht hatte. »Das kann ich Ihnen im Moment noch net sagen. Ich werd' sie herschicken. Vielen Dank einstweilen.«

Als er in die Praxis zurückkam, bat er Traudl, sogleich Claudia Pfister anzurufen und sie herzubestellen. Er wußte ja, bei diesem bösartigen Knochenkrebs war jede Stunde kostbar. Es durfte keine Zeit mehr verloren werden.

Das Wartezimmer war voller Patienten, und Thomas versuchte sich mit aller Kraft auf jeden einzelnen zu konzentrieren. Aber zwischendurch irrten seine Gedanken doch immer wieder zu Claudia ab. Wie sollte er ihr nur das Entsetzliche beibringen?

Sie kam am späten Vormittag, und sie sah jung und glücklich aus. Seit gestern hatte sie keine Schmerzen mehr in ihrem Knie verspürt, und so war sie zu der Überzeugung gelangt, daß es sich tatsächlich nur um eine harmlose Entzündung handelte, die von allein abklingen würde.

Dr. Burgner betrachtete sie, wie sie ihn anlächelte, und in diesem Moment verfluchte er seinen Beruf. Sie war so erbarmungswürdig ahnungslos, die Claudia. Sie machte sogar einen Scherz, als sie ihm die Hand gab. »Was gibt es denn so Dringendes, Dr. Burgner. Wollen Sie mir gleich das ganze Bein abnehmen?«

Er konnte nicht sofort antworten. Vorhin hatte er sich zurechtzulegen versucht, was er ihr sagen wollte, doch jetzt war sein Kopf wie leergefegt. »Claudia, ich habe ...« setzte er an und räusperte sich, weil ihm die Kehle eng geworden war. »Claudia, es ist ...«

Wieder stockte er und sah, wie ihr Lächeln erlosch. Angst tauchte in ihren großen Augen auf. »Ist es ... ist es was Schlimmes?«

Er nickte schweigend, und sie fragte weiter: »Muß ich operiert werden?«

Statt einer Antwort führte er sie zu dem Besucherstuhl vor seinem Schreibtisch. »Claudia, setz dich doch bitte.«

Sie gehorchte mechanisch, ohne den Blick von Thomas zu lösen. Er legte ihr die Hände auf die Schultern. »Claudia, du mußt sofort nach Hall in die Klinik. Wir müssen einige Spezialuntersuchungen machen. Dr. Renner ist ein hervorragender Spezialist . . .«

»Ich hab' doch gesagt, ich will da nicht hin!« unterbrach sie ihn heftig. Die Angst in ihren Augen wuchs. Und dann entdeckte sie den Befund, der auf Thomas' Schreibtisch lag. Ehe er sie daran hindern konnte, hatte sie sich nach vorn gebeugt und das Blatt an sich genommen.

»Ein . . . Sarkom«, würgte sie hervor, nachdem sie das Schreiben überflogen hatte. Sie faltete es zusammen und steckte es in ihre Rocktasche. Dr. Burgner achtete gar nicht darauf. Er suchte nach Worten, die ihr Hoffnung geben, die grausame Wahrheit erträglicher machen sollten.

»Claudia, das ist eine erste Diagnose. Sie muß ja net stimmen. Das heißt erst mal, daß wir alles ganz genau untersuchen müssen. Wenn du net nach Hall willst, gehen wir nach Innsbruck. Ich melde dich sofort an. Und wenn das betroffene Bein behandelt wird, dann . . .«

Dann bestehen gute Chancen, hatte er sagen wollen, aber sie ließ ihn nicht zu Ende reden.

»Sprechen Sie's ruhig aus: Es muß amputiert werden«, sagte sie, immer noch mit dieser brüchigen, monotonen Flüsterstimme, die ihm ins Herz schnitt. »Ich kenn' mich doch selbst aus, Herr Doktor.«

Er umklammerte ihre Schultern. »Claudia, es gibt immer Hoffnung! Man ist heut' viel weiter bei der Therapie . . . Und ich tu' alles, was in meiner Macht steht. Laß mich jetzt erst einmal den Hannes anrufen, damit er dich abholt.«

Zum ersten Mal bekam ihre Stimme wieder Farbe und Leben. »Nein. Bitte nicht. Nicht den Hannes!«

»Aber er muß es doch erfahren . . .«

Sie schüttelte wild den Kopf. »Nein. Er darf das nie erfahren!«

»Aber Claudia«, widersprach er drängend. »Ein Eheversprechen gilt für gute und für schlechte Zeiten.«

»Eben!« sagte sie entschieden. »Als Krüppel werd' ich net seine Frau. Das tu' ich ihm net an, das net! Und zum Witwer mach' ich ihn auch net.«

Dr. Burgner ging zum Telefon und nahm den Hörer ab. »Bitte, red net so. Der Hannes liebt dich doch. Du kannst net allein damit fertig werden. Du hast doch sonst niemanden. Ich ruf' ihn jetzt an!«

Sie sprang auf. »Das tun Sie nicht! Denken Sie an Ihre Schweigepflicht!«

Ein paar Sekunden blickten sie einander an. Dann legte Thomas den Hörer langsam wieder auf die Gabel zurück. »Claudia, du hast jetzt einen Schock. Überleg es dir.«

»Nein«, beharrte sie, und er begriff, daß es im Augenblick keinen Sinn hatte, sie von ihrem Entschluß abzubringen zu versuchen.

»Aber ich ruf' auf jeden Fall in der Klinik an und laß dir dort einen Termin geben.«

»Nein«, sagte sie wieder, und er fuhr sich mit einer verzweifelten Geste durch das Haar.

»Aber du mußt sofort in die Klinik. Jeder Tag zählt.«

Claudia wandte sich zur Tür. Ihr Gesicht war starr und weiß. »Ich sage Ihnen, wenn ich soweit bin. Jetzt muß ich erst mal allein sein.«

Er ging zu seinem Medikamentenschrank und nahm ein Päckchen Tabletten heraus. »Hier, nimm das, wenn's zu schlimm wird. Aber sei vorsichtig damit, es sind starke Beruhigungstabletten. Immer nur eine Vierteltablette.«

»Danke«, erwiderte sie gleichgültig und steckte das Päckchen ein.

»Und wenn du es dir überlegst mit der Klinik«, sagte er eindringlich, »du kannst mich jederzeit anrufen. Wirklich jederzeit, Claudia.«

Sie reagierte gar nicht auf seine Worte, sondern verließ das Sprechzimmer, ohne sich noch einmal umzuwenden.

Sie fuhr in die Klinik und tat ihren Dienst wie immer. Am Abend kehrte sie nach Hause zurück. Sie aß nichts, sondern zog sich aus und schlüpfte in ihr Nachthemd. Aus ihrer Ausbildungszeit besaß sie noch einige medizinische Bücher. Die holte sie hervor und las alles, was sie darin über Knochenkrebs finden konnte. Und die Angst in ihr wuchs und wuchs.

Irgendwann stand sie auf und legte eine Schallplatte auf. Der Donauwalzer erklang. Claudia erinnerte sich, wie sie noch vor wenigen Tagen mit Hannes zu der Melodie getanzt hatte. ›Du hast die schönsten Beine der Welt‹, hatte er gesagt.

Die schönsten Beine ... Claudia würgte an ihren Tränen. Bald würde man ihr eines amputieren müssen, sie zum Krüppel machen. Und wenn sie die Operation verweigerte? Dann mußte sie sterben. Aber war das nicht besser, als ohne Hannes zu leben?

Claudia lauschte der Musik und merkte gar nicht, daß ihr die Tränen über die Wangen liefen. Sie zuckte zusammen, als jemand an der Tür läutete. Gleich darauf wurde sie mit einem Schlüssel geöffnet. Das konnte nur der Hannes sein. Er besaß ihren Hausschlüssel, aber wenn er zu ihr kam, war er jedesmal so rücksichtsvoll, erst zu klingeln, damit sie nicht erschrak, wenn er in der Tür stand. Lieber, lieber Hannes ...

Diesmal hatte er ihr Blumen mitgebracht. »Hallo, Schatzl!« sagte er fröhlich. »Ich wollt' dir nur schnell gut'

Nacht sagen ... Oh, du bist ja schon im Nachthemd. Stör' ich dich?«

»Du doch nicht«, sagte sie leise und kehrte ihm den Rücken zu, um sich das tränennasse Gesicht abzuwischen. Er merkte es nicht, weil er zum Tisch gegangen war und das Buch zur Hand nahm, in dem sie zuletzt gelesen hatte. Es war noch aufgeschlagen.

»Was hast denn da nachgelesen?« fragte Hannes. »Knochensarkom, wie gräßlich! Du mußt doch gar nichts mehr lernen.«

Er betrachtete sie genauer, als sie zu ihm kam, und sein liebes Gesicht wurde besorgt. »Was hast du? Hast geweint?«

Sie schüttelte den Kopf und zwang sich zu einem Lächeln. »Nein. Ich hab' ... Creme in die Augen bekommen.«

Da senkte er den Kopf und küßte sie abwechselnd auf beide Augenlider. »So, jetzt is' es weg. Meine Küsse sind ein Wundermittel gegen alles, wußtest du das schon? Aber jetzt geh' ich lieber. Du willst schlafen, und ich muß morgen schrecklich früh raus.«

Sie umklammerte seine Hände und warf sich mit verzweifelter Heftigkeit an seine Brust. Dann küßte sie ihn so leidenschaftlich, wie sie es noch nie getan hatte. Ihre ganze Liebe lag darin, ihr Schmerz, ihr Aufbegehren gegen die grausame Krankheit, ihre Angst vor der Zukunft.

Hannes spürte, daß sie zitterte, und löste sich erschrocken von ihr. »Was is' denn? Was war denn das für ein Abschiedskuß? Wir sehen uns doch morgen wieder.«

Sie umarmte ihn von neuem. »Nein, bitte ...« flüsterte sie erstickt. »Bitte, bleib heut' nacht hier.«

Dr. Burgner hatte den ganzen Tag an Claudia gedacht und gehofft, sie werde anrufen, damit er sie in die Innsbrucker Klinik überweisen konnte. Aber er hörte nichts von ihr, auch an den folgenden Tagen nicht. Die Sorge um sie machte ihn ganz krank, und es fiel schließlich auch Sabina auf, wie schlecht er aussah und wie zerfahren er wirkte.

Als er eines Abends wieder nichts Vernünftiges essen mochte, sondern nur in seinem Teller herumstocherte, sprach sie ihn darauf an.

»Thomas, du ißt ja gar nicht. Ich weiß, es gibt schon wieder Spaghetti, aber die gehen halt wirklich am schnellsten.«

Er lächelte über ihre schuldbewußte Miene. »Daran liegt's net. Ich hab' einfach keinen Hunger.«

»Was hast du denn?« forschte sie. »Du bist auch ganz blaß. Hast du Ärger gehabt?«

Maxl, der ebenfalls reichlich lustlos seine Spaghetti um die Gabel wickelte, stieß seinen Vater an. »Wenn man Probleme hat, muß man darüber reden. Das predigst du mir doch auch immer.«

Thomas schob seinen Teller zurück und stand auf. Er mußte mit Sabina einfach mal über Claudia sprechen. Sie war Ärztin und ebenfalls an die Schweigepflicht gebunden. Aber sie war auch eine sehr kluge, warmherzige Frau. Vielleicht wußte sie einen Rat. »Sabina, machst du einen Spaziergang mit mir?« fragte er, und sie nickte.

»Nachher. Ich muß erst die Kleine füttern.« Wie auf ein Stichwort begann Julia, die bis dahin friedlich in ihrem Stubenwagen geschlummert hatte, zu schreien. Sabina stand auf und nahm sie hoch.

In diesem Augenblick kam Franzi zur Tür herein. Auf ihren fröhlichen Gruß erhielt sie nur eine ziemlich matte Antwort. Sabina war voll damit beschäftigt, ihre schreiende Tochter zu beruhigen, und Thomas wandte sich zur Tür.

»Ja, ich geh' dann mal eine halbe Stunde . . .«

Betroffen blickte Franzi ihm nach und wandte sich dann Sabina zu. »Habt's ihr Ärger miteinander?«

Die junge Frau zuckte mit den Schultern. »Ich weiß nicht, was er hat. Vielleicht ist ihm unser Haushalt zu chaotisch, seit das Baby da ist.« Sie kämpfte mit sich und entschloß sich dann, sich diesmal vorrangig um ihren Mann zu kümmern. »Ich glaube, ich gehe Thomas besser nach. Kannst du die Kleine inzwischen versorgen?«

Franzis rundes Gesicht erhellte sich schlagartig. Es gab ja nichts, was sie lieber tat. »Natürlich! Geh nur . . .« Sie nahm Sabina das schreiende Baby ab und drückte ihm einen Kuß auf die Wange. »Ja, mein Spatzl, hier bin ich schon.«

Erleichtert verließ Sabina den Raum, und Maxl verdrehte genervt die Augen, als er sah, wie Franzi mit dem Baby herumschmuste. Er hatte seine kleine Schwester wirklich lieb. Aber allmählich, so fand er, machten alle zuviel Aufhebens um sie. Das ganze Familienleben war durcheinandergeraten, seit es Julia gab.

Am nächsten Tag fuhr Thomas nach Hall in die Klinik, um mit Claudia zu sprechen. Sabina hatte ihm dazu geraten. Er traf die junge Krankenschwester auf dem Korridor ihrer Station. Sie trug ein Tablett mit Medikamenten, und Thomas eilte auf sie zu. »Claudia, ich such' dich überall! Warum hast du dich net gemeldet? Du kannst doch net arbeiten gehen. Ich schreib' dich sofort krank.«

Aus den Augenwinkeln sah sie, daß zwei Kolleginnen aus einem Patientenzimmer kamen. »Oh, Dr. Burgner«, sagte sie laut. »Natürlich kriegen Sie einen Kaffee. Kommen Sie mit.« Damit ging sie ihm voran ins Schwesternzimmer, in dem sie allein waren.

Thomas schloß die Tür hinter ihnen. »Claudia, ich flehe dich an, du mußt sofort in eine Klinik. Komm gleich mit mir, ich bring' dich selbst nach Innsbruck, wenn du willst.«

Ihr Gesicht verschloß sich. »Nein. Ich hab' Ihnen doch gesagt, ich sag' Bescheid.«

»Aber ich kann dich doch damit net allein lassen. Du brauchst jemanden«, widersprach er hilflos. »Und wir haben keine Zeit.«

Sie ging zum Fenster und lehnte die Stirn dagegen. In den letzten Tagen hatte sie unablässig darüber nachgegrübelt, wie sie es anstellen sollte, Hannes fortzuschicken. Inzwischen hatte sie einen Plan gefaßt, und den würde sie durchführen, gleichgültig, was danach für sie kam. »Auf ein paar Tag' kommt es jetzt auch net mehr an«, sagte sie gepreßt. »Bitte, Dr. Burgner, ich möcht' erst unsere Verlobung feiern. Dann sehen wir weiter.«

Am Sonntag darauf war es dann soweit. Hannes tauchte schon am späten Nachmittag auf der Festwiese auf, wo Frau Angerer Tische und Bänke hatte aufstellen lassen. Sein Freund Kurt begleitete ihn.

Die Kapelle hatte sich auch schon eingefunden und baute Notenständer und Verstärker auf, während Elfriede Angerer die Tische mit Blumengestecken schmückte. Auch für das warme und kalte Büfett war alles soweit vorbereitet, allerdings würden die Speisen erst zum Beginn der Feier gebracht werden, damit sie auch ganz frisch waren.

Hannes betrachtete die Lampions in den Bäumen, den Tanzboden und die Blumenarrangements auf den Tischen. »Schön haben Sie das gemacht«, lobte er Frau Angerer. »Wirklich wunderschön. Die Claudia wird Augen machen.«

Die Wirtin nickte lächelnd. »Sonst ist auch alles bereit. Es fehlen nur noch die Gäst'.«

Hannes warf einen nervösen Blick auf seine Armbanduhr. »Ich muß noch mit der Kapelle reden, wegen des Musikprogramms. Und ich muß die Claudia abholen. Die wartet sicher schon.«

Kurt Hameder drückte beruhigend seinen Arm. »Jetzt sei doch net so panisch. Das kann ich doch schnell machen.«

Hannes' Miene erhellte sich. »O ja, das wär' prima.«

Claudia öffnete Kurt die Tür in einem sehr schick und sexy wirkenden Morgenmantel. Sie war schon geschminkt und frisiert und sah wunderschön aus. Allerdings waren ihre Augen seltsam starr, und ihre ganze Art kam Kurt irgendwie überdreht vor.

Claudia hatte mehrere Tabletten des starken Medikaments genommen, das Dr. Burgner ihr gegeben hatte. Es versetzte sie in einen Rauschzustand, den sie als angenehm empfand. So wurde das Unerträgliche erträglich, und sie würde es schaffen, diesen Abend durchzustehen.

»Jetzt beeil dich halt«, sagte Kurt, als sie keine Anstalten machte, sich für die Feier anzuziehen. »Die ersten Gäst' kommen ja schon.«

Claudia nahm das Festtagsdirndl vom Kleiderhaken. »Ich kann mich net entscheiden, ob ich das Kleid wirklich anziehen soll.« Mit einer raschen Bewegung streifte sie ihren Morgenmantel ab und präsentierte sich dem jungen Mann in BH und Slip. Befriedigt registrierte sie, daß ihn ihr Anblick absolut nicht kalt ließ, obwohl er sich bemühte, sich das nicht anmerken zu lassen. Sie lief in das angrenzende Schlafzimmer und kam mit ein paar anderen Kleidern zu Kurt zurück. »Soll ich lieber das hier anziehen? Oder das?«

Er wandte sich ab. »Also Claudia, du bist mit Hannes verlobt! Ihm muß es gefallen. Jetzt zieh dich halt an. Ich wart' solange draußen.«

Sie lachte eine Spur zu schrill. »Oh, das brauchst du nicht. Wir sind doch alle Freunde.«

Er wich zurück, als sie auf ihn zukam. »Claudia, das ist unfair. Du weißt, ich mag dich . . .«

»Und ich mag dich doch auch«, sagte sie und wollte die Arme um ihn legen. Er wich zur Tür zurück. »Bitte, laß das! Ich warte draußen. Und beeil dich bitte, was soll sonst der Hannes denken!«

Damit floh er förmlich aus dem Zimmer. Claudia stand ein paar Sekunden mit hängenden Schultern da, dann nahm sie ihr Festtagsdirndl vom Bügel und begann es anzuziehen. Sie legte noch den dazu passenden Trachtenschmuck an und betrachtete sich eine kleine Weile im Spiegel. Dann ging sie zum Tisch, wo die bereits halb leere Tablettenschachtel lag, drückte eine aus der Silberfolie heraus und spülte sie mit einem Schluck Wasser hinunter. Nach kurzem Zögern nahm sie noch eine zweite Tablette ein, bevor sie die Packung in ihre Handtasche steckte.

Hannes und sie hatten nicht nur Thomas und Sabina Burgner eingeladen, auch Franzi, Pankraz und der Maxl waren an diesem Abend ihre Gäste. Und natürlich Julia, die in ihrem Babykörbchen ausnahmsweise friedlich schlief, trotz der Musik und des Stimmengewirrs – oder vielleicht gerade deswegen. Wer wußte das schon?

Thomas und Sabina saßen mit Hannes' Vater am Tisch des Brautpaares. Sie schauten den Tanzenden zu. Elfriede Angerers Büfett war ein voller Erfolg, aber Thomas und Sabina hatten den vielen Köstlichkeiten trotzdem nichts abgewinnen können. Sie hatten Angst um Claudia, deren hektische Überdrehtheit ihnen natürlich sofort aufgefallen war. Während des Tanzes bemerkten sie, daß Claudia sich besonders eng und verführerisch an Kurt Hameder schmiegte. Sie lächelte zu ihm hoch und legte sogar die Arme um seinen Hals.

Kurt war das sichtlich unangenehm, und er versuchte vergeblich, etwas Abstand zwischen sich und Claudia zu legen. Auch Hannes beobachtete seine Braut und seinen besten Freund und reagierte genauso, wie Claudia es beabsichtigt hatte: Er wurde eifersüchtig.

Als die Kapelle nach einem schmusigen Slowfox, den Claudia mit Kurt tanzte, auf den Donauwalzer überwechselte, kam Hannes zu den beiden und klatschte Clauda einfach ab. Schweigend tanzten sie zunächst ein paar Schritte, dann konnte Hannes seinen eifersüchtigen Groll nicht länger verbergen.

»Daß du mir ja aufhörst, dem Kurt schöne Augen zu machen!« sagte er verärgert.

Sie legte den Kopf in den Nacken. Ihre Pupillen waren unnatürlich geweitet, die Augen wirkten riesig groß und dunkel in dem schmalen Gesicht. »Laß mich doch«, erwiderte sie mit einem kleinen Auflachen. »Es ist schließlich mein letzter Tag in Freiheit.«

Die anderen Paare hörten indessen eines nach dem anderen mit dem Tanzen auf. Sie bildeten einen Kreis um das Brautpaar und klatschten im Takt der Musik. Die Kapelle beschleunigte den Walzerrhythmus, die Drehungen von Hannes und Claudia wurden schneller und schneller, sehr zu Dr. Burgners Beunruhigung, der die junge Frau nicht aus den Augen ließ.

Hannes' Vater indessen sonnte sich in seinem Stolz auf das schöne Paar. »Ein solches Madel in die Familie zu bekommen, das is' ein echter Gewinn«, meinte er zu Thomas. »Net so eine zimperliche Stadtpflanze. Die Claudia kann zupacken, das is' das Wichtigste. Gut gewählt hat er, der Hannes.«

»Xaver«, warf Thomas ein, »es kommt doch net nur auf die Arbeitskraft an.«

Der Alte Pointner nahm einen Schluck aus seinem Maßkrug. »Natürlich kommt's darauf an. Wer in einen Hof einheiratet, muß schaffen. Aber die Claudia, die weiß das. Die fürcht' sich net vor der Arbeit.«

In diesem Augenblick ertönte ein lauter Schreckensruf von der Tanzfläche. Bei einer besonders schnellen Drehung war Claudia ins Stolpern geraten und zu Boden gestürzt. Als sie für ein paar Sekunden liegenblieb, verstummte die Musik. Dr. Burgner sprang auf und wollte zu ihr hin. Aber da kam sie schon wieder auf die Füße und lachte laut auf. Sie strich sich das Kleid glatt und warf den Kopf in den Nacken. Dann ging sie auf Kurt zu, der mit Traudl im Kreis stand, und zog ihn in die Mitte der Tanzfläche.

»Was ist? Spielt's weiter!« rief sie den Musikern zu, die gleich darauf einen langsamen Blues anstimmten. Provozierend schmiegte Claudia sich in Kurts Arme. Dr. Burgner sah, wie Hannes, den sie einfach stehen gelassen hatte, zornig die Lippen zusammenpreßte. Er machte eine Bewegung, als wolle er die beiden Tanzenden auseinanderreißen, aber da ging Thomas bereits auf das Paar zu und klatschte Claudia ab.

»Darf ich denn um einen Tanz mit der Braut bitten?« fragte er lächelnd. »Solang' die Musik net so schnell ist . . .«

Offensichtlich erleichtert ließ Kurt Claudia los, und Dr. Burgner legte leicht die Arme um sie. Kurt wollte die Tanzfläche verlassen, doch da stellte Hannes sich ihm in den Weg. »Laß die Claudia in Ruhe!« zischte er wütend. »Was treibt ihr denn da?«

Kurt wischte sich über die Stirn. »Aber Hannes, ich . . . ich versteh' auch net, was sie plötzlich hat.«

Hannes wollte zu einer aufgebrachten Antwort ansetzen, doch da kam Pankraz Obermayr auf die beiden jungen Männer zu und gab Hannes die Hand. »Ich hab' dir noch gar net gratuliert. Ein blitzsauberes Madel. Halt sie nur gut fest, deine Claudia. So was kriegt man nur einmal im Leben.«

Hannes' Miene glättete sich ein wenig. »Danke, Pankraz«, sagte er freundlich, während Kurt hastig davonging.

Dr. Burgner, der immer noch mit Claudia tanzte, spürte, daß sie sich kaum mehr auf den Beinen halten konnte. Und ihr starrer Gesichtsausdruck mit den unnatürlich geweiteten Pupillen ließ seine schlimmsten Befürchtungen wahr werden. »Claudia, was soll das?« fragte er leise und besorgt. »Was hast du vor? Wie viele von den Tabletten hast du genommen?«

»Grad' genügend«, versetzte sie und lächelte verzerrt. »Ich will den Abend genießen.«

Er spürte ihr Zittern und mahnte eindringlich: »Ruh dich aus. Du brichst sonst zusammen.«

Sie lachte und schwankte leicht. »Morgen bin ich weg. Ich geh' in die Klinik nach Innsbruck, wie Sie gesagt haben. Doch was immer auch geschieht, es darf niemand was erfahren.«

»Aber das kann ich net«, sagte Thomas beschwörend. »Es muß doch jemand verständigt werden, der dir nahesteht.«

Ihr Mund wurde hart. »Sie sind an Ihre Schweigepflicht gebunden. Wenn Sie die verletzen, machen Sie sich strafbar.«

Es blieb ihm nichts anderes übrig, als stumm zu nicken. Kurz darauf war der Blues zu Ende, und Dr. Burgner wollte Claudia an ihren Tisch zurückführen. Aber sie machte sich von ihm los und steuerte wieder auf Kurt zu, der in einiger Entfernung stand und den Tanzenden zugeschaut hatte. Aus den Augenwinkeln überzeugte sie sich davon, daß Hannes sah, wie sie seinen Freund beim Arm ergriff.

»Kurt, hast du mal einen Moment Zeit«, sagte sie mit einem verführerischen Augenaufschlag. »Ich möcht' dich sprechen.«

»Ja, was ist?« fragte er, aber sie legte den Finger auf die Lippen.

»Net hier. Komm mit, es ist wichtig.«

Damit ging sie einfach voran, und der junge Mann folgte ihr zögernd. Wieder vergewisserte Claudia sich, daß Hannes sie beobachtete. Sie ließen die Musik und die Lichter hinter sich zurück. Zielstrebig steuerte Claudia auf einen kleinen Heustadel zu, der ein Stück unterhalb der Festwiese stand.

Auch Dr. Burgner, der inzwischen mit seiner Frau tanzte, sah die beiden das Fest verlassen und wollte ihnen im ersten Impuls nachgehen. Doch Sabina hielt ihn zurück. »Thomas, du kannst dich da nicht einmischen. Es ist Claudias Sache.«

»Aber was hat sie bloß vor?« fragte er ratlos, und darauf wußte Sabina auch keine Antwort. Voller Beunruhigung sah er, wie Hannes, der Traudl gerade zum Tanz aufgefordert hatte, das junge Mädchen abrupt stehenließ und mit einer kurzen Entschuldigung davonging. Er verschwand in der Richtung, die Claudia und Kurt eingeschlagen hatten.

Hannes mußte nicht lange nach seiner Braut suchen, denn er hörte ihre Stimme aus dem Stadel. »Jetzt stell dich net so an«, sagte sie gerade. »Nur einen Kuß – zum Abschied von meinem Junggesellendasein. Ich weiß doch, daß du mich noch magst.«

Kurts Antwort klang unsicher. »Aber der Hannes ... das is' mein Freund. Du kannst doch net ...«

»Ach komm, sei net so spießig«, fiel Claudia ihm ins Wort, und danach war von drinnen nur noch ein leises Stöhnen zu vernehmen.

Alles Blut war aus Hannes' Gesicht gewichen. Er stieß die Tür des Heuschobers auf und sah im ungewissen Nachtlicht seine Claudia in Kurts Armen. Die beiden küßten sich leidenschaftlich.

Claudia hatte den Luftzug der sich öffnenden Tür gespürt und wußte, daß Hannes hereingekommen war.

Sie drängte sich noch enger in Kurts Umarmung. »Kurt«, keuchte sie, »o Kurt, ich begehre dich so . . . Der Hannes merkt doch nix. Komm, ich will dich . . .«

In diesem Moment warf der Hannes sich zwischen die beiden und riß sie auseinander. Dabei zerfetzte er Claudias Mieder. Hannes gab ihr eine schallende Ohrfeige. »So is' das also, du Hure!« brüllte er völlig außer sich. »Treibst es mit meinem besten Freund! Geh mir aus den Augen, eh' ich mich vergess'!«

Ein, zwei Sekunden stand Claudia ganz still da und blickte ihn an. Es hatte gewirkt, was sie sich ausgedacht hatte. Sie hatte es selbst so gewollt, doch nun tat es so schrecklich weh, daß sie sich wünschte, hinfallen und sterben zu können. Sie biß sich auf die zitternden Lippen, drehte sich um und ging so rasch davon, wie sie es vermochte.

Kurt fuhr sich durch das zerwühlte Haar. »Hannes, ich . . . ich kann dir erklären«, stieß er hervor. »Bitte, hör mir zu.«

Aber sein Freund ließ ihn nicht zu Wort kommen. Er packte ihn am Hemdkragen und schlug ihn mit einem einzigen Kinnhaken, in dem seine ganze Enttäuschung und sein ganzer grellheißer Schmerz lagen, zu Boden. Ohne einen Laut sackte Kurt in sich zusammen.

Gleich darauf war Hannes Pointner wieder auf der Festwiese. Er sah aus, als hätte er den Verstand verloren. Mit einer barschen Handbewegung bedeutete er den Musikern, daß sie zu spielen aufhören sollten. Dann trat er an das Mikrofon und brüllte: »Geht's heim! Geht's alle heim, sofort! Das Fest is' beendet. Und die Verlobung auch.« Ein Schluchzen erstickte seine Stimme, und er schlug die Hände vor das Gesicht.

Weder Sabina noch Dr. Burgner konnten in dieser Nacht einschlafen. Sie dachten beide an Hannes – und vor allem an Claudia. Wie mußte sie sich jetzt fühlen?

»Diese schrecklichen Szenen drehen sich in meinem Kopf«, sagte Sabina irgendwann leise. Thomas wandte sich ihr zu.

»Gott sei Dank is' wenigstens dem Kurt nix Ernstliches passiert.«

Sie ging nicht auf seine Bemerkung ein. »Sie muß den Hannes unendlich lieben, um solch ein Opfer zu bringen.«

Er setzte sich im Bett auf. »Aber sie is' verrückt. Sie braucht ihn! Sie kann diese Krankheit und die Behandlung doch net mutterseelenallein durchstehen. So viel Kraft hat kein Mensch. Ich muß ihr einfach helfen.«

Sabina nagte an der Unterlippe. »Sie verläßt sich doch auf deine Schweigepflicht. Der Hannes muß irgendwie selbst darauf kommen, daß das Ganze nur eine Inszenierung war. Er würde sie nie im Stich lassen, wenn er die Wahrheit wüßte.«

Thomas nickte. »Morgen geh' ich gleich hin«, sagte er entschlossen und setzte sein Vorhaben schon in aller Frühe in die Tat um.

Es war gut, daß er so zeitig auf den Pointner-Hof kam, denn er erwischte den Hannes gerade noch, wie der auf den Traktor stieg und den Hof verlassen wollte. Hastig sprang Thomas aus seinem Jeep. »Hannes, ich muß dich sprechen.«

Der junge Bauernsohn machte ein abweisendes Gesicht. Aber immerhin stieg er wieder vom Traktor hinunter. »Warum? Ich bin net krank. Mir geht's blendend!« sagte er verbittert.

Thomas ergriff seinen Arm. »Hannes, du mußt mit Claudia reden. Du weißt ja net . . .«

»Was weiß ich net?« fiel Hannes ihm höhnisch ins

Wort. »Hat sie's mit Ihnen auch getrieben, das Luder? Vielleicht hat sie's ja mit dem ganzen Dorf gehabt, und nur ich hab' nix gemerkt. Ist es das, was Sie mir sagen wollen?«

Er war laut geworden, und Thomas rüttelte ihn sacht am Arm. »Hannes, krieg dich ein. Du weißt ganz genau, daß die Claudia net so eine is'. Das gestern war eine Ausnahmesituation.«

»In der Tat, so kann man es nennen!« erwiderte der junge Mann verächtlich. Dann riß er sich los und stieg wieder auf den Traktor. »Und jetzt lassen S' mich bitte allein. Die Arbeit wartet net.«

»Hannes, du mußt sie suchen«, sagte Thomas beschwörend, doch das hörte der nicht mehr, denn er hatte den schweren Motor angelassen, dessen Geräusch die Worte des Bergdoktors übertönte.

»Ach, lassen S' mich doch in Ruh! Da können sogar Sie nix mehr reparieren, Herr Doktor!« rief Hannes noch, bevor er anfuhr und den Hofraum verließ.

Thomas blickte ihm deprimiert nach. Dann setzte er sich wieder in seinen Jeep und fuhr ins Dorf, um mit Kurt Hameder zu reden. Vielleicht konnte der den Hannes noch zur Vernunft bringen.

Trotz der gestrigen Ereignisse war Kurt am Morgen pünktlich zur Arbeit erschienen. Als Thomas kam, lag er bereits in seinem Monteuranzug unter einem Auto und zog ein paar Schrauben nach. Als Thomas ihn anrief, kam er darunter hervor und wischte sich mit einem Lappen die ölverschmierten Hände ab.

»Guten Morgen, Dr. Burgner«, sagte er erstaunt. »Was wollen Sie denn hier?«

»Kurt, du mußt dem Hannes einen Freundschaftsdienst erweisen«, sagte Thomas ernst. »Du mußt ihn und die Claudia wieder zusammenbringen, unbedingt. Es ist alles ganz anders, als ihr denkt.«

Kurt Blick wurde abwehrend. »Warum reden S' net mit dem Hannes?«

»Das hab' ich versucht«, gab Thomas zu. »Aber er is' so verletzt. Und die Claudia braucht ihn.«

»Wieso? Was is' denn mit ihr?« fragte Kurt, nun doch beunruhigt. »Sagen Sie's mir doch . . .«

»Sie is' krank und muß ins Krankenhaus. Mehr darf ich net sagen. Bitte!«

Kurt erwiderte nichts darauf. Er wußte nicht recht, was er von Dr. Burgners Worten halten sollte. Außerdem war er sicher, daß er, Kurt, der letzte war, auf den Hannes in diesem Fall hören würde. Trotzdem war er nachdenklich geworden, als der Arzt nach einem letzten bittenden Blick in seinen Wagen stieg und wieder davonfuhr. Schließlich ging er an das Telefon in der Halle und wählte Claudias Nummer. Aber dort meldete sich niemand.

Kurt versuchte es noch mehrere Male, immer ohne Erfolg, und seine Unruhe wuchs. Wo war die Claudia? Warum ging sie nicht ans Telefon? Gestern hatte sie ihm noch erzählt, daß sie sich für heute Urlaub genommen hatte. Also mußte sie doch daheim sein. Oder . . . hatte sie sich am Ende was angetan?

Kurt wurde es heiß und kalt bei diesem Gedanken, und schließlich hielt er es nicht mehr aus und fuhr zu Claudias Wohnung.

Eine halbe Stunde später kam er atemlos und naßgeschwitzt auf den Pointner-Hof. Er fand den Hannes auf dem Heuboden, wo er an der Belüftungsanlage herumwerkelte. »Hannes, die Claudia . . .«, rief Kurt nach oben und machte Anstalten, die Leiter hinaufzuklettern.

Hannes ergriff eine Heugabel und sprang damit drohend auf ihn zu. »Ich bring' dich um!«

Trotzdem stieg Kurt weiter hinauf. Als er oben war, ging der Hannes tatsächlich mit der Heugabel auf ihn los, doch Kurt entwand sie ihm und warf sie hinunter. »Hannes, bitte!« sagte er flehend und erhielt im nächsten Moment einen wütenden Faustschlag seines Freundes. Der junge Bauer war rasend vor Zorn, aber diesmal schaffte Kurt es, ihn zu Boden zu zwingen.

Er kniete sich über ihn und hielt ihm die Fäuste fest. »Hör mir zu, du Idiot!« stieß er keuchend hervor. »Was würdest du tun, wenn die Claudia schwer krank wär'?«

Hannes versuchte, sich aufzusetzen. »Krank? Die Claudia? Was hat sie?«

Mit der rechten Hand drückte Kurt ihn weiter zu Boden und zog mit der Linken einen Briefbogen aus der Tasche. Es war Claudias röntgenologischer Befund, den sie aus Dr. Burgners Praxis mitgenommen hatte. »Hannes, ich muß dir was ganz Schreckliches sagen. Die Claudia hat Krebs. Und ich glaub', sie hat das Ganze nur inszeniert, weil sie dir net zur Last fallen wollt'.«

Der Hannes verfärbte sich. »Sag das noch mal«, forderte er, und Kurt hielt ihm den Befund hin.

»Krebs. Knochenkrebs hat sie«, sagte er. »Am Knie . . .«

Hannes stand auf und starrte die mit Maschine geschriebenen Zeilen an. Seine Hände zitterten. »Wo hast du das her?« fragte er schließlich.

»Ich hab' sie gesucht, und zu guter Letzt bin ich bei ihr eingebrochen. Da lag das hier auf dem Tisch.«

Langsam sickerte die Wahrheit in Hannes' Bewußtsein. Mit einem rauhen Aufschluchzen packte er den Freund bei den Schultern und schüttelte ihn. »Wo ist sie? Weißt du, wo sie ist?«

»Sie ist wie vom Erdboden verschluckt.«

Hannes ließ ihn so plötzlich los, daß er gegen die Wand taumelte. Dann schlug er die Hände vor das Gesicht und begann zu weinen. »Warum hab' ich nichts gemerkt . . . Warum hab' ich nur nichts gemerkt?«

»Hör auf zu flennen!« unterbrach sein Freund ihn energisch. »Du mußt jetzt stark sein. Komm, beeil dich. Wir müssen sie suchen. Vielleicht ist s' in München. Da war der Doktor doch früher an einer Klinik.«

Die beiden versuchten es erst telefonisch und riefen im Großhaderner Klinikum an, wo Dr. Burgner früher gearbeitet hatte.

Aber dort wußte man nichts von der Einweisung einer Patientin Claudia Pfister. Trotzdem bestand Hannes darauf, nach München zu fahren. Schließlich konnte es ja sein, daß der Pförtner strikte Anweisung hatte, keine telefonischen Auskünfte zu geben. Die beiden Männer nahmen Kurts Wagen, da Hannes in seiner Aufregung nicht imstande war, sich hinter das Steuer zu setzen.

Doch sie machen sich vergebens auf den Weg, denn Claudia war schon am frühen Morgen nach Innsbruck in die Uni-Klinik gefahren. Dort sollte sie noch einmal genau untersucht werden, ehe man eine Therapie festlegte.

Thomas Burgner besuchte sie am Vormittag, um sie noch einmal zu bestürmen, sie möge ihn von seiner Schweigepflicht entbinden, damit er dem Hannes die Wahrheit sagen könne. »Denk doch mal dran, wie schlecht es ihm jetzt geht – und was er von dir denken muß«, hielt er ihr vor, doch sie schüttelte den Kopf.

»Das kann er besser verwinden, als lebenslang einen Krüppel am Hals zu haben oder mich zu Tod' zu pflegen.«

»Täuschst du dich da net in ihm?« fragte Thomas, und sie legte sich in die Kissen zurück. Sie wirkte sehr elend, aber auch sehr entschlossen.

»Ich will's net. Dafür hab' ich ihn viel zu lieb.«

Thomas warf einen Blick auf seine Armbanduhr. »Ich muß jetzt los. Aber wenn die Ergebnisse kommen, ruf mich gleich an, auch nachts. Und vor allem, wenn's dir schlechtgeht.«

Claudia nickte. »Ich versprech's. Und danke, daß Sie gekommen sind.«

Der Vormittag verging für sie mit endlosen Untersuchungen, und danach war sie so erschöpft, daß sie für eine Weile einschlief. Als sie aufwachte, war es später Nachmittag, und zwei Ärzte kamen in ihr Zimmer. Claudia sah schon an ihren Gesichtern, daß sich ihre schlimmsten Befürchtungen bestätigt hatten. Es war tatsächlich ein Sarkom, an dem sie litt, und obwohl sie von Anfang an damit gerechnet hatte, erfüllte die endgültige Gewißheit sie nun trotzdem mit tiefem Entsetzen. Irgendwo war eben doch noch ein Fünkchen Hoffnung gewesen, daß sich alles als ein Irrtum herausstellen und sie weiterleben könnte, wie sie es sich einmal erträumt hatte.

Das war jetzt unwiederbringlich dahin.

Eine halbe Stunde später klingelte im Sonnensteiner Doktorhaus das Telefon. Claudias behandelnder Arzt in der Uni-Klinik bat Dr. Burgner dringend um sein Kommen. Die Patientin wolle, nachdem sich die Diagnose bestätigt hatte, mit niemandem sprechen und lehne jede Therapie ab.

»Sie hat anscheinend allen Mut verloren«, berichtete Thomas seiner Frau nach dem Telefongespräch. »So allein, wie sie jetzt ist . . .«

Sabina war voller Mitleid. »Die Arme! Dann hat der Kurt den Hannes also nicht überreden können, sie zu suchen?«

Er nickte bekümmert. »Anscheinend net, sonst wär' er ja längst bei ihr.«

Glücklicherweise lag Claudia allein in ihrem Krankenzimmer. So konnte sie wenigstens weinen. Ich will net mehr, dachte sie, während sie das Gesicht in ihr Kissen preßte. Wozu soll ich noch kämpfen? Sie war sich darüber klar, daß es nicht viele Möglichkeiten für eine Therapie gab. Amputation, Chemotherapie und Bestrahlungen. Oder keine Amputation, dafür aber eine besonders aggressive Behandlung mit Zytostatika und Radiumstrahlen. Und sie hatte genügend solcher Patienten gepflegt, um zu wissen, wie qualvoll sie gelitten hatten. Das wollte Claudia nicht mehr auf sich nehmen.

Sie hob den Kopf, als die Tür ihres Zimmers aufgerissen wurde. Fassungslos, in einer Mischung aus Abwehr und Sehnsucht, blickte sie den Mann an, der hereinstürmte. »Hannes, woher weißt du . . .«

Er kniete sich vor ihrem Bett auf den Boden und zog sie in die Arme. »Claudia, mein Engel«, flüsterte er erstickt und überschüttete ihr Gesicht mit seinen Küssen. »Du Armes, jetzt bin ich ja da.«

Sie war zu erschöpft und zu verzweifelt, um sich noch länger gegen seine Liebe zu wehren. Sie ließ es zu, daß er sie an sich drückte und hin und her wiegte wie ein Kind.

»Verzieh mir«, murmelte sie, während ihr noch immer Tränen über die Wangen liefen. »Ich wollt' dir net weh tun. Grad dir net.«

Mit seinen warmen Lippen nahm er ihre Tränen fort. »Sei still. Jetzt wird alles gut. Du hast doch mich.«

Kurt, der seinen Freund bis auf den Krankenhausflur begleitet hatte, öffnete die Tür. Er sah Claudia und Hannes, wie sie sich umarmt hielten, betrachtete sie ein paar Sekunden voller Rührung und schloß dann ganz leise die Tür wieder von draußen. Er würde unten im Wagen auf Hannes warten.

Die beiden hatten Kurts Auftauchen gar nicht bemerkt. Hannes strich Claudia das Haar aus dem Gesicht und küßte sie wieder. »Wie konntest du nur denken, daß ich dich net mehr will«, sagte er mit sanftem Vorwurf.

Ihre Augen füllten sich schon wieder mit Tränen.

»Aber der Hof . . . dein Vater . . . Du brauchst doch eine gesunde Frau.«

Er streichelte ihre Schultern. »Du bist so dumm! Und wenn ich den Hof verkaufen muß – dich will ich, nur dich. Krank, gesund, alt – das is' doch net wichtig. Ich liebe dich.«

Sie umklammerte ihn. »Ich liebe dich auch. Ich hab' gedacht, ich müßt' sterben ohne dich.«

Er lächelte leicht. »Du wirst net sterben. Du weißt doch, meine Küsse sind ein Heilmittel gegen alles.« Lange und innig hielt er sie an seine Brust gedrückt. Als er sie losließ, blickte er sich flüchtig in dem schmalen Krankenzimmer um. »Ich frag', ob sie ein Bett reinstellen können. Damit du heut' nacht net allein bist.«

Diesmal war sie es, die lächeln mußte. »Das glaub' ich net, daß die so was zulassen. Wir sind ja noch net einmal verlobt.«

Wieder nahm er sie in die Arme. »Das braucht's auch net. Wir heiraten, so schnell es geht.«

In diesem Moment betrat Dr. Burgner nach einem kurzen Anklopfen das Zimmer. Als er Hannes erblickte, war er maßlos erleichtert. »Gott sei Dank, ihr habt's euch wieder!«

Hannes und Claudia wandten sich ihm zu, ohne sich voneinander zu lösen. Ihre Gesichter verrieten ihr Glück, daß sie wieder beisammen waren, aber auch die Angst vor dem, was ihnen bevorstand.

»Ich hab' die Claudia erst in München g'sucht«, erklärte der Hannes. »In Ihrer alten Klinik.«

Thomas lächelte ihm zu. »Aber jetzt bist ja da. Claudia, Dr. Gerber sagt, du willst net mit ihm reden?«

Sie senkte den Blick. »Ich hab' Angst. Wenn das Bein abgenommen werden muß . . .«

Er kam zu ihr und nahm ihre Hände. »Das muß überhaupt net sein. Du hast sehr gute Chancen. Die Therapie wird zwar langwierig sein, aber man kann heute wirklich sehr gute Erfolge erzielen. Nur: Du mußt kämpfen, Claudia, und stark sein.«

Hannes legte die Arme um sie. »*Wir* sind stark, Dr. Burgner. Wir werden es schaffen – bestimmt.«

Es war zwei Wochen später, an einem sonnenhellen, klaren Sonntag. Thomas, Sabina und Maxl wollten zu einem Picknick in den Bergen aufbrechen. Und natürlich durfte auch Baby Julia nicht dabei fehlen. Thomas trug seine Tochter und hatte sich außerdem mit der Wickeltasche beladen. Alles andere, was man für das Picknick benötigte, war in Sabinas Korb und Maxls Rucksack verstaut worden.

»Jetzt beeilt euch«, drängelte der Bub. »Ich hab' Hunger.«

Sein Vater lachte. »Bevor wir überhaupt aufgebrochen sind?« Dann hielt er die Wickeltasche hoch. »Hast du auch wirklich alles da drin, Sabina?«

Sie zählte an den Fingern auf: »Windeln, Ersatzschnuller, Teefläschchen, warme Strümpfchen . . . Ja, ich glaube schon.«

Die beiden wollten Maxl folgen, der schon über die Wiese hinter dem Haus vorausgelaufen war, als ein Wagen vom Dorf heraufkam. Kurt saß am Steuer, Hannes neben sich. Die beiden stiegen aus, als sie die Burgners entdeckten.

»Grüß dich, Hannes«, sagte Thomas ein wenig beunruhigt. Claudia war noch in Innsbruck in der Klinik, und er hoffte nur, daß Hannes keine schlechten Nachrichten brachte. Aber der junge Mann schwenkte gutgelaunt einen Packen Briefkarten in der Hand. »Ich wollt' Ihnen die Einladung wieder persönlich vorbeibringen – diesmal zur Hochzeit.«

»Das ist schön!« rief Sabina erfreut.

»Und Sie, Herr Dr. Burgner, sollen mit dem Kurt unsere Trauzeugen sein«, fuhr Hannes fort, und Thomas nickte.

»Sehr gern.«

»Dann geht es der Claudia also gut?« wollte Sabina wissen.

Hannes' Augen bekamen einen glücklichen Glanz. »Die Therapie schlägt gut an. Und sie is' sehr tapfer. Sie können vielleicht sogar den ersten Walzer mit der Braut tanzen, Herr Dr. Burgner.«

Thomas schwieg einen Moment. Er dachte an das Verlobungsfest, das ein so schlimmes Ende genommen hatte. Sabina wußte, was in ihm vorging, und fragte rasch mit bewußter Koketterie, um die ungute Erinnerung zu vertreiben: »Und ich?«

Kurt Hameder verbeugte sich formvollendet vor ihr. »Aber Frau Doktor! Ich stehe Ihnen natürlich jederzeit zur Verfügung. Es wird mir ein Vergnügen sein.«

Thomas und Hannes wechselten einen vergnügten Blick. Dann drohte Thomas dem jungen Automechaniker scherzhaft mit dem Finger. »Untersteh dich, Kurt!«

Woraufhin alle zu lachen begannen. Es war kein ganz fröhliches, unbeschwertes Lachen, lastete doch die Sorge um Claudia immer noch auf ihnen. Aber immerhin – es war eines.

Der Hecht in Gottes Karpfenteich

Drehbuch von Robert Thayenthal

Maxl hatte große Ferien. Er genoß sie, indem er mit seinen Freunden in der Gegend herumstrolchte oder auch nur faul auf der Terrasse des Doktorhauses in einem Liegestuhl lag, mit seinem Walkman fetzige Popmusik hörte, in einem Teenagermagazin schmökerte und auf seine kleine Schwester aufpaßte.

Das heißt, mit dem Aufpassen war es nicht allzuweit her. Julia, die Stimmgewaltige, schrie wieder einmal aus Leibeskräften, ohne daß ihr großer Bruder es hörte. Zwar schaukelte er mit einem Fuß ihre Babywippe sacht hin und her, aber die Musik dröhnte so laut in seinen Ohren, daß Julias Gebrüll davon übertönt wurde.

Sabina, die im Haus in der Wohnstube saß und über medizinischer Fachliteratur brütete – schließlich wollte sie eines Tages wieder in ihren Beruf zurück und dann auf dem neuesten wissenschaftlichen Stand sein, hörte ihre Tochter und kam, nachdem sie ein paarmal erfolglos durch das offene Fenster nach Maxl gerufen hatte, temperamentvoll ins Freie gestürmt. Sie nahm das Baby hoch und beruhigte es.

Maxl erschrak, als er sie so unerwartet bei sich auftauchen sah, klappte seine Zeitschrift zu und nahm die Kopfhörer ab.

»Das arme Wurm brüllt sich die Seele aus dem Leib«, sagte Sabina vorwurfsvoll, und er machte ein zerknirschtes Gesicht.

Sie betrachtete ihn mit gerunzelten Brauen. »Kein Wunder, wenn du dich mit diesem Krach zuknallst.«

»Erstens ist das kein Krach, sondern Nirwana, und zweitens sind die Ferien zur Erholung und Entspannung von einem anstrengenden Schuljahr da.«

Sein Vater, der gerade von einem Krankenbesuch zurückkam, hatte seine letzten Worte gehört. »Ein Grundsatz, der dir so heilig is', daß du sogar dem Pfarrer einen Korb gegeben hast«, meinte er anzüglich.

Maxl zog ein wenig den Kopf ein. »Was habt's denn heut' gegen mich?« fragte er, und Sabina wollte wissen, was es mit dem Korb für Pfarrer Hauberer für eine Bewandtnis habe.

»Er hätt' den Maxl als Ministranten zu einer Trauung gebraucht«, gab Thomas Auskunft. »Aber leider muß er sich vertreten lassen, denn er muß ja auf seine kleine Schwester aufpassen.« Er gab dem Maxl einen liebevollen Nasenstüber. »Davon hast mir gar nix erzählt.«

»Der Michel wird mich würdig vertreten«, entgegnete der Dreizehnjährige ausweichend und schielte nach seiner Zeitschrift, die er gern weitergelesen hätte.

Sabina blickte ungeduldig von einem zum anderen. »Wie ihr euch auch immer einigt, ich will jetzt zwei Stunden in Ruhe arbeiten. Und nachdem ich mich rund um die Uhr hauptberuflich meiner Familie widme, muß das drin sein.« Damit drückte sie dem Maxl das Baby in die Arme und verschwand wieder im Haus.

Maxl blickte ihr verwundert nach. »Was is' ihr denn über die Leber gelaufen? Sie soll froh sein, daß sie nix lernen muß.«

Thomas lächelte ein wenig gezwungen. »Ein Arzt hat nie ausg'lernt. Und nur Kinder, Küche, Kirche, das is' ihr halt zu wenig.« Den Seufzer, der ihm dabei auf der Seele lag, unterdrückte er. Er hatte ja Verständnis für die Sabina. Sie war Ärztin mit Leib und Seele und vermißte ganz offensichtlich ihre Arbeit im Krankenhaus. Aber sie mußte halt einsehen, daß man nicht alles zugleich haben konnte: ein süßes Baby und einen Beruf, der einen ausfüllte. Im Augenblick ging Julia vor, und das sah Sabina ja auch ein. Trotzdem wirkte sie in letzter Zeit oftmals niedergeschlagen und gereizt, und darüber machte Thomas sich Sorgen. Er wollte doch, daß sie rundherum glücklich war. Nur – leider war sie es im Moment nicht.

Sorgen hatte auch Pfarrer Hauberer, der in diesem Augenblick in der Sonnensteiner Dorfkirche ein Brautpaar zusammengab. So gern er sonst Hochzeiten abhielt, diese hier ging ihm gewaltig gegen den Strich, störte sie doch auf empfindliche Weise sein Privatleben.

Die Braut hieß nämlich Stefanie Haslacher und war seit über sieben Jahren Pfarrer Hauberers Haushälterin, die ihn hervorragend versorgt hatte. Nun verließ sie das Pfarrhaus, um Klaus Stegmüller zu heiraten, und Pfarrer Hauberer hatte zu seinem Leidwesen noch keine geeignete Nachfolgerin für die Stefanie gefunden.

Es war wirklich eine harte Prüfung für Hochwürden, den Ehebund der beiden zu segnen. Was man ihm nicht verübeln sollte, denn auch ein Diener Gottes ist halt nur ein Mensch und bekommt gelegentlich selbstsüchtige Anwandlungen.

Zu Josef Hauberers Ehre sei es gesagt, daß er diese Anwandlung mit christlicher Nächstenliebe zu bekämpfen suchte, als er die entscheidende Frage an Stefanie richtete: »Und so frage ich dich, Stefanie, willst du Klaus zum Manne nehmen und ihm eine treue und liebende Frau sein, Glück und Sorgen mit ihm teilen, bis daß der Tod euch scheidet?«

»Ja, das will ich«, sagte sie und warf ihrem Klaus einen liebevollen Blick zu.

Pfarrer Hauberer, der einen Moment lang die utopische Hoffnung genährt hatte, sie könne im letzten Augenblick vielleicht doch noch nein sagen, seufzte unmerklich. Dann jedoch ermannte er sich, fuhr in der Trauungszeremonie fort und erklärte die beiden für Mann und Frau, nachdem auch Klaus Stegmüller ein lautes und kräftiges Ja auf die obligatorische Schicksalsfrage erwidert hatte.

»Und zum Zeichen eures vor Gott besiegelten Lebensbundes«, fuhr Josef Hauberer fort, »steckt euch die Ringe an.« Er mühte sich um ein wohlwollendes Lächeln, als das Brautpaar seiner Aufforderung nachkam, das jedoch ziemlich verrutschte, als die beiden sich anschließend küßten.

Ein leidgeprüfter und gleichzeitig vorwurfsvoller Blick von Hochwürden flog zu dem Bildnis des Gekreuzigten über dem Hochaltar, und er murmelte leise, damit es außer seinem ›Chef‹ niemand hörte: »Das haben wir notwendig g'habt!«

Danach allerdings segnete er das Brautpaar, wie es sich für einen guten Seelsorger gehört, und schaute mit säuerlicher Miene zu, wie die anwesenden Hochzeitsgäste zum Altar kamen, um den beiden zu gratulieren.

Auch Pankraz Obermayr, der mit Franzi gekommen war, tat es und wandte sich anschließend an den Pfarrer. »Hast heut' versehentlich dein Beerdigungsgesicht auf-g'setzt?« frotzelte er ihn, und Hochwürden seufzte abermals.

»Ich gönn' der Steffi ja ihr Glück, aber auch ein Diener Gottes braucht dann und wann was zum Essen und a frische Wäsch'. Sieben Jahr' hat s' mir jeden Wunsch von den Augen abgelesen . . .«

Pankraz grinste. »So steht's ja schon in der Bibel, daß auf die sieben fetten Jahr' sieben magere kommen. Der Lauf der Welt macht eben auch vorm Pfarrhaus net halt.«

Es war eine äußerst unpassende Bemerkung, wie Pfarrer Hauberer fand, und darum enthielt er sich auch einer

Antwort. Schließlich durfte man in der Kirche nicht fluchen.

Außerdem fühlte er sich nicht besonders gut, schwindlig und schwach auf den Beinen, so daß er beschloß, gleich nach der Hochzeitsmesse nach Hause zu gehen und sich niederzulegen.

Das helle Sonnenlicht stach ihm in die Augen, als er vor das Kirchenportal trat, und er mußte sich für ein paar Sekunden gegen die schwere Bohlentür lehnen, weil sich alles um ihn drehte.

Hinter ihm drängten sich die Hochzeitsgäste aus der Kirche. Ein Paar blieb bei Pfarrer Hauberer stehen. Es waren Edith Rottaler, die Mutter des für den Maxl eingesprungenen Ministranten, und ihr Freund Jakob Englert. Er hatte die Bäckerei von Sonnenstein gepachtet, und Edith arbeitete dort im Laden.

Die junge Frau hatte eine sehr unglückliche Ehe hinter sich. Ganz Sonnenstein wußte, daß ihr Mann Walter ein arger Schürzenjäger war, dessen Seitensprünge der Edith viel Kummer bereitet hatten. Erst seit sie den Jakob kannte, waren wieder ein wenig Wärme und Freude in ihr Leben eingekehrt, und sie hatte sich von ihrem Mann getrennt. Sobald sie geschieden war, wollten Jakob und sie heiraten, und ihr Sohn Michel hatte den fröhlichen, verständnisvollen Mann schon jetzt hundertmal lieber als seinen leiblichen Vater, der sich nie sonderlich um ihn gekümmert hatte.

Edith berührte Pfarrer Hauberer am Ärmel seines Meßgewandes. »Herr Pfarrer«, sagte sie mitleidig, »wenn ich Ihnen irgendwie helfen kann ... Ein bisserl waschen und ab und zu ein' Hausputz, das krieg' ich noch allerweil unter.«

Er öffnete die Augen und zwang sich zu einem Lächeln. »Du bist a gute Seel', Edith. Machst eh schon soviel für die Kirche.«

Sie nickte ihm zu. »Sie kommen doch noch mit zum Hochzeitsessen beim Angerer? Der Jakob und ich haben eine Torte spendiert – ein richtig's Kunstwerk.«

Er wollte gerade ablehnen, als Stefanie Stegmüller ihm zuwinkte. Sie stand neben Pankraz' festlich geschmückter Kutsche, die als Brautwagen diente. »Kommen S' mit auf die Kutsche!« rief sie, doch er schüttelte den Kopf.

»Ich wollt' mich ein wenig hinlegen.«

»Machen S' mir die Freud', Herr Pfarrer!« bat sie und lief die paar Schritte zu ihm zurück. »Leicht fallt's mir ja auch net, Sie einfach im Stich zu lassen nach all den Jahren . . .«

Er wußte, daß sie das ehrlich meinte. Sie hatten sich immer gut verstanden, die Stefanie und er, und deshalb sollte sie auch in Gottesnamen mit ihrem Klaus glücklich werden.

»Jetzt hör schon auf!« sagte Pfarrer Hauberer daher und verdrängte seinen Abschiedsschmerz von der besten Pfarrersköchin aller Zeiten. »Heut' is' net der Tag für Sentimentalitäten, sondern ein Tag der Freude.« Er riß sich zusammen und lächelte Stefanie zu. »Und den wollen wir würdig feiern. Geh'n wir also.«

Sie hakte ihn erleichtert unter und half ihm auf den Brautwagen.

Der Michel zupfte seine Mutter am Ärmel. »Muß ich jetzt wirklich zum Vater?« fragte er unglücklich, und Edith nickte.

»Du weißt ja, wie er is'. Bevor er auf sein Besuchsrecht pocht, bring's halt freiwillig hinter dich.«

Jakob strich ihm liebevoll über das Haar. »Wir heben dir auch ein Stückl von der Tort'n auf.«

»Okay«, meinte der Bub schon halb versöhnt und lief davon. Edith schaute ihm lächelnd nach. Dann drückte sie Jakobs Arm.

»Er hat dich schon sehr ins Herz g'schlossen.«

Jakob Englert nickte. »Für mich is' er auch wie mei' eigener Bub.«

Sie lehnte glücklich den Kopf gegen seine Schulter. Ach ja, das Leben war wieder schön, seit sie endlich einen Schlußstrich unter ihre mißglückte Ehe gezogen und den Jakob liebgewonnen hatte.

Der Michel allerdings überlegte es sich auf dem Weg zu seinem Vater anders. Er hatte absolut keine Lust, ihn zu besuchen, nicht zuletzt deshalb, weil er noch ein Geschäft mit dem Maxl abzuwickeln hatte. Schließlich hatte er nicht umsonst für ihn den Ministranten gespielt.

Also schlug Michel Rottaler kurzentschlossen den Weg zum Doktorhaus ein. Er fand Thomas Burgner auf der Terrasse, Maxls Walkman übergestülpt und in einen Artikel der Jugendzeitschrift vertieft, den sein Sohn vorhin so interessiert gelesen hatte. ›*Wie weit gehe ich beim ersten Mal?*‹ lautete die Überschrift.

Mit dem Fuß bewegte Thomas die Babywippe hin und her, und sobald seine kleine Tochter einen Unwillenslaut von sich gab, angelte er eine Banane aus dem Korb auf dem Tisch, brach für Julia ein Stück ab und aß den Rest selbst. Natürlich hörte er den Michel nicht kommen, der noch immer Maxls Ministrantenkittel trug, und schrak zusammen, als der Bub ihm auf die Schulter tippte.

»Lesen S' das immer?« erkundigte er sich nach einem neugierigen Blick auf den mit einigen Bikinischönheiten bebilderten Aufklärungsartikel.

Thomas hatte die Kopfhörer abgenommen und grinste den Michel an. »Gelegentlich. Man muß ja mithalten können.« Dann nahm er Julia aus der Wippe und putzte ihr mit seinem Taschentuch das total von Bananenresten verschmierte Gesichtchen ab.

Als Maxl aus dem Haus kam, zog Michel den Ministrantenkittel aus und warf ihn auf einen Gartenstuhl. »Hier. Der is' schon ein paar Nummern zu klein.« Er boxte den Maxl in die Seite. »Und was is' mit mei'm Honorar?«

Man sah dem Maxl an, daß er das am liebsten vergessen hätte, aber dann ging er doch zu dem Stapel CDs auf dem Tisch, kramte eine Maxisingle hervor und drückte sie seinem Freund in die Hand. »Hier.«

Der betrachtete sie stirnrunzelnd. »Die wolltest mir schon das letzte Mal andrehen. Hast du die von Ace of Base?«

»Die geb' ich net her!« protestierte der Maxl und setzte eine vielsagende Miene auf. »Die is' ein Geschenk.«

»Von einem Madel?« wollte der Michel sofort neugierig wissen. »Von der Lisi?«

»Phhh«, machte der Maxl wegwerfend. »Das is' doch schon lang' vorbei.«

Der Michel seufzte ein wenig neidisch. »Du hast's gut! In einer Bubenschul' lernt man keine Mädchen kennen. Und beim Ministrieren auch net. Kannst du mich net mal mit einer zusammenbringen? Ich lass' auch was springen. Die CD von heut und die anderen drei kannst auch wiederhaben.«

»Ich hab' doch keine Partnervermittlung!« erklärte der Maxl und schielte zu seinem Vater hinüber, der festgestellt hatte, daß seine Tochter frisch gewickelt werden mußte, und gerade mit ihr im Haus verschwand.

Aber der Michel ließ nicht locker. »Und verpfeifen tu' ich dich auch net wegen dei'm Streich beim Angerer.« Er rückte noch näher an Maxl heran. »Mit dem stinkerten Fisch, den du im Bürgermeisteramt versteckt hast.«

»Das war a reine Greenpeace-Aktion!« behauptete der Maxl, fühlte sich aber doch in die Enge getrieben. Darum bot er dem Michel an, sich in seinem Zimmer ein paar Klassenfotos anzuschauen. Vielleicht war ja ein Mädchen dabei, das ihm gefiel und wo er, Maxl, ein bisserl Schicksal spielen konnte. Er hatte sogar schon eine ganz Bestimmte im Kopf.

Aber es stellte sich heraus, daß der Michel sich nichts aufschwatzen ließ. Die Gezeigte gefiel ihm nicht. Statt dessen deutete er auf ein anderes Mädchen. »Die is' super!«

»Die Kathi?« meinte der Maxl gedehnt. »Die kannst vergessen. Die hat an jedem Finger fünf Verehrer.«

»Okay«, sagte der Michel, »ich erhöhe um ein Skateboard.«

Ihre Unterhaltung wurde durch Thomas' Eintritt unterbrochen. Er hatte die frischgewickelte Julia bei ihrer Mutter gelassen, die noch immer ihre Fachzeitschriften studierte. Durch die offene Tür hatte er gehört, was die beiden Buben geredet hatten.

»Na, Männergespräche?« fragte Thomas amüsiert. »Zeigt mal, welche hat's euch denn angetan?«

»Die da, die Blonde!« erklärte Michel und deutete begeistert auf das Klassenfoto.

Thomas lachte. »Ich fürchte, da kommst dem Maxl in die Quere.«

Sein Sohn warf ihm einen verlegenen Blick zu. »Blödsinn!«

Draußen rief Sabina nach ihrem Mann. Dann kam sie mit dem schnurlosen Telefon herein und hielt es ihm hin. »Dringend. Irgendwas ist mit dem Pfarrer . . .«

Edith Rottaler rief aus dem Hotel zur Post an. Pfarrer Hauberer sei während des Essens von einem heftigen Unwohlsein befallen worden, berichtete sie besorgt. Und ob der Herr Doktor nicht einmal nach ihm schauen könne.

Thomas machte sich sofort auf den Weg. Er fand Hochwürden auf einem Sofa im Hinterzimmer des Hotels, mit allen Anzeichen einer akuten Überzuckerung.

Nach einer entsprechenden Untersuchung gab Dr. Burgner ihm eine Insulinspritze und fuhr ihn, nachdem der Patient sich ein wenig erholt hatte, heim ins Pfarrhaus. Edith und Jakob begleiteten ihn.

Josef Hauberer war noch immer schwach auf den Beinen und ließ sich in seinem Schlafzimmer auf das Bett sinken. »Die Torte...« meinte er ächzend. »Ich hab's befürchtet. Dank' euch schön, und vergelt's Gott.«

Edith warf Dr. Burgner einen ängstlichen Blick zu. »Meinen S', es is' was Ernstes, Herr Doktor?«

»Wieder der Zucker«, antwortete Thomas. »Geht's nur wieder zum Fest zurück. Ich werd' mich um den Herrn Pfarrer kümmern.«

Nachdem die beiden ihn mit dem Kranken allein gelassen hatten, untersuchte Thomas ihn gründlicher, hörte das Herz ab, maß den Blutdruck und wiederholte den Blutzuckertest. Pfarrer Hauberer lag mit geschlossenen Augen auf seinem Bett. »Das Tortenstück war Gift für dei' Diät«, sagte Thomas, nachdem er die Werte von dem Meßgerät abgelesen hatte.

Josef Hauberer verzog den Mund. »Daß einem net amal a kleine Sünde erlaubt is' – mit meinen Beziehungen nach oben!«

Thomas lächelte. »Die kleinen Sünden bestraft der liebe Gott sofort. Ich fürcht', Herr Pfarrer, du mußt für einige Zeit in den Krankenstand gehen.«

Hochwürden blickte ihn entsetzt an. »In den Krankenstand? Der Pfarrer?«

Thomas setzte sich zu ihm auf die Bettkante. »Du hast dich in der letzten Zeit arg durchhängen lassen. Ist's wegen der Stefanie?«

Pfarrer Hauberer nickte schwach. »Ein alter Mensch gewöhnt sich halt net so schnell um. Keine hat 'kocht wie sie, die Hemden gebügelt und meine Lieblingsblumen auf den Schreibtisch g'stellt. Vom Menschlichen ganz zu schweigen. Auch ein Pfarrer braucht einmal sei' Ansprach'.« Betrübt tätschelte er seinen Hund, der seinen Herrn beim Heimkommen schwanzwedelnd begrüßt und ihn ins Schlafzimmer begleitet hatte. »Ja, ja, Gabriel, jetzt is' bei uns Schmalhans Küchenmeister.«

»Hast schon beim Dekanat angesucht wegen einer neuen Haushälterin?« erkundigte Thomas sich, und der Pfarrer nickte.

»Schon vor Wochen. Aber was sind schon die Nöte eines kleinen Dorfpfarrers gegen die Sorgenlast der Welt. Man hat mich einfach vergessen.«

»Das kann ich mir net vorstell'n«, meinte Dr. Burgner ungläubig. »Du mußt wahrscheinlich ein bisserl Geduld haben. Das Dekanat will dir bestimmt auch net irgendeine schicken.«

»Dein Wort in Gottes Ohr«, erwiderte Hochwürden skeptisch und zog ein unwilliges Gesicht, als es an die Tür klopfte. »Ich will jetzt niemanden sehen.«

Thomas ging zur Tür, entschlossen, jeden Besucher abzuwimmeln. Pfarrer Hauberer brauchte jetzt wirklich Ruhe.

Draußen stand ein etwa dreißigjähriger Mann, an dessen Kleidung man sofort den katholischen Priester erkannte. »Ist Herr Pfarrer Hauberer da?« wollte er wissen.

Thomas Burgner nickte. »Ja, aber er fühlt sich net wohl.«

»Ich hab' davon gehört. Der Bedauernswerte!« sagte der Besucher, ohne besonders mitleidig zu wirken. »Das Dekanat schickt mich.«

Pfarrer Hauberer richtete sich halb im Bett auf. »Das Dekanat?«

Sein Amtskollege betrat an Thomas vorbei das Zimmer. »Hillinger ist mein Name«, stellte er sich vor und reichte Pfarrer Hauberer die Hand. »Ihr Brief hat im Dekanat große Betroffenheit und Besorgnis ausgelöst.«

Pfarrer Hauberer drückte schwach seine Finger. »Ich wollt' ja net klagen, aber mein Gesundheitszustand is' nimmer der von einem Ministranten. Wenn man alt is' und krank, braucht man halt wen, der auf einen schaut. Ganz im Interesse der Gemeinde.«

»Natürlich«, stimmte Pfarrer Hillinger zu. »Wenn man sich ein Leben lang aufgeopfert hat . . .«

Josef Hauberer lächelte geschmeichelt. »Ich hab' nur getan, was meine Pflicht is'.«

»Darum hat man mich hergeschickt, um Sie zu entlasten«, sagte Hillinger, und der Kranke zuckte zusammen. »Eigentlich hätten Sie sich's längst verdient, sich den Freuden des Ruhestandes in einem besinnlichen Kloster zu widmen.«

»Ruhestand? Kloster?« wiederholte Josef Hauberer entsetzt. »In die Rent'n soll ich geh'n?«

Pfarrer Hillinger nickte. »Um Ihre Schäfchen machen Sie sich keine Sorgen. Ich werde sie würdig vertreten und, wenn es notwendig sein sollte, ein würdiger Nachfolger sein.«

Hilflos blickte Josef Hauberer zu Dr. Burgner auf. »Was sagst denn du dazu, Doktor?«

Thomas, der sich ebenfalls von den Ereignissen überrollt fühlte, hob die Schultern. »Etwas plötzlich kommt das schon.«

Pfarrer Hillinger wandte sich mit forschen Schritten zur Tür. »Ich hab' draußen noch meine Sachen. Welches Zimmer darf ich benutzten?«

Jessasmaria, dachte Pfarrer Hauberer entsetzt. Der will auch noch hier wohnen! »Zimmer?« echote er und wünschte sich, sein Amtskollege würde sich als Akteur eines schlechten Traums entpuppen, der sich nach dem Aufwachen in Luft auflöste.

Pfarrer Hillinger nickte. »Nun ja, das von Ihrer Haushälterin ist doch jetzt frei.«

Es war also doch kein Traum. Man hatte ihm vom Dekanat einen Stellvertreter geschickt, der eines nicht zu fernen Tages sein Nachfolger werden sollte. Wenn das für einen Diener Gottes nicht verboten gewesen wäre, hätte Hochwürden am liebsten einen ellenlangen Fluch ausgestoßen. Über vierzig Jahre lang war er Seelsorger in Sonnenstein und konnte sich überhaupt nicht vorstellen, jemals etwas anderes zu sein. Er hatte hier gewissermaßen in den Sielen sterben wollen, aber doch nicht in Rente gehen! Schließlich war er eine Sonnensteiner Institution! Und überhaupt, was sollten seine querschädligen Bauern mit einem so drahtigen und irgendwie kühl und steril wirkenden Pfarrer anfangen, wie dieser Hillinger ganz offensichtlich war? Ein junger Spund war das, der noch keine Ahnung hatte, daß es unter den Schafen Christi keineswegs nur weiße, sondern in der Hauptsache grau-schwarz gescheckte gab, auf deren Besonderheiten man eingehen mußte, um sie bei der Stange zu halten. Sie waren ja nicht schlecht, seine Sonnensteiner, aber sie hatten halt ihre Mucken, und die mußte man kennen und mit Nachsicht betrachten.

Der ›junge Spund‹ hatte indessen sein Gepäck in das frühere Zimmer von Stefanie Haslacher gestellt und das Auspacken auf später verschoben. Erst einmal wollte er seine neue Wirkungsstätte besichtigen. Darum verließ er das Pfarrhaus und ging über den Friedhof in die Kirche hinüber. Mit leichter Mißbilligung stellte er fest, daß der rote Läufer im Mittelgang geradezu nach einem Staubsauber schrie, daß ein paar heruntergebrannte Kerzen nicht ausgewechselt worden waren, daß vor dem Marienaltar ein angewelkter Blumenstrauß darbte und die Meßbücher schief und uneinheitlich auf den Kirchenbänken lagen.

Es wurde wirklich Zeit, daß hier ein anderer Wind wehte und der Schlendrian, der unter Pfarrer Hauberers Herrschaft offenbar eingerissen war, ein Ende nahm.

Pfarrer Hillinger richtete als erstes die Meßbücher kerzengerade aus, und dabei entdeckte er eine Frau in einer der vorderen Kirchenbänke, die ganz in ihr Gebet versunken war. Es war Edith Rottaler, die den Jakob allein zur Hochzeitsfeier zurückgeschickt hatte. ›Geh nur voraus, ich komm' gleich nach‹, hatte sie versprochen und die leere, stille Kirche betreten.

Pfarrer Hillinger zog sich hinter eine Säule zurück und beobachtete die Kniende wohlwollend. Er wandte erst den Blick, als die Kirchentür geöffnet wurde und ein Mann hereinkam, der zielstrebig auf Edith zuging und ihren gesenkten Kopf berührte. Sie schrak auf und drehte sich um.

»Walter!« rief sie unbehaglich, als sie ihren Noch-Ehemann erkannte.

»Ich hab' dich überall g'sucht«, erklärte er mit einer Sanftmut, die ihr neu an ihm war.

Ihr Gesicht verschloß sich. »Laß mich beten.«

Er grinste schief. »Der Herrgott lauft dir net davon.« Dann setzte er sich neben sie in die Bank. »Ich wollt's noch mal im Guten versuchen, bevor ich zu Gericht geh' . . .«

Sie begriff, daß der Michel seinen Vater nicht wie versprochen besucht hatte. Sonst wäre Walter ja nicht hier. Stumm starrte sie ihn an, und er fuhr in wehleidigem Ton fort: »Ich mein', auch ein Vater hat seine Rechte. Und nachdem ihr alles tut, um mich zu verdrängen . . .«

»Dem Michel is' wahrscheinlich was dazwischengekommen«, entschuldigte sie hastig ihren Buben. »Er kommt dich schon besuchen, wie's ausgemacht war. Aber erzwingen kannst du nix.«

»*Ich* bin net fortgegangen«, sagte er anklagend. »*Du* hast mich verlassen wegen dem Kerl!«

Es stimmte, was er sagte. Sie, Edith, hatte tatsächlich den entscheidenden Schritt getan. Manchmal belastete sie das auch, aber dann erinnerte sie sich an die zahllosen Demütigungen in ihrer Ehe, Walters Versprechungen, die er nie gehalten hatte, und seine Selbstsucht, mit der er immer nur getan hatte, was ihm gefiel.

»Ich will das alles net wieder aufwärmen«, sagte sie grob. »Und schon gar net hier!« Dann setzte sie etwas versöhnlicher hinzu: »Laß uns ein anderes Mal darüber reden. Bitte . . .«

Er sah ihr an, daß er sie nicht umstimmen konnte, warf ihr einen erbitterten Blick zu, ehe er sich abwandte und mit lauten, hallenden Schritten die Kirche verließ. Edith hörte, wie das Portal hinter ihr zufiel, und faltete von neuem die Hände.

In diesem Moment trat Pfarrer Hillinger hinter seiner Säule hervor und kam auf sie zu.

Edith erschrak. »Ich hab' Sie gar net bemerkt«, stammelte sie verlegen.

Er nickte gemessen. »Guten Tag. Hillinger. Ich bin der neue Pfarrer.«

Ihre Augen weiteten sich. »Ein neuer Pfarrer? Ja, um Gottes willen, geht's denn dem Pfarrer so schlecht?«

Er verschränkte die Arme vor der Brust und wippte mit den Fußspitzen. »Ich weiß nicht, ob Pfarrer Hauberer in der Lage ist, den vielfältigen Aufgaben eines Priesters noch nachzukommen. Gesundheitlich und überhaupt . . .« Dann setzte er mit einem bezeichnenden Blick in die Runde hinzu: »Das Pfarrhaus und die Kirche machen ja einen recht vernachlässigten Eindruck.«

»Ich hab' ja angeboten, hier mal durchzuputzen«, antwortete sie entschuldigend. »Aber ich arbeit' auch noch in der Bäckerei.«

Pfarrer Hillinger fand den Zeitpunkt günstig, dieser ihm anvertrauten gefallenen Sünderin eine Lektion über die Pflichten einer gläubigen Christin zu erteilen. »Das liegt nicht nur an der äußerlichen Reinlichkeit, sondern vor allem an der inneren, seelischen sozusagen«, erklärte er mit hochgezogenen Augenbrauen. »Und mit der scheint es in der Gemeinde nicht allzuweit her zu sein.«

»Wie meinen S' denn das?« fragte sie.

Er blickte sie durchbohrend an. »Nun ja, das Gotteshaus scheint hier eher so etwas wie ein Umschlagplatz versteckter Liebeshändel, eine Art Vorraum zum Dorfwirtshaus zu sein.«

Sie wurde rot, weil sie begriff, daß er ihr Gespräch mit Walter angehört hatte. »Es tut mir leid . . .«

Pfarrer Hillinger setzte sich neben sie auf die Bank. »Vielleicht sollten wir uns einmal über Ihre Probleme unterhalten.«

»Ich hab' keine Probleme«, antwortete sie abweisend, aber er ließ nicht locker.

»Und was ist mit Ihrem Mann? Sie haben sich von ihm getrennt, nicht wahr? Und ein gemeinsames Kind scheint es auch zu geben.«

Ihr hübsches Gesicht wurde noch abweisender. »Das is' mei' Sach'!« entgegnete sie fest und machte Anstalten, aufzustehen und zu gehen. Aber so einfach sollte sie ihm nicht davonkommen, fand Pfarrer Hillinger.

»Ihre Sache?« wiederholte er, als stünde er auf der Kanzel und hielte eine Bußpredigt. »Sie bitten um den Beistand des Herrgotts und spotten gleichzeitig seinen Geboten Hohn! Sie wissen, daß der Kirche die Ehe eines der heiligsten Güter ist?«

Sie setzte sich wieder. »Glauben S' mir, Herr Pfarrer, ich hab' alles versucht, a gute Ehe zu führen, schon wegen unserem Michel. Aber zu einer Ehe g'hören immer zwei.«

»Zu einem Kind auch«, konterte er scharf. »Es braucht einen Vater.«

Allmählich geriet auch die sonst so sanftmütige Edith

in Rage. »Den hat er! Der Jakob, mein Freund, is' ein wunderbarer Mensch, aufmerksam, liebevoll, weich ... Und den Buben mag er auch. Ich hab' mit dem Pfarrer Hauberer darüber g'redet. Wenn Gott mir so einen Menschen schickt, dann ... dann muß er sich dabei doch was gedacht haben, oder?«

Er betrachtete sie voller Unnachgiebigkeit. »In Ihren Augen sehe ich den Willen zum Glück. Aber das Glück ist nicht in Ihrem Herzen.«

»Was wissen Sie von meinem Herzen?« fragte sie aufsässig.

»Wären Sie sonst hier, um Gottes Hilfe zu erbitten?« Er sah, daß sie unsicher wurde, und das freute ihn. Aber gleich darauf verschloß sich ihr Gesicht wieder, und sie stand auf, um endgültig zu gehen.

»Ich will net was zur Sünde stempeln lassen, was für mich das größte Glück is'!«

»Ich erwarte Sie zur heiligen Beichte!« rief er ihr nach, während sie mit raschen Schritten zum Ausgang lief. Edith gab keine Antwort darauf.

Der Michel hatte seinen Freund Maxl beredet, gemeinsam der hübschen blonden Kathi einen Besuch abzustatten. Er wollte sie unbedingt kennenlernen, nachdem sie ihm auf dem Klassenfoto so gut gefallen hatte.

Maxl freilich fühlte sich reichlich unwohl in seiner Haut. Schließlich hatte er selbst ein Auge auf die Kathi geworfen, bisher aber nur gewagt, sie aus der Ferne anzuschwärmen. Jetzt einfach bei ihr aufzukreuzen, erschien ihm ziemlich gewagt. Was sollte sie von ihm denken? Ganz abgesehen davon, daß er im stillen befürchtete, der Michel könne mehr Eindruck auf die hübsche Bauerstochter machen.

Der Hof ihrer Eltern lag am anderen Ende von Sonnenstein, und als die beiden Buben auf das Haus zuschlenderten, sahen sie Kathi auf der Straße an einem Fahrrad herumbasteln. Ihr blondes Haar leuchtete in der Sonne. Süß sah sie aus, und der Michel spürte sein Herz hoch oben im Hals klopfen. Hoffentlich bekam er nur den Mund auf, wenn er ihr gegenüberstand. Und hoffentlich wurde er vor lauter Verlegenheit nicht so rot wie das Stopplicht am Bahnübergang in Hall!

Am liebsten wäre der Michel wieder umgekehrt, und als er einen Blick auf den Maxl warf, stellte er fest, daß dessen Schritte ebenfalls immer zögerlicher geworden waren. Michel fingerte eine Zehnschillingmünze aus seiner Hosentasche. »Bei Kopf gehen wir, bei Zahl drehen wir um«, schlug er vor, und Maxl nickte.

Sein Freund warf die Münze in die Luft, fing sie auf und klatschte sie auf den Handrücken. »Kopf!« rief er. »Also los.«

Kathi blickte auf, als die beiden auf sie zukamen. »Servus, Kathi!« rief der Maxl. »Is' was an deinem Rad kaputt?«

Sie schüttelte den Kopf. »Das hab' ich gefunden. Es war ganz verrostet. Mit ein bisserl Farb' und ein paar Ersatzteilen hab' ich's ganz gut hingekriegt.« Während sie sprach, mühte sie sich ab, das abmontierte Hinterrad einzusetzen und die Kette darüber zu spannen.

Michel versetzte dem Maxl einen Knuff. Los, tu was, sollte das heißen, und Maxl stellte ihn widerwillig der Kathi vor. Sie blickte nur kurz zu ihm hin und bedachte ihn mit einem lässigen »Hallo!« Dann wandte sie sich wieder Maxl zu. »Komm, hilf mir mal.«

Er hockte sich neben sie auf den Boden und hielt die Kette, wodurch es ihr gelang, das Rad einzusetzen. Anschließend griff sie nach einem Schraubenschlüssel und begann, die Radmuttern anzuziehen. Maxl druckste herum. »Wir . . . wir wollten schwimmen gehen. Hast du Lust, mitzukommen?«

Kathi winkte ab. »Keine Zeit. Aber wenn du magst, könnten wir mit den Rädern auf den Berg, morgen . . .«

»Das Problem is' nur, ich hab' kein Mountainbike«, mischte der Michel sich ein, doch die Kathi überhörte den Einwand, sehr zu Maxls Freude.

»Wo wolltest denn hin?« erkundigte er sich.

»Ein Stück auf zur Roßkogelhütte und von da weiter . . .«

»Superidee!« rief Maxl begeistert, während der Michel ein langes Gesicht machte.

Kathi stellte das Rad auf, betrachtete es noch einmal fachmännisch von allen Seiten und lehnte es dann an die Wand des an das Wohnhaus angebauten Stalles. »Dank' schön für deine Hilfe. Ich muß jetzt die Melkmaschin' saubermachen. Morgen um zehn vor'm Angerer?«

»Aye-aye, Käpt'n!« rief der Maxl und grüßte militärisch. Kathi winkte ihm noch einmal zu und verschwand dann im Stall. Maxl blickte ihr ganz verzückt hinterher, und der Michel stieß wütend mit der Fußspitze gegen einen Stein.

»Das hast du absichtlich g'macht, um mich auszutricksen!« fuhr er seinen Freund an.

Maxl zog grinsend die Schultern hoch. »Wenn's doch net schwimmen wollt' . . .«

»Ach was, du willst mich nur loswerden!« beharrte der Michel und ließ ihn einfach stehen.

Der Maxl schwankte ein paar Sekunden zwischen seiner Loyalität seinem Freund gegenüber und seiner Schwärmerei für die Kathi. Dann siegte seine Loyalität. Schließlich war eine Männerfreundschaft wichtiger als die Weiber, fand er und rief dem Michel nach: »Geh, wir werden schon noch ein Radl für dich auftreiben!«

Der blieb sofort stehen und lächelte ihm versöhnt zu.

Am nächsten Morgen stand Michel wie immer sehr zeitig auf und zog sein Arbeitszeug über, um dem Jakob in der Backstube zu helfen. Der hatte schon die erste Partie Brot und Semmeln im Ofen. Es roch köstlich nach dem warmen Backwerk.

»Wo warst denn eigentlich gestern nachmittag?« fragte der Jakob, während er die fertiggebackenen Brote herausholte.

Michel wich seinem Blick aus. »Beim Maxl . . .«

Jakob grinste verständnisinnig. »So, so, beim Maxl. Ich hab' eher das Gefühl, dir spukt irgendein Madel im Kopf herum. Ist's hübsch?«

»Total!« gestand Michel schwärmerisch, und Jakob drückte ihn kurz an sich.

»Ich versteh' dich gut. So a Verliebtheit is' der schönste Zustand, den man sich vorstellen kann.« Dann gab er die frischen Semmeln in einen großen Korb und brachte ihn zur Tür. Draußen stand schon der Lieferwagen, mit dem er allmorgendlich die Semmeln zu seinen Kunden fuhr.

»Soll ich dich begleiten?« erkundigte Michel sich ziemlich lahm und war erleichtert, als der Jakob den Kopf schüttelte.

»Genieß deine Ferien«, meinte er gutmütig. »Leg dich wieder schlafen und träum' was Schönes!« Damit ging er hinaus, und gleich darauf hörte Michel den Wagen aus dem Hof fahren.

Wie der Blitz huschte der Bub durch die Verbindungstür von der Backstube ins Wohnhaus hinüber und rannte die Treppe hinauf. Dort zog er seine Bäckerkluft aus und ein frisches Hemd und eine saubere Jeans an. Im Toilettenschrank über dem Waschbecken fand er Jakobs Rasierwasser. Michel schraubte die Flasche auf und schnupperte daran. Dann kippte er eine gehörige Portion in die hohle Hand und verteilte sie auf Gesicht und Hals.

Anschließend stöberte er ein wenig im Schrank herum und entdeckte die Wimperntusche seiner Mutter. Er zog das kleine Bürstchen aus dem Behälter, rückte noch näher an den Spiegel heran und begann hingebungsvoll, den ersten zarten Bartflaum auf seiner Oberlippe damit zu tuschen. Als jemand mit lautem Gepolter die Treppe hinaufrannte, ließ er die Wimperntusche schleunigst verschwinden.

»Hier bin ich!« rief er, als jemand draußen seinen Namen rief. Es war Maxl, der gleich darauf ins Bad gestürmt kam. Schnüffelnd hob er den Kopf.

»Puh, hier duftet's ja wie in einem Frisiersalon!«

Michel warf die Spiegeltür des Toilettenschranks zu und schlüpfte in seine Schuhe. »Hast du ein Radl?« erkundigte er sich, und Maxl nickte.

»Logo!«

Gestern beim Schwimmen hatten sie noch ausgiebig über die Kathi geredet, und Maxl hatte sich breitschlagen lassen, sich vornehm zurückzuziehen, falls die hübsche Bauerstochter dem Michel den Vorzug gab. Trotzdem wollte der ganz auf Nummer Sicher gehen und fragte noch einmal: »Und du versprichst mir, daß du dich irgendwann verkrümelst?«

»Klar!« Maxl grinste spitzbübisch. »Stichwort: Alpenglühen!«

Michel zog eine Grimasse. »Was Bescheuerteres fällt dir net ein!«

In diesem Augenblick rief sein Vater aus dem Hausflur mit lauter, herrischer Stimme nach ihm. Michel sah schon sämtliche Felle wegschwimmen. »Mist! Der Vater! Was will denn der hier?« Er öffnete die Tür und rief zurück: »Was is' denn?«

»Komm runter«, befahl Walter Rottaler. »Ich muß mit dir reden.«

Genervt verdrehte Michel die Augen. »Ich versuch's, kurz zu machen!« versprach er dem Maxl und rannte nach unten.

Maxl entdeckte das Rasierwasser, das noch immer

offen auf der Ablage stand, roch daran und schüttete sich die duftende Flüssigkeit ebenfalls in die Hand, um sie, elegant wie ein Model im Werbefernsehen, auf seinem Kinn zu verteilen.

Unten im Laden fand der Michel zu seinem Erstaunen nicht nur seinen Vater, sondern auch Pfarrer Hillinger vor. Da die Edith nicht zur Beichte gekommen war, hatte er sie heute früh selbst aufgesucht, um ihr noch einmal in ihr sündiges Gewissen zu reden, und war unterwegs mit Walter Rottaler zusammengetroffen, der ebenfalls auf dem Weg zu seiner Noch-Ehefrau war.

Edith war über den ungebetenen Besuch verärgert. »Also, ich weiß wirklich net, wozu das Ganze gut sein soll, hier im Laden«, schimpfte sie. »Ich muß mich ums G'schäft kümmern.«

Pfarrer Hillinger baute sich vor dem Verkaufstisch auf. »Wenn Sie vor allem immer nur davonlaufen – irgendwann werden Sie draufkommen, daß Sie vor dem Leben davongelaufen sind.«

Sie warf trotzig den Kopf zurück. »Vielleicht versteh' ich unter Leben etwas anderes als Sie!«

Der Pfarrer schnappte den Michel, der sich stillschweigend wieder verdrücken wollte, am Ärmel und hielt ihn fest. »Bleib nur hier, junger Mann, hier geht es auch um dich.«

Walter Rottaler, hochzufrieden, daß er in Hillinger eine tatkräftige Unterstützung bekommen hatte, setzte sich lässig auf die Ladentheke, nahm sich, ohne zu fragen, eine frische Semmel aus dem Korb und biß krachend hinein.

Edith warf ihm einen genervten Blick zu. »Walter, erklär du bitte dem Herrn Pfarrer, daß wir uns in Frieden geeinigt haben!« Sie wandte sich an Hillinger. »Manchmal passen zwei Leut' einfach net zusamm', das is' doch ka Tragödie, über die man vor der Kirche Rechenschaft ablegen muß.«

Ihr Mann setzte eine scheinheilig betrübte Miene auf. »Für mich war das nie so leicht wie für dich, Edith, das weißt du. Aber ich bin net der Typ, der sich dem Glück von ei'm Menschen, den er liebt, in den Weg stellt.«

»Daß ich net lach'!« warf sie empört ein, doch Pfarrer Hillinger überging ihre Bemerkung.

»Ihre Toleranz ehrt sie«, wandte er sich an Walter, »aber machen wir es uns heute nicht zu leicht, indem wir bei den ersten Problemen, die es mit dem Partner gibt, zum nächsten wechseln? Wenn alles erlaubt ist, wenn alle Verpflichtungen aufgehoben sind, was läßt uns dann noch umeinander kämpfen? Was ist das Gelübde wert, das man sich vor dem Altar gegeben hat?«

Edith stemmte die Arme in die Hüften. »Das fragen S' einmal ihn, den Hallodri! Was hast du an Weiberg'schichten g'habt vorher und nachher? Los, Walter, sag's ohne Genierer!«

»Er hat seine Sünden vor Gott gebeichtet«, erklärte der Pfarrer salbungsvoll, »und ihm ist verziehen worden.« Das hatte ihm der Walter nämlich wohlweislich auf dem Weg zur Bäckerei vorgeflunkert.

»Und woher kommt dieser plötzliche Gesinnungswandel?« wollte Edith spöttisch wissen, und wieder antwortete der Pfarrer an Walters Stelle:

»Dein Mann liebt dich, Edith, immer noch. Wenn auch auf seine Art.«

Der nickte und zog ein reuiges Gesicht. »Ja, ich hab' versucht, mich abzulenken. Zu tun, als ob mir alles nix ausmacht, aber du und der Bub, ihr fehlt mir schon verdammt. Und der Gedanke, daß ihr jetzt die Familie von einem anderen ...« Er senkte den Kopf und legte die Hand über die Augen. »Ich ertrag's net.«

»Aber es war doch alles ausgeredet«, sagte Edith hilflos. »Wozu jetzt wieder ...«

Er merkte, daß sie unsicher wurde, und hakte sofort

nach. »Ich hab' nie in eine Scheidung eingewilligt, weil ich insgeheim immer noch gehofft hab', du kommst zu mir zurück.«

Pfarrer Hillinger musterte sie eindringlich. »Kann es denn wirklich sein, daß alles Gefühl für den Mann, dem du versprochen hast, die Treue zu halten bis zum Tod, ganz erloschen ist?«

Sie schüttelte gepeinigt den Kopf. »Auch wenn Sie's net versteh'n, Herr Pfarrer: Erst seit ich vom Walter weg bin, hab' ich die Familie, wie ich sie mir gewünscht hab'.«

»Und wir? Waren wir net glücklich am Anfang?« Walter Rottaler wollte nach ihrer Hand greifen, doch Edith zog sie hastig zurück.

»Gott hat uns keine Gebrauchsanweisung für unser Leben vom Himmel fallen lassen«, erklärte Hillinger im besten Predigerton. »Aber irgendwann stehen wir ihm alle gegenüber. Willst du dich dann verantworten müssen, daß du einen Menschen unglücklich gemacht hast?«

Michel, der die Szene bis jetzt stumm verfolgt hatte, warf Walter einen abwehrenden Blick zu. »Also, ich will net weg vom Jakob, und wenn du hundertmal mei' Vater bist!« stieß er trotzig hervor, ehe er aus dem Laden rannte.

»Michel!« rief Walter ihm nach, doch der Bub reagierte nicht.

Pfarrer Hillinger bekam papierdünne Lippen. »Der Apfel fällt nicht weit vom Stamm.« Dann wandte er sich wieder an Edith. »Aber ich bin zuversichtlich, denn du bist eine gottesfürchtige Frau. Und damit du es dir nicht ganz verscherzt mit unserem Herrgott, gibt es uns Pfarrer, die dir im rechten Moment einen kleinen Stupser geben. Es wär' doch gelacht, wenn wir euer Glück nicht noch retten können.«

Eine Behauptung, auf die Edith ihm die Antwort schuldig blieb.

Der Michel war inzwischen so wütend aus dem Laden gestürmt, daß er fast am Maxl vorbeirannte, der auf der Straße auf ihn wartete.

»He, Michel!« rief er ihm nach. »Da steht dein fahrbarer Untersatz!«

Der Bub stoppte und kam langsamer zurück. Aber beruhigt hatte er sich immer noch nicht. »Ein so ein scheinheiliges Affentheater!« schimpfte er. »Mei' Alter tut so, als wenn ihm auf einmal die Engerl ins Badewasser 'brunst hätten. Dabei will er sich nur net scheiden lassen, weil das Sägewerk, auf dem er sitzt, der Mutter g'hört!« Er strich sich das Haar aus der Stirn und schwang sich auf das Rad, das Maxl ihm hinhielt. »Komm, saus' ma los, bevor die Erwachsenen uns mit ihre Probleme einholen. Wir haben selber g'nug!«

Die Kathi war pünktlich um zehn beim Hotel zur Post. Ihr selbst repariertes Fahrrad funktionierte so gut, daß sie und der Maxl mit seinem Mountain-Bike bald ein gutes Stück vorausgefahren waren, während der Michel sich schwitzend und fluchend den steilen Weg hinaufquälte. Schließlich mußte er sogar absteigen und sein Rad schieben.

Kathi und Maxl hatten ein gutes Stück weiter oben an einem Berghang eine Rast eingelegt. Beide betrachteten das herrliche Alpenpanorama. »Schön, gell!« sagte die Kathi bewundernd. »Was man da für eine Aussicht hat!« Ein gutes Stück weiter unten tauchte in einer Kehre der Michel auf, und Kathi schüttelte den Kopf. »Warum du ausgerechnet den mitnehmen wolltest . . .«

Maxl war natürlich über diese Bemerkung hocherfreut. Trotzdem erwiderte er: »Er is' halt irgendwie mein Freund. A Pfundskerl . . . manchmal.«

Kathi zuckte nur mit den Schultern und kramte in der Tasche, die sie umgebunden hatte, nach einer Tafel Schokolade. »Magst ein Stück?« fragte sie und setzte sich ins Gras.

Er nickte und kam zu ihr. »Gern.«

Sie löste die Umhüllung und hielt ihm die ganze Tafel hin. Vorsichtig biß er ein Stück ab und stellte dabei herzklopfend fest, wie nahe die Kathi ihm plötzlich war. Und jetzt lehnte sie sich auch noch an ihn, während sie genüßlich an der Schokolade herumknabberte.

»Das Tolle an den Bergen is', daß man ganz allein hier heroben is'«, sagte sie, und Maxl wagte kaum, sich zu rühren.

Dann jedoch sah er den Michel auftauchen und ergänzte seufzend: »Fast allein!« Rasch rückte er ein Stück von Kathi ab, um sich nicht mit seinem Freund anzulegen, der mit total saurem Gesicht herankam.

»Dieser blöde Drahtesel, den du mir da angedreht hast, is' der letzte Schrott!« warf er dem Maxl vor und schielte auf Kathis Schokolade. »Krieg' ich auch ein Stück?«

Diesmal brach sie nur einen Riegel ab und hielt ihn dem Michel hin. Der nahm ihn und kaute ungeduldig darauf herum.

»Was jetzt fehlt, is' nur noch ein richtiges Alpenglühen«, sagte er mit Nachdruck zum Maxl, der jedoch keine Anstalten machte, auf das verabredete Stichwort zu reagieren.

Kathi kicherte. »Alpenglühen? Spinnst du? Das gibt's doch nur bei Sonnenuntergang.«

Michel ließ keinen Blick vom Maxl. »Na und? Alpenglühen ist Alpenglühen, oder?«

»Klaro«, erwiderte der scheinbar völlig ahnungslos. »Daran gibt's nix zu rütteln.«

Michel bombardierte ihn mit wütenden Blicken, die die Kathi nicht bemerkte, weil sie die restliche Schokolade in ihrer Tasche verstaute. »Wenn ihr dann fertig seid mit eurem tiefsinnigen Gespräch, würd' ich gern weiterfahren.«

»Schon?« fragte der Michel enttäuscht, aber sie gab

ihm keine Antwort, sondern radelte einfach davon. Michel wandte sich an seinen treulosen Freund. »Es war ausgemacht, daß du abziehst«, zischelte er aufgebracht, und Maxl hob die Schultern.

»Mach' ich ja – später!«

»Jetzt, verdammt noch mal!« beharrte der Michel. »Ich hab' keine Lust, da noch weiter den Berg raufzukeuchen.«

»Dann fahr doch du zurück«, schlug Maxl grinsend vor. »Schließlich is' die Kathi wegen mir mit auf den Berg.«

Michel lief puterrot an vor Empörung. »Daß ich net lach'! Hättest du's geschafft, sie zum Schwimmen abzuschleppen, hätt' ma uns die ganze Schweißtreiberei erspart. Eine Niete bist du!«

»Selber Niete!« schrie Maxl so laut zurück, daß die Kathi es hörte. Sie bremste und stieg vom Rad.

»He, was is' denn mit euch los? Wollt ihr dort übernachten?«

Zwar hätte der Maxl sich liebend gern noch weiter mit dem Michel gestritten, aber das konnte man auch zu einem späteren Zeitpunkt nachholen. Jetzt fand er es wichtiger, der Kathi nachzuradeln. Also schwang er sich wieder in den Sattel und fuhr, so schnell er konnte, zu ihr hin.

»Du falscher Fuffziger!« brüllte Michel ihm nach. »Das sollst du büßen!«

Jetzt konnte Maxl doch nicht widerstehen, noch ein saftiges Schimpfwort zurückzurufen. Er drehte sich um, verriß dabei den Lenker und kam zu Fall. Mitsamt seinem Radl rollte er bergab.

Erschrocken ließ die Kathi ihr Fahrrad fallen und rannte zu ihm hin. Auch Michel setzte sich in Bewegung, als er sah, daß der Maxl am Boden liegenblieb. Fast gleichzeitig kamen sie bei ihm an. Maxls Hose war zerrissen, und er blutete aus einer Wunde am Knie.

»Hast dir weh getan?« fragte die Kathi mitleidig. Es gefiel ihm unheimlich gut, daß sie sich so besorgt zeigte, deshalb beschloß er, noch eine Weile den Leidenden zu mimen, obwohl der Sturz im Grunde sehr harmlos abgelaufen war.

»Mein Knie«, sagte er weinerlich, und die Kathi schoß einen aufgebrachten Blick auf den Michel ab.

»Ihr mit eurer blöden Streiterei!«

Michel reagierte schuldbewußt. »So schlimm kann das doch net sein«, meinte er beschwichtigend und weckte damit erst recht Kathis Empörung.

»Was verstehst denn du davon? Wenn die Kniescheibe gebrochen is', kann das Bein für immer steif bleiben. Maxl, versuch doch mal, aufzustehen.« Damit umfaßte sie ihn und half ihm, sich aufzurichten.

Das war ihm so angenehm, daß er augenblicklich seinen ohnehin nicht allzu heftigen Schmerz vergaß und nur noch pro forma jammerte. Immerhin ächzte er so gekonnt, daß die Kathi ihn nur noch fester an sich drückte, während er auf die Füße kam. »Geht's?« fragte sie ängstlich, und er nickte mit gespielter Tapferkeit.

»Es muß wohl!« Humpelnd und stöhnend ließ er sich, auf Kathi und Michel gestützt, den Weg hinunterführen.

Pfarrer Hauberers Genesung machte nun sehr langsame Fortschritte, obwohl Thomas Burgner täglich bei ihm vorbeischaute und die Franzi sich darum kümmerte, daß der Patient alle ärztlichen Anordnungen befolgte und brav die Diätkost zu sich nahm, die sie ihm nach Thomas' Anweisungen kochte.

An diesem Mittag hatte sie eine Suppe gebracht, die Hochwürden allerdings so lustlos in sich hineinlöffelte, daß es die Franzi regelrecht kränkte. Und als er nicht einmal die Hälfte aufessen wollte, fuhr sie ihn ungnädig an:

»Also, das is' mir mei' Lebtag noch net passiert, daß einer meine Küche ausschlagt.«

»Ich bin doch krank, Franzi«, murmelte er entschuldigend, kam mit diesem Argument aber nicht bei ihr an.

»Grad deswegen sollst essen. Der Thomas hat mir genaue Anweisungen für dei' Diät 'geben. A Markknochensuppe mit Frittaten, die von jedem Restaurantführer mit mindestens drei Kochlöffel prämiert würde . . .«

Mit einem um Verständnis bittenden Lächeln gab er ihr den noch halbvollen Teller zurück. »Wenn's nur am guten Willen allein liegen würd' . . . Irgendwann klopft bei einem jeden das Alter an die Tür. Und es hat keinen Sinn, sich taub zu stellen, wenn der liebe Herrgott ruft.«

»So, der Herrgott is' schuld, daß du mei' Suppen ausschlagst«, murrte sie, stellte den Teller aber beiseite und schob eine Fußbadewanne zu ihm hin, die sie schon vorher mit Wasser gefüllt hatte.

Pfarrer Hauberer rutschte in seinem Bett ein Stück zurück. »Ich denk' net daran, mir die Füße wäschen zu lassen!«

Franzi bedachte ihn mit einem unerbittlichen Blick. »Soweit ich informiert bin, hat der Doktor dir Fußbäder verordnet.« Damit schlug sie einfach seine Bettdecke zurück, packte ihn an den Füßen und zog so lange daran, bis sie in der Wanne standen.

»Pfui Teufel!« beschwerte er sich. »Das is' ja saukalt.«

Ungerührt hielt Franzi seine Füße fest. »Nur was weh tut oder grauslich schmeckt, kuriert einen.«

Ergeben ließ Hochwürden den Kopf auf die Brust sinken. »Vielleicht hat der junge Pfarrer recht, und ich sollt' mich in ein Kloster zurückziehen. Ich würd' eh keinem abgehen!«

»Jetzt hörst aber auf mit dem Blödsinn!« widersprach sie und wandte den Kopf zur Tür, die gerade geöffnet wurde. Pfarrer Hillinger kam herein. Er trug eine Jogginghose ohne das dazugehörige Oberteil.

»Herr Hauberer . . .« Er stockte, weil er erst jetzt die Franzi gewahrte. »Oh, entschuldigen Sie. Ich hab' nicht gewußt, daß Sie Besuch haben. Ich such' das Oberteil von meinem Trainingsanzug. Ich wollte joggen gehen.«

»Joggen?« wiederholte Pfarrer Hauberer fassungslos, denn in diesen Dingen war er, im Gegensatz zu seinen sonstigen liberalen Ansichten, noch vom alten Schlag. Daß ein Diener Gottes irgendeinen Sport ausüben könnte, nur so zum Vergnügen, erschien ihm äußerst unpassend.

Pfarrer Hillinger nickte mit schöner Selbstverständlichkeit. »Nur in einem gesunden Körper wohnt ein gesunder Geist. Das haben schon die alten Griechen gesagt. Übrigens kommt es mir vor, als hätte jemand in meinem Zimmer herumgeräumt.«

Franzi mochte diesen jungen Pfarrer nicht besonders. Im Dorf hatte sich natürlich herumgesprochen, wie er der armen Edith Rottaler zusetzte und auch sonst überall herumschnüffelte, um irgendwelche ›Sünden‹ ans Tageslicht zu zerren, und das gefiel der Franzi nicht. »Ich war so frei, die Schmutzwäsch' zum Waschen mitzunehmen, sagte sie darum ein wenig schnippisch.

Pfarrer Hillinger runzelte die Stirn. »Meine Wäsche? Ich verbitte mir derartige Eingriffe in meine Intimsphäre!«

Sie deutete auf einen großen Plastiksack, den sie neben der Tür abgestellt hatte. »Sie können Ihr Leiberl gern wieder rauskramen.«

Angewidert wühlte er in der schmutzigen Wäsche herum, ohne zu finden, was er suchte. »Ich hab' überhaupt den Eindruck, daß die Grenzen der Höflichkeit und des Anstands hier sehr willkürliche sind«, verkündete er dabei in seiner überheblichen Art. »Weit ist es gekommen mit unserem Land Tirol, das früher ein standfestes Bollwerk des Glaubens war. Schlamperei, Unzucht, Habgier und Unmoral haben den Glauben untergraben.«

»Wie haben S' denn das in der kurzen Zeit schon feststellen können?« fragte die Franzi honigsüß, aber er ignorierte ihren Spott.

»Da braucht man nicht weit zu gehen. Der Bürgermeister steigt einem jeden Weiberrock nach, die Kinder haben statt Ministrieren nur die Mädel im Kopf, sogar die Bäckerin bricht ihre Ehe, um in wilder Unzucht mit einem anderen ihr Kind aufzuziehen – und der Pfarrer schaut unbekümmert zu.«

»Jetzt machen S' aber mal einen Punkt, Herr Pfarrer!« fuhr die Franzi auf, doch er ließ sie nicht weiterreden. Sein Zeigefinger stieß förmlich durch die Luft.

»Und Sie leben im Konkubinat mit Ihrem Hausherrn, dem Tierarzt Pankraz Obermayr! Sie sehen, ich weiß Bescheid!«

»So, im Konkubinat!« fauchte sie, jetzt vollends aufgebracht. »Ich werd' Ihnen mal was sagen, Herr Pfarrer: Wenn Sie glauben, Sie tun Ihrem Herrgott einen G'fallen damit, daß Sie überall Ihre Nas'n reinstecken, haben Sie sich geirrt. Und jetzt gehen S' bitte. Der Herrgott wird schon ein Aug' zudrücken, wenn Sie im Unterleiberl joggen.«

Er wandte sich wütend ab. »Glauben Sie ja nicht, daß ich mich von Ihnen von meiner Aufgabe abhalten lasse!« Rums, knallte die Tür hinter ihm zu, und Pfarrer Hauberer ließ sich sehr zufrieden auf sein Bett zurückfallen.

»Dem hast es aber gegeben!«

»Konkubinat – so a Frechheit!« schnaubte die Franzi. »Schau zu, Pfarrer, daß du wieder gesund wirst. A so a wildg'wordener Apostel wird sich in Sonnenstein keine Freund' machen.«

Es ließ sich nicht bestreiten, daß ihre Worte Pfarrer

Hauberer ungemein wohltaten, auch wenn seine Schadenfreude einem Amtsbruder gegenüber nicht ganz christlich war.

Vor der Nachmittagssprechstunde kam Dr. Burgner noch bei ihm vorbei. Er brachte den Gabriel mit, der seit der Erkrankung seines Herrchens im Doktorhaus versorgt wurde. An diesem Morgen war sogar der Pankraz in seiner Eigenschaft als Tierarzt erschienen, um dem Gabriel ein hundegerechtes Menü zuzubereiten, das er als ›Feines Sonnensteiner Geschnetzeltes aus Rinderschlund, Kutteln mit Milzstreifen, auf einem Bett aus Haferflocken und Polentaresten‹ bezeichnet hatte. Während er in der Küche herumgewirtschaftet hatte, war Thomas draußen auf der Terrasse mit dem Essen für die Zweibeiner beschäftigt gewesen. Es hätte gegrillte Lammkoteletts geben sollen, doch während er rasch noch einmal in die Küche gekommen war, um ein wenig Basilikum zu holen, hatte der Gabriel, der verfressene Hund, sämtliche Lammkoteletts verschlungen und Pankraz' Supermenü verschmäht.

Das erzählte Thomas seinem Patienten, während er ihm Blut für den Zuckertest abnahm. Aber da Hochwürden die Piekserei in den Finger absolut nicht mochte und sich zudem immer noch recht elend fühlte, lächelte er nur matt über Gabriels Streich.

Thomas betrachtete ihn besorgt, nachdem er den Teststreifen in sein Reflektorcheck-Gerät gegeben hatte. »So geht das net weiter, Herr Pfarrer. Die Franzi hat sich bitter über dich beschwert, daß du ißt wie ein krankes Huhn.« Er blickte auf den Digitalanzeiger. »Und der Zucker is' trotzdem auf dreihundert gestiegen. Ich fürcht', wir müssen von den Tabletten auf eine Spritzenkur umsteigen.«

Pfarrer Hauberer rutschte ein wenig tiefer unter seine Bettdecke, als er sah, wie Thomas seinem Arztkoffer eine Einwegspritze entnahm. »Ich weiß nicht. Fürs Martyrium bin ich psychisch net vorbereitet«, protestierte er, doch Dr. Burgner ließ sich nicht erweichen.

»Du wirst es überleben, Pfarrer. So a Spritzenkur wirkt manchmal Wunder.«

Seufzend drehte Hochwürden sich auf die Seite und ließ sich die Injektion geben. »Vielleicht ist's besser, ich räum' meinen Platz«, meinte er dabei nachdenklich. »Ich hab' auch keine Lust, mitanzusehen, wie ein anderer hier alles aufmischt.«

Thomas warf die Einwegspritze in den Abfalleimer. »Das mußt auch net. Du bist der Pfarrer hier. Das is' eine Verantwortung, die man net so schnell abgibt.«

Pfarrer Hauberer zuckte mit den Schultern. »Vielleicht war ich wirklich zu weich, zu nachsichtig, aber wenn man jeden einzelnen hier seit vierzig Jahr' kennt oder aufwachsen g'sehen hat, tut man sich halt schwer, wie der alte Moses die Gesetzestafeln zu schwingen. So unrecht hat der junge Kollege gar nicht. Mit dem Glauben nehmen's viele net mehr so genau hier.«

Thomas lächelte verschmitzt. »Das würd' ich net sagen. Draußen wartet wer, der die Beichte ablegen will.«

»Bei mir?« fragte Josef Hauberer verdutzt, und Thomas nickte.

»Es war sein ausdrücklicher Wunsch.«

»Na, wenn er mit meiner bescheidenen Stube vorliebnimmt«, meinte Hochwürden und bemühte sich, nicht allzusehr zu zeigen, wie es ihn freute, daß man ihm und nicht seinem Amtskollegen den Vorzug gab. Obwohl der den reuigen Sünder todsicher zum Beichten veranlaßt hatte.

Thomas Burgner schloß seinen Arztkoffer und wandte sich zur Tür. »Herr Angerer, der Herr Pfarrer läßt bitten . . .«

Josef Hauberer bekam kugelrunde Augen, als der Bürgermeister von Sonnenstein und Wirt vom Hotel zur Post eintrat. »Du, Angerer? Dich hab' ich ja schon seit Jahren bei keiner Beichte g'sehen!«

»Eben!« gab der Bürgermeister zu. »Der junge Kollege war bei mir. Der hat ja wirklich ein bemerkenswertes Talent, den Finger in die Wunde zu legen. Nur – die Absolution hol' ich mir lieber bei dir.«

Pfarrer Hauberer besann sich auf seine seelsorgerische Strenge. »Wennst meinst, daß du's bei mir zum Ausverkaufspreis bekommst, hast dich aber geirrt.«

Der Angerer grinste. »Heb dir von dei'm biblischen Zorn noch was auf. Da draußen warten noch andere Sünder.«

Dr. Burgner öffnete zum zweiten Mal die Tür, und in der Tat hatte sich in der Diele eine Handvoll Sonnensteiner eingefunden. Der Zimmerer, der auch seit Jahren nicht mehr gebeichtet hatte, obwohl er der schlitzohrigste Bauer im ganzen Tal war, steckte den Kopf ins Zimmer. »Is' der Bürgermeister schon fertig?« fragte er ungläubig. »Das kann doch net sein!«

Pfarrer Hauberer sandte einen gottergebenen Blick zum Himmel. »Meiner Seel'! Zuerst schickst mich in den Krankenstand, und nun soll ich Überstunden machen. Was hast dir denn dabei gedacht?«

Immerhin konnte Dr. Burgner seinen Patienten einigermaßen beruhigt verlassen, verriet doch das plötzliche Beichtbedürfnis der Sonnensteiner, daß sie ihren alten Pfarrer lieber hatten als den neuen. Und das würde Hochwürden vielleicht eher helfen, gesund zu werden, als Franzis unerreicht köstliche Frittatensuppe.

Der Gabriel begleitete Thomas wieder. Das heißt, er lief in langen Sätzen voraus, denn jetzt, nach seinem Verdauungsspaziergang, hätte er nichts dagegen gehabt, einen Napf von Pankraz Obermayrs Hundemenü vorgesetzt zu bekommen. Gerochen hatte es jedenfalls sehr gut für Gabriels Nase.

Als der Hund das Doktorhaus erreichte, kam Herr Konrad gerade von der anderen Seite. Gabriel sprang fröhlich auf ihn zu, um ihn zu beschnüffeln, und Herr Konrad erschrak zu Tode. »Hilfe! Gehst weg . . .«, stieß er hervor und fuchtelte wild mit den Armen. »Ich hab' dir doch nix getan!« In seiner Not stieg er auf einen Gartenstuhl, weil der Gabriel ihn schwanzwedelnd weiter beschnüffelte, und rief noch einmal laut um Hilfe. Das lockte die Traudl aus dem Haus, und Herr Konrad streckte ihr flehend die Arme entgegen. »Traudl, um Gottes willen, dieser Zerberus hat's auf mich abgesehen!«

Die junge Sprechstundenhilfe lachte. »Aber gehen S', das is' doch nur der Hund vom Pfarrer.«

»Deswegen hat er trotzdem die Tollwut«, ächzte Herr Konrad. »Schau nur, der irre Blick.«

Traudl kauerte sich auf den Boden. »Komm her, Gabriel.« Der Hund gehorchte und ließ sich von ihr am Halsband fassen und streicheln.

Wenn möglich, wurde Herr Konrad noch aufgeregter. »Paß auf, Traudl, wenn er dich beißt, bist rettungslos verloren. Ich hab' alles über die Tollwut g'lesen. Das is' ein entsetzlicher, qualvoller Tod. Schau nur den Schaum vorm Maul!«

Tatsächlich liefen dem Gabriel die Geschmacksfäden aus der Schnauze, während er mit verlangendem Blick auf Herrn Konrad schielte. »Was haben S' denn da in der Hosentasche?« fragte Traudl, und Herr Konrad zog ein eingewickeltes Päckchen heraus.

»Mein Jausenbrot. Warum?«

Sie lachte. »Da haben wir schon den Grund für seine Aufregung.«

»Meinst?« fragte er zweifelnd, und als sie nickte, warf er das Brot in hohem Bogen von sich. Der Gabriel stürzte sich sofort darauf, riß das Papier auseinander und verschlang das Brot, als hätte er seit Tagen nichts zu fressen bekommen.

Dies verlieh Herrn Konrad den Mut, endlich von seinem Stuhl hinunterzuspringen. So schnell er konnte, rannte er ins Haus und warf die Tür hinter sich zu.

In der Anmeldung hatten sich schon einige Patienten eingefunden, unter ihnen Pfarrer Hillinger. »Nur langsam, guter Mann«, sagte er amüsiert, als Herr Konrad hereingestürzt kam. »Sie wirken ja, als wäre Beelzebub persönlich hinter Ihnen her.«

»Viel fehlt net, Herr Pfarrer«, berichtete Herr Konrad atemlos. »Da draußen auf der Schwelle lauert ein Ungeheuer. Mit einer List hab' ich's ablenken können, aber wenn der Doktor net einschreitet, verspeist er die Sprechstundenhilfe als Nachtisch.« Herr Konrad ließ sich auf einen Stuhl fallen. »So a Aufregung kann fatale Folgen haben«, murmelte er und wedelte sich mit beiden Händen Luft zu.

Hillinger beugte sich näher zu ihm. »Was fehlt Ihnen denn?«

Herr Konrad setzte eine leidende Miene auf. »Na ja, wie soll ich sagen . . . Mein Herz is' nimmer das beste. Und lungenmäßig bin ich auch schon ziemlich bedient. Horchen S' nur . . .« Er keuchte ein paarmal besonders grauslich und fuhr dann wehleidig fort: »Das is' aber alles nix gegen mei' Blutbild, das ausschaut, wie wenn's der Maler Hundertwasser entworfen hätt' . . .«

Hillinger setzte seine mildeste Seelsorgermiene auf. »Ich glaube, Ihnen fehlt etwas ganz anderes, wenn ich eine Vermutung anstellen darf. Die innere Harmonie. Die Wurzel aller Krankheiten sitzt nämlich in der Seele, und das wirkt sich fatal auf den Körper aus. Ich hab' schon viel Kränkere als Sie nach jahrelangem Siechtum von ihrem Krankenbett aufstehen gesehen, nachdem sie ihren Frieden mit Gott gemacht hatten. Gehen Sie regelmäßig in die Kirche?«

Herr Konrad fühlte sich etwas in die Enge getrieben. »Das Problem ist, ich vertrag' keinen Zug. Und das lange Knien is' Gift für meine Gelenke.«

»Sehen Sie«, sagte Hillinger bedeutungsschwer und wollte zu einer längeren Rede ansetzen. Doch dazu kam er nicht mehr, weil Thomas inzwischen heimgekehrt war und die Tür zu seiner Ordination öffnete. Er bat den Pfarrer herein, da der als erster Patient dieses Nachmittags gekommen war.

Mit einer Handbewegung bot er ihm Platz an und setzte sich dann selbst hinter seinen Schreibtisch. »Womit kann ich Ihnen helfen, Herr Pfarrer?« erkundigte er sich eine Spur reservierter, als er sonst mit seinen Patienten umging.

Hillinger schlug ein Bein über das andere. »Ich habe ein wenig Probleme mit meiner Verdauung. Vielleicht liegt es am zu schweren Essen im Gasthof, das den Darm belastet. Nachdem das Pfarrhaus ja nicht einmal über eine eigene Köchin verfügt . . .«

Thomas nickte. »Diesen Mangel hat schon unser Pfarrer Hauberer beim Dekanat reklamiert. Daß statt dessen Sie uns geschickt wurden, vergrößert das Problem eher . . . haushaltsorganisatorisch«, fügte er diplomatisch hinzu. »Lassen S' mich mal Ihren Blutdruck messen.«

Während er die Manschette anlegte, sagte Hillinger: »Sie sind doch näher mit der Dame bekannt, die für Pfarrer Hauberer kocht. Ob sie nun für einen oder zwei . . .«

Thomas unterdrückte ein Grinsen. »Wollen Sie nun eine medizinische Betreuung – oder sich ein Empfehlungsschreiben bei mir holen?

Pfarrer Hillinger wirkte nicht im geringsten verlegen. »Ich hätte sie ja selbst gefragt. Nur – die ältere Dame scheint mir etwas kompliziert. Zumal ich ihr wegen ihres Lebenswandels ein wenig ins Gewissen geredet habe.«

»Der Franzi?« fragte Thomas, obwohl er natürlich über

ihren Zusammenstoß mit Hillinger längst Bescheid wußte. »Meinen S' net, daß Sie da mit Ihrem Engagement etwas übertreiben?«

Hillinger bekam schmale Augen. »Mit seiner Nachsichtigkeit und seiner Angst, irgendwem auf den Schlips zu treten, hat der alte Pfarrer das Dorf zu einem ziemlichen Lotterhaufen von Halbherzigkeit, Falschheit und Verlogenheit verkommen lassen.«

Dr. Burgner verstand immer besser, warum die Franzi so erbost auf diesen Geistlichen war. Auch er schätzte solche Männer nicht besonders, die alles anprangerten, was sich ihrer Meinung nach nicht mit dem Dogma der Kirche vereinbarte, und die darüber das Wichtigste vergaßen: die Liebe zu den Anvertrauten. Eben diese Liebe, von der der Apostel Paulus im Korintherbrief geschrieben hatte, daß sie nicht eifert und sich nicht blähet, sich nicht erbittern läßt und das Böse nicht zurechnet.

»Sie können sicher sein, daß unser Pfarrer Hauberer die großen und kleinen Sünden seiner Gemeinde gut kennt«, sagte Dr. Burgner nun betont freundlich auf Hillingers scharfen Ton hin. »Und auch wenn ihm das eine oder andere vielleicht verschwiegen wird, kann er auf etwas bauen, was man nicht durch Druck und Angstmacherei erreicht.«

»Und das wäre?« fragte Hillinger sehr von oben herab.

»Vertrauen. Und damit sind die Leut' hier in den Bergen net grad großzügig. Da muß man schon einer von den ihren sein, hier und da einmal ein Schnapsl trinken, übers Wetter reden, wissen, wann Not am Mann ist oder wann man sich diskret zurückzieht.«

Pfarrer Hillinger lehnte sich zurück. »Manchmal ist eine gewisse Distanz nicht schlecht, um sich einen klaren Blick zu bewahren«, antwortete er kühl.

Thomas schüttelte den Kopf. »Da hab' ich eine andere Auffassung. Nur einer, der selber ein Mensch ist und mit seinen Fehlern und Schwächen net hinter'm Berg hält, darf in Anspruch nehmen, die Fehler und Schwächen von anderen zu verstehen.«

Hillinger lachte. »Ich bin eigentlich nicht zu Ihnen gekommen, um einen Disput abzuhalten.«

»Es war auch eher als Rat gedacht«, konterte Thomas ruhig. »Von einem, der die Leut' hier ein bisserl kenneng'lernt hat.«

In diesem Augenblick kam die Traudl nach einem kurzen Anklopfen ins Sprechzimmer. »Herr Doktor, der Maxl . . . Er hat einen Unfall g'habt!«

Thomas sprang auf. »Einen Unfall?« Er war sehr erschrocken, beruhigte sich aber wieder ein wenig, als sein Bub von der Kathi und dem Michel hereingeführt wurde. Zwar hinkte der Maxl ganz arg und trug eine erbärmliche Leidensmiene zur Schau, aber immerhin lebte er und schien äußerlich ziemlich unversehrt.

»Herr Doktor«, rief die Kathi aufgeregt, »er is' mit dem Radl gestürzt . . . ganz scheußlich.«

»Ja, Maxl . . .« Thomas half ihm, sich auf die Untersuchungsliege zu legen. »Was machst denn du für Sachen!«

Vorsichtig hob Kathi sein lädiertes Bein an. »Da is' noch alles voller Schmutz und Steiner . . .«

Dr. Burgner beugte sich über das verletzte Knie und betrachtete es gewissenhaft. Dann warf er einen Blick in Maxls Gesicht und setzte schon zu einer beruhigenden Bemerkung an, als er gewahrte, daß sein Sohn ihm verstohlen zuzwinkerte. Thomas begriff und zwinkerte zurück. »Uii, das schaut aber sauber aus!« sagte er, und der Maxl atmete auf. Sein Papa war eben doch der Beste. Der verstand alles und haute ihn nicht in die Pfanne. »Ich fürcht', da wirst du dich in der nächsten Zeit ein bisserl schonen müssen. Und das in den Ferien.«

»So ein blödes Pech!« Es war wieder die Kathi, während der Michel stumm daneben stand und sich wünschte, an Maxls Stelle zu sein. Dann würde die Kathi jetzt ihn so lebhaft bedauern.

Dr. Burgner wandte sich zu ihr um. »Wenn du dich ein bisserl um ihn kümmerst und ihn pflegst, ist es für ihn sicher nur halb so schlimm.«

Pfarrer Hillinger war aufgestanden, weil er es für angebracht hielt, sich wieder in Erinnerung zu bringen. »Herr Doktor, ich hätt' dann noch einen Weg . . .«

»Ach so, natürlich.« Mit einer entschuldigenden Geste ging Thomas zu seinem Schreibtisch und stellte ein Rezept aus. Hillinger nahm es und warf einen Blick darauf.

»Alka Seltzer?« fragte er, und Thomas nickte mit einem Lächeln.

»Meine Predigt war rezeptfrei.«

Nachdem er Maxls Wunde gereinigt und mit einem riesigen Verband versehen hatte, letzteres natürlich wegen der Kathi, ließ er Traudl den nächsten Patienten rufen. Kathi und Michel verabschiedeten sich und verließen gemeinsam die Praxis.

»Es tut mir so leid, das mit dem Maxl«, sagte der Michel draußen verlegen, und Kathi schenkte ihm zu seiner Verwunderung ihr nettestes Lächeln.

»Danke, daß du ihn runtergebracht hast.«

Er riß einen Zweig von der Nußbaumhecke ab und zerrupfte ihn zwischen den Fingern. »Is' doch klar.«

»Irgendwie bist du viel netter, als ich immer gedacht hab'«, fuhr Kathi fort, und er blickte sie überrascht an. »Findest du?«

Sie nickte und wandte sich eilig zum Gehen. Aber Michel hatte durch ihr verändertes Benehmen neuen Mut gefaßt. »Du, Kathi«, setzte er an, »ich wollt' heut' abend mit dem Maxl ins Kino. Ich mein', es wär' ihm sicher auch net recht, wenn die Karte verfällt, jetzt, wo er ausfallt . . .«

Sie blieb stehen. »Was spielen s' denn?« wollte sie wissen, und der Michel druckste herum. Man sollte eben doch nicht schwindeln!

»Ach, weißt was?« sagte er dann. »Laß dich einfach überraschen.«

»Na schön.« Kathi lächelte wieder und zeigte ihre niedlichen Grübchen. »Aber erst müssen wir noch unsere Räder vom Berg holen.« Damit lief sie voraus, und Michel rannte ihr mit strahlendem Gesicht hinterher.

Jakob Englert hatte einen unruhigen Tag hinter sich. Er wußte, daß Walter Rottaler am Morgen bei der Edith gewesen war und daß er sogar den neuen Pfarrer mitgebracht hatte. Seitdem war die Edith verschwunden. Erst am Abend kam sie zurück, als Jakob in der Backstube frischen Sauerteig ansetzte.

Als er sie sah, schwankte er zwischen Erleichterung und Ärger. »Wo warst denn den ganzen Tag? Ich hab' dich überall g'sucht.«

Sie wich seinem Blick auf. »Ich war spazieren . . .«

»Was?« Er schaute sie entgeistert an. »Und hier bleibt die ganze Arbeit liegen!« Erst jetzt gewahrte er, daß sie blaß und zerquält wirkte, und sein Ärger schwand. »Is' was?« erkundigte er sich fürsorglich. »Hast Streit g'habt mit dem Walter?«

Er wollte sie an sich ziehen, doch sie trat einen Schritt von ihm zurück. »Ich hab' lang mit ihm gered't. Vielleicht hab' ich doch alles leichter genommen, als es ist. Immerhin ist er mein Mann. Und der Vater vom Michel . . .«

»Aber ich hab' denkt, das is' längst alles ausgered't«, sagte er unsicher. »Du liebst mich doch.«

Sie seufzte und schaute ihn nun doch voll an. Ein kummervoller Ausdruck stand in ihren hübschen braunen Augen. »Ich weiß es net, Jakob.«

»Was heißt das?« wollte er wissen. Die Angst um sie ließ seine Frage härter klingen als beabsichtigt.

Sie strich sich eine Haarsträhne aus dem Gesicht. »Vielleicht kommt es net so sehr darauf an, was man fühlt ... im Augenblick. Gefühle sind so launenhaft. Ich hab' doch auch einmal den Walter geliebt und wollt' mit ihm glücklich sein für immer.«

»Hast du vergessen, wie er dich behandelt hat?«

Edith schwieg einen Moment. Er hatte ja recht. Und dennoch ... Seit der neue Pfarrer mit ihr gesprochen hatte, war der Zwiespalt in ihr immer größer geworden. Auf einmal hatte sie sich schuldig gefühlt, eine Frau, die aus ihrer Ehe ausgebrochen und die Geliebte eines anderen Mannes geworden war. War das nicht doch eine große Sünde?

»Vielleicht hätt' ich net so schnell aufgeben sollen«, sagte sie leise, und Jakob starrte sie einen Augenblick fassungslos an, ehe er auf sie zutrat und sie nun doch umarmte.

»Edith? Was is' denn in dich gefahren? Wir sind doch eine Familie!«

Er wollte sie küssen, doch sie löste sich von ihm. »Bitte, Jakob, mach net alles noch schwerer!« Sie ging ein paar Schritte von ihm fort und setzte sich auf einen Schemel. »Es is' schwer zu erklären. Ich war so glücklich mit dir, aber die ganze Zeit über ... Ich hab' mich nie getraut, es auszusprechen, aber es war da immer so ein Gefühl von Schlechtigkeit.«

»Hat der neue Pfarrer dir den Floh ins Ohr g'setzt?« wollte er finster wissen.

Sie hob die Schultern. »Is' doch egal, wer's war. Ich hätt' dir das eh nie erklären können. Wir waren immer eine sehr religiöse Familie. Mein Vater hätt' kein Wort mehr mit mir gered't, wenn er erlebt hätt', daß ich von mei'm Mann weggeh'.«

»Deinen Vater geht das nix an«, widersprach er heftig. »Und diesen neuen Pfaffen, den hergelaufenen, der Sünden sammelt wie ein anderer Briefmarken, erst recht net! Wem is' damit gedient, wennst zum Walter zurückgehst und den Michel und dich unglücklich machst, nur weil der Pfarrer euch irgendwann einmal den Segen gegeben hat? Ich bin auch ohne Segen mit dir glücklich.«

»Aber ich net«, versetzte sie gepreßt. »Über den Glauben kann man halt net diskutieren.« Sie wischte sich über die Augen. »Das Glück von einem schönen Augenblick, wenn man alles um sich herum vergißt, is' verführerisch. Aber das Gewissen holt einen zurück auf den Boden. Der Pfarrer hat schon recht, daß die Liebe ein hartes Stück Arbeit is'!«

»Der muß es ja wissen!« fiel er ihr bitter ins Wort, und sie warf ihm einen todtraurigen Blick zu.

»Glaubst, mir fallt's leicht, Jakob?«

Er schwieg einen Moment, und sie sah, wie er die Zähne zusammenbiß. Dann sagte er hart: »Tu, was du für richtig hältst, Edith. Ich werd' dich net halten.« Damit wandte er sich ab und ließ sie allein mit ihrem Kummer und ihren Zweifeln.

Jakob Englert hoffte den ganzen Abend über, daß sie zu ihm käme, um ihm zu sagen, daß sie es sich anders überlegt habe und trotz allem bei ihm bleiben wolle. Aber sie kam nicht. Und nach einer ziemlich schlaflosen Nacht wußte er, was er zu tun hatte. Er wartete, bis es acht Uhr morgens geworden war, und machte sich dann auf den Weg zum Pfarrhaus, um Hochwürden einen Besuch abzustatten.

Jakob war erleichtert, als ihm Josef Hauberer, zwar noch im Bademantel, aber doch viel wohler aussehend als neulich nach seinem Zusammenbruch, die Tür öffnete. Er wäre nur ungern mit dem neuen Pfarrer zusammengetroffen, weil er dem todsicher ein paar passende Worte an den Kopf geworfen hätte.

Pfarrer Hauberer bat Jakob in sein Schlafzimmer und deutete auf einen Stuhl. Er selbst setzte sich aufs Bett. »Und nun erzähl', was dich so früh am Morgen zu mir treibt. Was hast auf dem Herzen?«

Es wurde ein langes und ernstes Gespräch, und die beiden Männer merkten darüber gar nicht, daß sich inzwischen draußen vor der Haustür eine kleine Menschenansammlung gebildet hatte. Manche der Wartenden hatten Flaschen, Körbe mit Obst, Kuchen und Würsten bei sich, andere wieder Blumen, und Bürgermeister Angerer holte sogar ein kleines Fäßchen Schnaps aus seinem Wagen.

Dr. Burgner, der Pfarrer Hauberer noch vor der Sprechstunde einen Hausbesuch machen wollte und gerade aus seinem Jeep stieg, warf einen verwunderten Blick darauf. »Hast schon wieder neue Sünden zu beichten, Bürgermeister?«

Alois Angerer winkte ab. »Ach, woher! Ich bring' ihm sei' Lebenselixier: Zirbenschnaps. Er hat ja viel Arbeit g'habt mit mir.«

»Ich hab' geglaubt, der Ablaßhandel is' abgeschafft«, erwiderte Thomas lachend. »Außerdem bezweifle ich, daß er das trinken darf.«

Herr Konrad, der sich ebenfalls eingefunden hatte, drängte sich nach vorn. »Herr Doktor, wie schaut's denn aus mit'm Herrn Pfarrer?«

»Gestern war er ziemlich mies beieinand'«, erklärte Thomas ehrlich. »Schauen wir mal, wie's heut' geht.« Er drückte auf die Türklingel, und diesmal war es Pfarrer Hillinger, der öffnete.

»Was ist denn hier für ein Auflauf?« fragte er perplex.

»Wir wollen zum Pfarrer«, erwiderte Herr Konrad augenzwinkernd. »Sie wissen schon – wegen der seelischen Wurzelbehandlung.«

Hillinger blickte Dr. Burgner an. »Und Sie sind auch da?«

Der nickte. »Ja, aber eher dienstlich.« Er wollte an Hillinger vorbei das Haus betreten, doch der hielt ihn noch einen Moment auf. Mit einem stolzen Blick auf die kleine Versammlung auf dem Vorplatz, von der er glaubte, daß sie seinetwegen stattfand, meinte er: »Na, ich glaube, bei dem regen Zulauf brauche ich mir um die Akzeptanz im Dorf keine Sorgen mehr zu machen.«

Unter den Leuten erhob sich ein Gemurmel. Dann schob jemand den Angerer nach vorn. »Los, du bist der Bürgermeister. Du mußt das richtigstellen.«

Der Angerer räusperte sich. »Herr Pfarrer, nur um Mißverständnissen vorzubeugen: Die Leut' zieht's zu ihrem alten Pfarrer. Man weiß ja net, wie lang' noch Zeit is' – und was vergeben is', das is' vergeben.«

»Und ich werd' das meinige dazu tun, daß euch der alte Herr noch eine Weile erhalten bleibt«, versprach Dr. Burgner, sah noch aus den Augenwinkeln Pfarrer Hillingers verkniffenes Gesicht und betrat die Diele. Er wollte gerade an Pfarrer Hauberers Schlafzimmertür klopfen, als er von drinnen einen lauten, zornigen Aufschrei hörte.

»Was? Ich hör' wohl net recht!« rief Pfarrer Hauberer. »Seid's ihr denn von allen guten Geistern verlassen?«

Thomas öffnete die Tür und sah, wie Jakob Englert beschwörend die Hände hob. »Regen S' sich doch net so auf, Herr Pfarrer . . .«

»Was is' denn los?« wollte Thomas wissen, und Jakob warf ihm einen schuldbewußten Blick zu. »Ich wollt' mich vom Herrn Pfarrer verabschieden. Ich werd' meinen Pachtvertrag für die Bäckerei auflösen und wegziehen.«

»Wegen der Edith?« fragte Thomas und erhielt ein stummes Nicken zur Antwort.

Pfarrer Hauberer rappelte sich von seinem Bett hoch. »Also, meinen Segen kriegst du für so a Dummheit net, da mußt dich schon an die Konkurrenz wenden!« schimpfte er aufgebracht, ehe er sich an Thomas wandte. »Ein so schönes Paar, die zwei! Mit soviel Respekt und Liebe füreinander! Da können sich manch andere ein Beispiel nehmen. Hol mir die Edith her!«

Das war wieder an Jakob gerichtet, der abwehrend den Kopf schüttelte. Das kann ich net. Die is' beim Walter.«

Vor Empörung blieb Pfarrer Hauberer fast die Sprache weg. »Beim Walter? Ja, hab' ich denn überhaupt nix mehr mitzureden?«

Thomas legte ihm begütigend die Hand auf die Schulter. »Jetzt beruhige dich, Pfarrer.« Er warf dem Jakob einen bittenden Blick zu. »Lassen S' mich mit ihm allein.«

»Beruhigen?« wütete Pfarrer Hauberer indessen unverdrossen weiter. »Ich will mich net beruhigen! Hilf mir auf, Doktor!«

»Pfarrer, du bist krank«, wandte Thomas ein und wollte ihn auf das Bett zurückdrücken, doch Hochwürden schüttelte seine Hände ab.

»Später! Meinen Mantel!« Er deutete auf das lange schwarze Prunkstück, das in einer Ecke am Kleiderhaken hing. Jakob holte es ihm, und Hochwürden schlüpfte hinein, nachdem er seinen Bademantel ausgezogen hatte. »Für mehr is' ka Zeit«, erklärte er. »Meinen Stock!«

»Wo willst denn hin?« fragte Dr. Burgner konsterniert.

»Zum Sägewerk! Und du kommst mit, Jakob!« befahl Pfarrer Hauberer.

Als er aus dem Haus trat, löste er eine kleine Sensation aus. »Herr Pfarrer, was is' denn in Sie gefahren?« rief der Angerer verblüfft, und Pfarrer Hillinger setzte hinzu: »Ich habe geglaubt, Sie sind krank!«

Josef Hauberer schoß einen zornigen Blick auf ihn ab. »Das hab' ich auch 'glaubt. Aber wie ich g'hört hab', daß Sie's geschafft haben, die Edith und den Jakob auseinanderzubringen, hab' ich's im Bett nimmer ausg'halten.«

»Was Gott zusammengefügt hat, soll der Mensch nicht trennen«, zitierte Hillinger, aber Hochwürden tat seinen Einwand mit einer aufgebrachten Armbewegung ab.

»Fragt sich nur, wen er zusammengefügt hat! Wenn Sie schon kein Herz im Leib haben, wie wollen Sie denn das Christentum predigen? Mein Herz plagt sich mit jedem Pumperer, aber eine Familie ins Unglück zu stürzen, das wird's net zulassen.«

Dr. Burgner hatte indessen die Beifahrertür seines Jeeps geöffnet, um seinen streitbaren Patienten zu dem außerhalb gelegenen Sägewerk zu fahren. Pfarrer Hauberer schwang sich hinein. »Dann steig aufs Gas, Doktor, bevor mein Ärger verraucht ist.«

Jakob setzte sich auf den Rücksitz, und gleich darauf fuhr der Jeep so schnell an, daß der Kies unter den Reifen aufspritzte.

»Ein Wunder!« rief Herr Konrad, den die Überraschung bisher sprachlos gemacht hatte. »Habt's das alle g'sehen? Der sterbenskranke Pfarrer hupft wieder herum wie ein Zickerl!« Er drehte sich zu Hillinger um. »Herr Pfarrer, Sie haben vollkommen recht g'habt. A Wunderheilung. Und ich hab's mit eigenen Augen sehen dürfen. Läuten S' die Glocken, Herr Pfarrer! A Wunderheilung!«

Beim Sägewerk hinderte eine heruntergelassene Schranke Dr. Burgner an der Weiterfahrt zum Wohnhaus. Dort parkte ein Cabrio, und Pfarrer Hauberer sah, wie Walter Rottaler gerade Anstalten machte, zu einer jungen Frau in den Wagen zu steigen. Sie saß hinter dem Steuer und ließ den Motor an.

»Na, hab' ich dir zuviel versprochen?« fragte Hochwürden triumphierend und riß die Beifahrertür auf. »Der Kater läßt das Mausen nicht. Ich kenn' doch meine Pappenheimer.«

So schnell er konnte, stieg er aus und stürmte, wild seinen Stock schwingend, auf das anfahrende Cabrio zu, das durch eine andere Ausfahrt das Gelände verlassen wollte. Geradezu tollkühn warf Josef Hauberer sich ihm in den Weg, so daß die Fahrerin zum Halten gezwungen wurde.

Die mutige Attacke hatte Josef Hauberers Herz ziemlich strapaziert. Schwer nach Luft ringend, stützte er sich auf der Motorhaube ab, während Walter die Seitenscheibe hinunterkurbelte.

»Seit wann kommt der Pfarrer mit Blaulicht, um die Sünder reinzuwaschen?« erkundigte sich Rottaler spöttisch.

Pfarrer Hauberer wischte sich den Schweiß von der Stirn. »Um dich reinzuwaschen, bräucht' ich die Hilfe der freiwilligen Feuerwehr. Deiner Frau kannst vielleicht etwas vormachen, dei'm Pfarrer net!«

Walter stieg aus. »Ich weiß gar nicht, was Sie haben. Sie kennen doch meine Sekretärin.«

Inzwischen waren auch Thomas und Jakob herangekommen, und vom Wohnhaus her ertönte Ediths erschrockener Ausruf: »Herr Pfarrer, um Gottes willen!«

Eilig kam sie aus dem Haus, und er lächelte sie erleichtert an. »Ich bin gekommen, um das Schlimmste zu verhindern«, sagte er, immer noch ganz außer Atem. »Schau dir an, für was für einen Hallodri du den Jakob aufgegeben hast. Der braucht noch a gehörige Seelenmassage, bis er eine wie dich verdient.« Er richtete sich auf und donnerte: »Was Gott getrennt hat, soll der Mensch net wieder zusammenfügen!«

Dann versetzte er der Edith einen liebevollen Schubs, der sie in Jakobs Richtung beförderte. »Und ihr zwei, gebt's euch ein Busserl, wenn i wegschau', und vertragt's euch wieder.«

Sie blickte unsicher zu Jakob hoch, und der legte die Arme um sie. »Wenn's der Pfarrer anschafft . . .«

Natürlich schaute Pfarrer Hauberer nicht weg, sondern

beobachtete genau, wie der junge Bäcker seine Edith auf den Mund küßte. Zufrieden wandte er sich danach an Thomas. »Und jetzt will ich wieder in mein Bett, denn eigentlich bin ich ja im Krankenstand.«

Der Bergdoktor lachte. »Ich weiß net, ob das was wird, Pfarrer. Du kannst doch a Wunderheilung net so mir nix, dir nix wieder rückgängig machen.«

Der nächste Tag war ein Sonntag, und Thomas und Sabina hatten sich bereits für den Kirchgang angekleidet. Als sie aus dem Haus traten, spielte der Maxl dort mit Gabriel, dem Hund des Pfarrers. Sein verletztes Knie zierte ein kleines Pflaster, und ansonsten war er wieder vollkommen okay. Das bewies er, indem er gekonnt seinen Fußball vor Gabriels Schnauze wegkickte.

»Einen wunderschönen Sonntagmorgen, Maxl«, wünschte Thomas seinem Sohn und erntete einen mißgelaunten Blick.

»Von wegen wunderschön . . .«

»Paß auf dein Knie auf«, neckte sein Vater ihn. »Du bist verletzt, wenn ich dich erinnern darf.«

»Ach was!« brummte der Bub, und Sabina fuhr ihm über das Haar.

»Bist du grantig?«

Er zog einen Flunsch. »Wenigstens anrufen hätt' s' gestern noch mal können, wie's mir geht. Hätt' ja auch was Schlimmeres sein können mit meinem Knie.«

»Die Kathi?« fragte Thomas amüsiert. »Daran mußt dich gewöhnen, Maxl. Das Glück in der Liebe ist manchmal recht launenhaft.«

»Die kann mir eh gestohlen bleiben«, verkündete Maxl finster, während von fern ein anhaltendes Fahrradklingeln ertönte. Gleich darauf sah er die Kathi auf das Doktorhaus zuradeln. Mit einem Satz war Maxl auf seinem

Liegestuhl und wickelte sich den dort deponierten Verband um sein Knie.

»Dein Zustand scheint sich aber rapide zu verschlechtern«, spottete Sabina. Maxl grinste frech. »Is' nur eine Vorsichtsmaßnahme.«

»Servus, Kathi«, begrüßte Thomas das hübsche Mädchen, als es vor dem Haus vom Rad stieg.

»Morgen, Herr Doktor!« Kathi winkte ihm zu und wandte sich dann an den Maxl. »Hallo, wie geht's deinem Knie?«

Er legte sich zurück und streckte das verbundene Bein ächzend von sich. »Na ja, Schmerzen hab' ich schon noch. Is' halt fad, da allein herumzuhängen den ganzen Tag.«

»Deswegen bin ich ja gekommen«, erklärte sie und streifte einen kleinen Rucksack von den Schultern. Maxls Gesicht erhellte sich.

»Echt? Das is' aber super von dir.«

Sie öffnete den Rucksack. »Hier, ich hab' dir ein paar Zeitschriften mitgebracht. Und die Poster kannst auch haben.« Damit legte sie beides auf den Gartentisch und schnallte sich den Rucksack wieder um. »Ich muß dann gleich los. Der Michel wartet auf mich.«

»Der Michel?« Maxl sah prompt wieder total leidend aus.

Sie nickte. »Ja, wir wollen die ins Wasser gefallene Radtour nachholen. Schad', daß du net mitkannst.«

»Wir können doch auch ins Kino . . .« setzte er an, doch sie unterbrach ihn.

»Da war ich gestern schon. Der Michel hat mich eing'laden. Du hast übrigens recht g'habt, der is' wirklich ein Pfundskerl.« Ihr fiel etwas ein, und sie nahm ein Skateboard vom Gepäckträger ihres Radls. »Ach, das hätt' ich fast vergessen. Das soll ich dir vom Michel geben. Ich weiß zwar net, was er sich dabei gedacht hat bei deinem Haxen, aber bitte! Ciao dann!«

Während sie klingelnd wieder davonradelte, betrachtete der Maxl frustriert das versprochene Skateboard. Sein Vater legte ihm tröstend die Hand auf die Schulter. »Mach dir nix draus, Maxl. Andere Mütter haben auch schöne Töchter.«

Der Dreizehnjährige erwiderte nichts darauf, sondern war voll damit beschäftigt, seinen ersten Liebeskummer zu pflegen.

Sabina hatte währenddessen den Gabriel angeleint, um ihn ins Pfarrhaus zurückzubringen, und der Maxl schaute den dreien mit tiefem Weltschmerz im Blick nach.

Die Franzi war an diesem Morgen schon in aller Frühe zu Pfarrer Hauberer gekommen, um ihm das Frühstück zu machen und ihm beim Ankleiden zu helfen. Er war fest entschlossen, das heutige Hochamt selbst zu zelebrieren, um den staunenden Sonnensteinern seine ›Wunderheilung‹ zu bestätigen.

Zwar fühlte er sich noch ein wenig zittrig, aber Franzi bedachte ihn mit einem höchst zufriedenen Blick. »Jetzt g'fallen S' mir wieder, Herr Pfarrer, sagte sie, während sie ihm in seine Jacke half. Dann reichte sie ihm ein Wasserglas und eine Tablette. »Ihre Medizin.«

Er nahm sie gehorsam, während Pfarrer Hillinger nach einem kurzen Anklopfen den Raum betrat. »Ach, Herr Kollege, können Sie mir mit einem weißen Kragen aushelfen? Der meine ist schon etwas durchgeschwitzt.«

Josef Hauberer ging zu einer Kommode und zog die obere Schublade auf. »Das tut mir sehr leid, aber den brauch' ich heut' selber. Ich muß zum Gottesdienst.« Damit legte er sich mit Franzis Hilfe den Kragen um.

»Sie?« fragte Hillinger mit hochgezogenen Augenbrauen. »Aber ich habe mich auf den Gottesdienst bereits vorbereitet.«

Hochwürden bedachte ihn mit einem freundlichen

Blick. »Vielleicht können S' Ihre Predigt bei anderer Gelegenheit noch verwenden.« Er setzte sich in seinen Lehnstuhl, weil Franzi ihm die Schuhe brachte. Ein wenig ächzend bückt er sich, um die Schnürsenkel zuzubinden. »Der Herr hat mir einen kleinen Stößer gegeben, daß ich mich um meine Sonnensteiner Gemeinde kümmern muß«, erklärte er seinem jungen Kollegen. »Und wenn der Herr ruft, müssen wir Diener folgen.«

»Apropos kümmern«, warf die Franzi ein. »Ab morgen muß ich wieder mehr nach meinem Pankraz schauen. Der wird mir schon langsam eifersüchtig.«

Hochwürden zwinkerte ihr verschmitzt zu. »Ein bisserl Eifersucht hat dich doch noch nie g'stört, Franzi.«

Sie lachte breit. »Schon wahr, Herr Pfarrer. Aber untreu werden muß er mir ja auch net.« Sie warf Hillinger einen schrägen Blick zu. »Wir meinen das natürlich rein arbeitsmäßig.«

Pfarrer Hauberer nickte. »Die Edith wird dir eine würdige Nachfolgerin sein. Die gute Seele hat sich angeboten, mir den Haushalt zu führen, bis das Dekanat mir eine Haushälterin schickt.«

Pfarrer Hillinger war ziemlich blaß um die Nase geworden. »Das können Sie doch nicht machen!« hielt er seinem Amtskollegen vor. »Ich bin vom Dekanat als Ihre Vertretung bestellt.«

Pfarrer Hauberer lächelte milde. »Das hat sich erübrigt. Sie werden sich sicher noch woanders die Hörner abstoßen.«

Die Zimmertür öffnete sich, und als erstes drängte der Gabriel sich schwanzwedelnd herein. Dr. Burgner tauchte hinter dem Hund im Türrahmen auf. »Herr Pfarrer, die Kirche is' voll wie zu Weihnachten. Alle wollen ihren Pfarrer sehen. Sind S' fertig?«

Hochwürden richtete sich auf. »Mit Gottes und mit deiner Hilfe – ja!« sagte er feierlich und hielt Franzi auffordernd seinen Arm hin. »Komm, Franzi!«

Sie warf Pfarrer Hillinger einen triumphierenden Blick zu und hakte sich dann bei ›ihrem‹ Pfarrer unter. So führte er sie aus dem Haus und in die Kirche hinüber.

Auf der Flucht

Drehbuch von Christiane Sadlo

In Kinderzimmer der kleinen Julia Burgner waren die Gardinen zugezogen, um das helle Mittagslicht auszusperren. Das Baby lag in seiner Wiege und schlief wie ein Engel.

Sabina beugte sich über ihre Tochter und strich ihr behutsam über die rosigen Wangen. »Du kleines Ungeheuer!« flüsterte sie liebevoll. »Jetzt tust du wieder so, als könntest du kein Wässerchen trüben.« Sie zupfte Julias Zudecke ein wenig zurecht und ging dann auf Zehenspitzen zu dem kleinen Schreibtisch, der seit kurzem in Julias Zimmer stand. Sabina hatte es sich angewöhnt, hier zu arbeiten, damit sie nach dem Kind schauen konnte, sobald es wach wurde. Fachbücher und medizinische Zeitschriften stapelten sich auf der Tischplatte, und sie hatte sogar ihren Computer hergebracht, in den sie die wichtigsten Stichworte und Daten eingab, die sie für einen wissenschaftlichen Artikel brauchte, an dem sie gerade schrieb.

Es ließ sich nicht bestreiten, daß Dr. Sabina Burgner, geborene Spreti, ihre Arbeit an der Klinik immer mehr vermißte. Manchmal hätte sie hier alles stehen und liegen lassen mögen, nur um einmal wieder die Luft in einem Operationssaal zu atmen. Natürlich liebte Sabina ihre kleine Familie von ganzem Herzen und wollte so gern eine erstklassige Ehefrau und Mutter sein. Aber das, so fand sie, würde sie ohnehin nie werden. Dazu war sie zu temperamentvoll, zu wenig systematisch und in Haushaltsdingen zu ungeschickt. Wirklich perfekt war sie nur in ihrem Beruf gewesen, und darum fehlte ihr die Arbeit jetzt auch so schrecklich.

Ziemlich abgekämpft setzte Sabina sich an diesem Mittag an ihren Schreibtisch, zog sich ein dickleibiges Sachbuch heran und begann, sich in den Text zu vertiefen.

Kurz darauf knallte unten im Haus eine Tür, und Maxl brüllte mit der Stimme eines Auktionators: »Papa ... Sabina! He, keiner da?«

Sie hörte ihn die Treppe hinaufpoltern und stöhnte genervt auf. Rasch ging sie zur Tür, um Maxl draußen abzufangen, doch er kam schon hereingestürmt.

»Hier bist du!« rief er strahlend. »Ich hab' dich überall gesucht. Du, ich hab' einen Dreier ...«

Sabina legte ihm die Hand auf den Mund. »Sie schläft«, sagte sie beschwörend. »Bitte, Maxl, leiser!«

Aber die Kleine war schon wach geworden und brüllte los, als hätte man sie mit einer Nadel gestochen. Maxl erntete einen bösen Blick von Sabina, dann ging sie zur Wiege und nahm Julia heraus. »Sie war gerade eingeschlafen«, sagte sie vorwurfsvoll, und der Bub machte ein betretenes Gesicht.

»Tut mir leid, das hab' ich net g'wußt.«

Sabina ging mit dem schreienden Baby auf und ab. »Aber dein Hirn könntest du schon mal benutzen. Ich habe seit vier Tagen keine Minute Zeit für meinen Artikel gehabt. Und jetzt, wo Julia endlich mal schläft ... Rücksicht ist wohl ein Fremdwort für dich!«

Eine steile Falte erschien auf Maxls Stirn. Es war bisher höchst selten vorgekommen, daß Sabina einmal richtig unfreundlich zu ihm war. Erst in der letzten Zeit, seit ihr Nervenkostüm durch das Baby lädiert war, hatte sie ihn manchmal so angefahren – und jedesmal heftiger, als er es verdient hätte.

»Es war doch net mit Absicht«, versuchte er sich zu entschuldigen, doch Sabina reagierte gar nicht darauf, weil sie viel zu sehr mit Julia beschäftigt war.

Da verließ Maxl stumm das Zimmer. Als er die Treppe

hinunterkam, tauchte gerade sein Vater in der Haustür auf. Er hatte Hausbesuche gemacht und stellte seine Arzttasche in der Anmeldung ab.

»Grüß dich, Sohn«, sagte er freundlich. »Wo sind unsere Damen?«

»Wo wohl«, brummte der Maxl. »Oben!«

Thomas Burgner lauschte und hörte seine Tochter weinen. Mit einem Seufzer legte er Maxl den Arm um die Schultern. »Mittagessen fällt also aus.«

Maxl nickte verdrossen. »Das is' doch nix Neues, oder? Die Julia ist ja viel wichtiger als wir.«

Thomas warf ihm einen aufmerksamen Blick zu und drückte ihn dann auf einen der Stühle, die im Flur für die Patienten bereitstanden. »Is' was?« erkundigte er sich liebevoll, während er sich neben seinen Buben setzte.

»Was soll schon sein!« sprudelte der Maxl zornig heraus. »Kein Pausenbrot hab' ich mitgekriegt, weil das Fräulein Schwester zahnt, jetzt gibt's kein Mittagessen, mein Lieblings-T-Shirt wird net mehr gewaschen, und für meinen Dreier in Englisch interessiert sich auch kein Schwein.«

Thomas betrachtete ihn und mußte lächeln. »Um Gott's willen, Maxl, fühlst du dich etwa vernachlässigt?« erkundigte er sich amüsiert.

Aber der fand das gar nicht komisch. »Was glaubst du denn, wieso ich gute Noten schreib'? Bloß, damit es keinen juckt?«

»Geh«, setzte Thomas beschwichtigend an, doch Sabina unterbrach ihn. Sie war unbemerkt die Treppe hinuntergekommen, weil Julia sich inzwischen beruhigt hatte, und hatte Maxls letzte Worte gehört.

»Natürlich freue ich mich über deinen Dreier«, sagte sie mit der impulsiven Herzlichkeit, die sie so liebenswert machte, und griff nach Maxls Hand. »*Scusi*, Maxl, ich war ungerecht zu dir. Ich . . . na ja, ich hab' halt manchmal keine Nerven, wenn die Prinzessin wieder mal die Nacht durchgebrüllt hat.« Sie setzte sich an Maxls andere Seite und blickte düster vor sich hin. »Bloß weil man ein Kind zur Welt gebracht hat, ist man nicht automatisch eine gute Hausfrau und Mutter. Ihr müßt Geduld mit mir haben.«

Thomas griff über Maxl hinweg nach ihrer Hand. »Geh, du machst das sehr gut. Oder, Maxl?«

»Super«, murmelte der Bub gehorsam, aber wenig überzeugend.

»Und außerdem is' das mit dem Zahnen ja demnächst vorbei«, meinte Thomas tröstend. »Dann haben wir Ruhe.«

»Da irrst du!« widersprach Sabina in komischer Verzweiflung. »Wenn unsere Tochter mit dem Zahnen fertig ist, kommt sie vermutlich bereits in die Pubertät. Ihr werdet sehen, es wird immer schlimmer.«

Immerhin hielt Julia heute einen ungewöhnlich langen Nachmittagsschlaf, wahrscheinlich, um in der Nacht wieder fit und ausgeruht zu sein, und Sabina konnte sich ungestört einem riesigen Korb voller Bügelwäsche widmen. Zwar hätte sie lieber an ihrem Artikel gearbeitet, aber ihr hausfrauliches Gewissen trieb sie ans Bügelbrett.

Sie hatte schon einen ganzen Stapel von Thomas' Hemden und Maxls T-Shirts gebügelt, als Franzi nach einem kurzen Anklopfen die Küche betrat. »Grüß dich, Sabina«, sagte sie fröhlich. »Bist fleißig?«

Die junge Frau schluckte eine barsche Antwort hinunter, die ihr angesichts der ungeliebten Arbeit auf der Zunge lag, und zwang sich zu einem Lächeln. »Grüß dich, Franzi. Nett, daß du mich . . .« Die weiteren Worte blieben ihr im Hals stecken, weil sie den großen Korb voller Zwetschgen entdeckte, den die Franzi mitgebracht hatte. »Was ist das?« fragte Sabina voll böser Vorahnungen.

»Zwetschgen«, antwortete Franzi immer noch so fröhlich, daß Sabina ihr am liebsten eine Grimasse geschnitten hätte. »Aus unserem Garten. Weißt, wir haben so viele, ich komm' einfach net dazu, sie einzuwecken oder Marmelade zu kochen. Manchmal spürt man halt die Doppelbelastung von Beruf und Haushalt schon sehr. Die Poststelle erfordert ja meine ganze Aufmerksamkeit. Da hab' ich mir gedacht, du hast ja nix zu tun. Und der Thomas, der is' geradezu verrückt auf Zwetschgenmarmelad'.«

Während sie sprach, hatte Sabina mit verbissener Miene weitergebügelt, und Franzi merkte gar nicht, daß sie mit ihren Worten regelrecht in ein Wespennest stach. Sie stellte den Korb auf den Küchentisch und tätschelte Sabinas Arm. »Also dann, ich muß gleich weiter. Der Pankraz hat mich nach Innsbruck ins Café eingeladen. Und wenn du die Marmelad' machst, denk dran, der Thomas mag's net so süß. Paßt halt a wengerl auf mit'm Zucker.«

»Klar, mach' ich«, versprach Sabina, ohne von ihrer Arbeit aufzusehen.

Franzi, die schon an der Tür war, kam noch einmal zurück. »Und grüß mir den Maxl . . .« Sie zögerte und sprach dann doch aus, was ihr auf dem Herzen lag. »Was ich dir noch sagen wollt': Paß ein bisserl auf, daß du ihn net vernachlässigst. Das is' keine leichte Zeit für den Buben. Aber du wirst das schon richtig machen. Mußt halt ein bisserl nett zu ihm sein.« Damit ging sie endgültig, und Sabina knallte das Bügeleisen frustriert auf das Brett. Dann bedachte sie den Zwetschgenkorb mit einem bitterbösen Blick.

»Keine leichte Zeit – klar! Und wer ist nett zu mir?« murrte sie mit finster gerunzelten Brauen.

Um das Faß zum Überlaufen zu bringen, kam auch noch Thomas in diesem Moment herein und fragte ungeduldig nach seinem grünen Hemd. »Is' das jetzt fertig? Ich muß zum Markus, die Jagd besprechen.«

Sabina riß das frisch gebügelte gute Stück von dem Bügel, auf den sie es ordentlich gehängt hatte, und warf es ihrem Mann zu. »Waren deine Hemden schon jemals nicht fertig?« fauchte sie und rauschte türenknallend aus der Küche. Thomas blickte ihr verdutzt nach.

Ungefähr um dieselbe Zeit fuhr ein D-Zug, von München über Innsbruck kommend, auf dem Bahnhof in Hall ein. Es stiegen nur wenige Reisende aus, unter ihnen eine ältere grauhaarige Dame, der der Schaffner höflich einen Koffer und einen großen Vogelkäfig, der mit einer Decke verhängt war, auf den Bahnsteig nachtrug.

Es war wirklich eine Dame, trotz ihres etwas ungewöhnlichen Outfits. Sie trug nämlich einen großen bunten Seidenschal über ihrem Herrentrenchcoat, darunter weite flatternde Hosen und Turnschuhe. Um die grauen Haare, deren Schnitt einen erstklassigen Friseur verriet, hatte sie ein noch bunteres Tuch geschlungen. Ihr Gesicht war faltig aber feingeschnitten, mit wachen, klugen Augen, und trotz ihres Alters war sie noch immer schön. Eine schöne, ungewöhnliche Frau, die sehr viel Charme besaß. In jungen Jahren mußte sie geradezu atemberaubend gewesen sein.

Jetzt lächelte sie dem Schaffner zu. »Danke, mein Lieber, Sie sind ein Engel«, sagte sie mit leichtem aber unverkennbarem berlinerischen Anklang.

»Gern geschehen«, antwortete er und hatte fast das Empfinden, er müsse sich vor dieser Dame verbeugen. Verwirrt tippte er an seine Mütze und stieg wieder in den Zug.

Janna Schultheiß wartete, bis er abgefahren war. Mit einem nachdenklichen Ausdruck in ihren dunklen lebhaften Augen blickte sie ihm nach. Die übrigen Reisenden hatten sich indessen verlaufen. Janna war allein auf dem Bahnsteig, und irgendwie wirkte sie auf einmal sehr verloren. Sei preßte den Schal vor den Mund, als ein heftiger Hustenanfall sie überkam. Erst nach einer ganzen Weile ebbte er ab, und Janna wischte sich über die tränenden Augen. Dann nahm sie entschlossen ihren Koffer und den Vogelkäfig und verließ den Bahnhof. Sie merkte nicht, daß das große Seidentuch ihr von der Schulter rutschte und zu Boden fiel.

Draußen ging sie zielstrebig auf den Taxenstand zu. Ein Fahrer lehnte an seinem Wagen und rauchte. Janna grüßte ihn und erkundigte sich, ob ihm der Ort Sonnenstein ein Begriff sei.

»Klar«, antwortete der Mann.

»Ist es weit bis dahin?« fragte sie, und er grinste.

»Kommt darauf an. Zu Fuß is' es weiter als mit'm Auto.«

»Ich meine, was würde es kosten, wenn Sie mich hinfahren?« wollte sie wissen und hustete wieder.

Der Fahrer überlegte. »Nach Sonnenstein? Ja mei, so um die fünfhundert Schilling . . .«

Sie zuckte leicht zusammen, sagte dann aber nach kurzem Überlegen: »Also, dann auf nach Sonnenstein.«

Der Fahrer klopfte seine Pfeife aus und nahm Janna den Koffer ab, um ihn im Kofferraum zu verstauen. Sie wollte sich gerade in den Fond setzen, als jemand sie anrief. »Halt, meine Dame, warten Sie!«

Janna drehte sich um und erschrak, als sie den Polizisten gewahrte, der eilig auf sie zukam. »O Gott, so schnell schon«, murmelte sie.

Der Polizist hielt ihr den Seidenschal hin. »So ein schönes Tuch. Sie sollten besser darauf achten, gnädige Frau.« Ihr Erschrecken hatte er gar nicht mitbekommen.

Sie nahm ihm schnell das Tuch aus der Hand. »Wie

recht Sie haben, mein Bester, wie recht! Aber wissen Sie, in meinem Alter . . . Jedenfalls tausend Dank.« Sie nickte ihm mit einem Lächeln zu und wandte sich dann an den Taxifahrer. »Können wir? Ich habe nicht soviel Zeit.«

Während der Wagen die Stadt verließ, holte Janna im Fond ihr Portemonnaie heraus und zählte das Geld, das sich darin befand. Zwischendurch warf sie immer wieder einen prüfenden Blick auf den Taxameter. Als er die Summe von knapp dreihundert Schilling anzeigte, tippte sie dem Fahrer auf die Schulter. »So, jetzt halten Sie bitte. Ich will aussteigen.«

»Hier? Aber bis Sonnenstein sind's noch fast zehn Kilometer«, erklärte er verwundert.

»Ich gehe gerne zu Fuß. Muß es sogar. Mein Arzt, wissen Sie, der ist sehr streng. Er sagt, ich muß mich bewegen.«

Er lenkte den Wagen an den Straßenrand und hielt. »Und das Gepäck?« fragte er zweifelnd.

Janna drückte ihm dreihundert Schillinge in die Hand. »Keine Sorge, es ist ganz leicht.« Damit stieg sie aus und ließ sich ihren Koffer und den Vogelkäfig aushändigen. Dabei hustete sie wieder. Es klang hart und quälend. Der Taxifahrer schaute sie bedenklich an.

»Sind Sie sicher . . .«

Janna atmete tief durch. »Fahren Sie los, ich weiß, was ich tue. Das hab' ich immer gewußt.«

Sie winkte ihm lächelnd nach, als er wendete und davonfuhr. Dann ging sie auf die Bank zu, die sie in einiger Entfernung entdeckt hatte, stellte den Vogelkäfig darauf und zog das Tuch herunter. Ein prächtiger bunter Papagei schaukelte auf einer Stange.

»Jetzt atme mal ganz tief durch, Pablo«, sagte Janna Schultheiß. »Das hier ist etwas anderes als die immer verseuchte Berliner Luft, nicht wahr?« Sie setzte sich und betrachtete zufrieden die Berge, die sich hinter den satten grünen Wiesen erhoben und deren Gipfel von ewigem Schnee bedeckt waren.

Erst nach einer ganzen Weile stand sie wieder auf, deckte den Vogel zu und nahm Koffer und Käfig, um zu Fuß nach Sonnenstein weiterzuwandern.

Ich glaub', ich spinne, dachte Dr. Michael Franke, als er die einsame Gestalt hinter einer Wegbiegung entdeckte. Es war aber auch ein ungewöhnlicher Anblick, die Frau in ihrem flatternden Mantel, mit dem bunten Schal und dem großen Vogelkäfig. Unwillkürlich trat Dr. Franke auf die Bremse und kurbelte die Seitenscheibe seines Wagens hinunter, als er mit Janna auf gleicher Höhe war. »Sagen Sie mal, was tun Sie da?« fragte er neugierig.

Janna betrachtete den gutaussehenden jungen Mann. »Sind Sie blind auf den Augen?« erkundigte sie sich amüsiert. »Ich mache eine Wanderung.« Sie wollte noch etwas hinzusetzen, mußte aber wieder husten. Es dauerte eine Weile, bis sie zu Atem kam.

Dr. Franke grinste sie und den Käfig an. »Sie haben wohl einen Vogel?«

Janna lachte. »Klar, ohne den wandere ich nie.«

Einem raschen Impuls folgend, stieg er aus. »Ich fahre nach Sonnenstein. Wollen Sie nicht ein Stück mitkommen?«

Er merkte, daß sie ihn mit einer Spur Skepsis musterte, und fügte hinzu: »Ich tu' Ihnen nichts. Ach ja, mein Name ist Franke. Michael Franke. Ich bin Chirurg in Innsbruck.«

Jannas Gesicht strahlte plötzlich auf. »Chirurg sind Sie? Genau wie mein . . .« Sie stockte und vollendete dann: »Ich meine, wie ein Bekannter von mir.«

Als sie wieder zu husten begann, nahm er ihr den Koffer und ihren Papagei ab, stellte beides auf den Rücksitz und half ihr anschließend ins Auto. »Am besten, Sie kommen gleich mit mir. Ich bin nämlich auf dem Weg zum Arzt von Sonnenstein, Thomas Burgner. Ein fabelhafter Mediziner. Der hat sicher was gegen Ihren Husten in seinem Giftschrank.«

Janna erschrak, aber das sah er nicht, weil er um den Wagen herumging und sich hinter das Steuer setzte. Ihre Stimme klang abwehrend. »Zum Arzt soll ich? Nur über meine Leiche! Ich bin topfit.« Während sie wieder hustete, startete er den Motor, und Janna setzte halsstarrig hinzu: »Topfit bin ich. Mir ist es noch nie so gutgegangen.«

Dr. Franke sah ein, daß es wenig Sinn hatte, sie umstimmen zu wollen. Und im übrigen war es ja wirklich ihre Sache, wie sie mit ihrer Gesundheit umging.

Kurz darauf waren sie in Sonnenstein. Janna wollte sich dort ein Zimmer nehmen, und als das Hotel zur Post in Sicht kam, bat sie den Arzt, sie dort abzusetzen.

Höflich wollte er ihr das Gepäck ins Hotel tragen, doch sie wehrte ab. »Nun lassen Sie mal, mein Junge«, sagte sie mit liebenswerter Selbstironie. »Sonst denken die hier, ich hätte was mit Ihnen.« Sie lachte, mußte aber sofort wieder husten.

Dr. Franke nahm ihre Hand. »Versprechen Sie mir, daß Sie zu Dr. Burgner gehen, wenn Ihr Husten nicht besser wird?« bat er besorgt.

»Klar«, erwiderte sie leichthin, aber er spürte, daß sie es nicht ernst meinte.

»Er ist wirklich in Ordnung«, setzte er drängend hinzu.

Sie antwortete etwas sehr Merkwürdiges. Sie sagte nämlich: »Ich weiß schon . . .«

Dr. Franke betrachtete sie aufmerksam. »Es ist komisch, die ganze Zeit denk' ich, daß ich Sie kenne.«

Sie lachte wieder. »Soll das eine Anmache sein? Nicht sehr originell. Nein, nein, Sie kennen mich nicht. Keiner hier in Sonnenstein kennt mich, Gott sei Dank.« Sie brach ab, als hätte sie schon zuviel gesagt, und fügte dann hinzu: »Aber vielleicht haben Sie ja meinen Mann gekannt. Egon Schultheiß. Er war ein berühmter Bühnenbildner. Er hat oft Interviews gegeben, und manchmal bin ich auch ausgefragt worden.« Sie zog eine Grimasse. »Die Journalisten haben immer behauptet, daß ich seine Muse wäre. Ich und eine Muse – können Sie sich das vorstellen?«

Ohne seine Antwort abzuwarten, schnappte sie sich ihren Koffer und den Vogelkäfig und betrat mit schnellen Schritten das Hotel.

Dr. Franke blickte ihr nach. Eine seltsame, aber irgendwie sehr beeindruckende Frau, dachte er. Was sie wohl hier will?

Schulterzuckend kehrte er zu seinem Wagen zurück. Im Grunde konnte es ihm egal sein, was diese Frau in Sonnenstein suchte und ob sie etwas gegen ihren schauerlichen Husten tat. Schließlich hatte er genügend eigene Sorgen.

Dr. Franke besaß eine chirurgische Privatklinik in Innsbruck, die in einer stilvollen alten Villa untergebracht war. Der junge Chirurg genoß einen ausgezeichneten Ruf als Arzt und konnte sich über mangelnden Zulauf nicht beklagen. Aber im Moment steckte er in einer echten Klemme. Sein Anästhesist war ganz plötzlich erkrankt, eine weitere Narkoseärztin erwartete ein Baby und hatte ihren Mutterschaftsurlaub angetreten, und ein Kollege, den er als Aushilfe hatte holen wollen, befand sich gerade auf einer Weltreise.

Was aber kann ein Chirurg ohne einen versierten Narkosearzt tun? Er muß alle Operationen absagen. Und genau das hatte heute Dr. Franke getan, nachdem Dr. Wagner, sein Anästhesist, am Morgen einen akuten Bandscheibenvorfall bekommen hatte.

Aber Michael Franke war klar, daß er seine Klinik nicht auf unbestimmte Zeit schließen und die Patienten zu anderen Kollegen schicken konnte. Ein Narkosearzt mußte her, egal wie, und darum war er nach Sonnenstein gefahren.

Fünf Minuten später stoppte er seinen Wagen vor dem Sonnensteiner Doktorhaus und nahm den bereits in Innsbruck besorgten traumhaft schönen Blumenstrauß aus dem Kofferraum, bevor er an der Haustür klingelte.

Sabina war in der Küche damit beschäftigt, Zwetschgenmarmelade zuzubereiten. Ein großer Topf stand auf dem Herd, sie hatte Marmeladengläser aus dem Keller geholt, gespült und fein säuberlich in Reih und Glied aufgestellt. Nun wartete sie, daß die Marmelade kochte und las dabei, wie könnte es anders sein, in einer medizinischen Zeitschrift.

»Je später der Abend . . .« sagte Dr. Franke lächelnd, als sie ihm auf sein Klingeln hin öffnete.

Ihr müdes Gesicht erhellte sich schlagartig. »Michael! Das gibt's doch nicht!« lachend fiel sie ihm um den Hals und ließ sich von ihm auf die Wange küssen.

»Hallo, schönste Frau, wie geht's, wie steht's?« frage er, und sie zog ihn in die Küche.

»Es geht mir wunderbar. Komm, setz dich. Was willst du trinken? Hast du Hunger? Es gibt noch Suppe.«

Lächelnd wehrte er ab. »Danke, ich bin nicht hungrig.«

Sein Besuch freute Sabina aufrichtig. Rasch holte sie Gläser, eine Flasche Wein, Brot und eine Schale mit Oliven und stellte alles auf den Tisch. Sie schenkte die Gläser voll und setzte sich ebenfalls. »Und jetzt sag mir, was dich hierher führt. Doch nicht die Sehnsucht nach mir?«

»In gewisser Weise schon«, antwortete er und stieß lächelnd mit ihr an. »Ich meine, natürlich bist du immer noch der Traum meiner schlaflosen Nächte . . .« Sie wollte protestieren, und er schüttelte vergnügt den Kopf. »Ich weiß, ich weiß, du gehörst einem anderen. Obwohl . . .« Er blickte sich in der Küche um. »Mir scheint, er vernachlässigt dich.«

»Keine Umschweife«, befahl Sabina lachend. »Was willst du hier?«

Er trank erst einen Schluck aus seinem Glas. »Dein Wein ist immer noch gottvoll . . .«

»Michael!« rief sie streng, und er grinste.

»Ich will dir einen Job anbieten.«

Sabina starrte ihn an, als habe sie sich verhört. »Was?«

Er fischte eine Olive aus der Schale. »Komm, du willst mir doch nicht erzählen, daß dir das hier reicht. Kinder, Küche, Kirche . . .«

»Warum nicht?« fragte sie, und er beugte sich zu ihr.

»Sabina, du bist die beste Anästhesistin, die mir je über den Weg gelaufen ist. Außerdem, wenn du nicht kommst, muß ich meinen Laden schließen.«

Sie machte eine abwehrende Handbewegung. »Du hattest schon immer einen Hang zur Übertreibung.«

»Kann sein«, gab er zu. »Aber jetzt ist es ernst. Ich stehe schlicht und ergreifend ohne Narkose da. Ich kann nicht einen einzigen Patienten operieren. Und du weißt doch: Ein Chirurg ohne Anästhesist ist wie ein . . .«

»Fisch ohne Fahrrad«, ergänzte sie heiter. Dann jedoch wurde sie ernst. »Es tut mir leid, daß ich dein Angebot nicht annehmen kann. Ich habe ein Baby. Das kann ich nicht einfach in ein Regal legen und weggehen. Ich . . . na ja, ich werde hier gebraucht.«

»Bei mir geht's aber um Leben und Tod . . .«

In diesem Augenblick kochte die Marmelade über. Die rote klebrige Flüssigkeit quoll über den Topfrand, lief auf die Herdplatte, und es zischte und qualmte ganz fürchterlich.

»Merda!« rief Sabina und sprang auf. Sie riß den Topf von der Platte, schnappte sich einen Putzlappen und

begann, alles aufzuwischen. »*Porca*... So eine verdammte Schweinerei!« Während sie Wasser ins Spülbecken laufen ließ, warf sie einen schrägen Seitenblick auf Dr. Franke. »Bei dir geht's vielleicht um Leben und Tod. Aber bei mir geht's um Sein oder Nichtsein.«

Er blickte sie zunächst völlig verständnislos an. Sie grinste zwar, doch er sah den Ernst in ihren Augen. Und da begriff er. Dr. Sabina Spreti, die beste Anästhesistin, die ihm je begegnet war, plagte sich tatsächlich mit dem ihr eigenen Starrsinn damit ab, eine ebenso phantastische Hausfrau und Mutter zu sein. Und wenn Sabina sich einmal etwas in den Kopf gesetzt hatte, war sie so schnell nicht davon abzubringen.

Schade, dachte Dr. Franke. Dann bin ich also tatsächlich umsonst hergekommen. Na ja, werd' ich die Klinik halt schließen müssen, bis ich einen Ersatz für den Kollegen Wagner gefunden hab'.

Sabina verbrachte eine ziemlich unruhige Nacht. Dr. Frankes Besuch und das Angebot, das er ihr gemacht hatte, gingen ihr nicht aus dem Kopf. Wieder im OP stehen können, wieder arbeiten. Nicht nur waschen, bügeln, kochen, putzen.

Sie schlief erst gegen Morgen ein und erwachte, als Thomas schon längst aufgestanden war. Im Augenblick hatte er wahnsinnig viel zu tun. Die Sprechstunde war überfüllt, und die Hausbesuche nahmen kein Ende. Meist war er bis spät in die Nacht hinein unterwegs und dann so müde, daß er kaum noch den Mund auftat, wenn er heimkam.

Trotzdem beneidete Sabina ihn darum. Mit blassem, verschlossenem Gesicht stand sie an diesem Morgen auf, machte flüchtig Toilette und kochte sich erst einmal einen starken Kaffee, um die Müdigkeit zu vertreiben. Sie trank ihn langsam, in kleinen Schlucken und starrte dabei das schnurlose Telefon an, das auf dem Küchentisch lag. Sollte sie – oder sollte sie nicht?

Ihre Hand schien sich plötzlich selbständig zu machen, griff nach dem Apparat und zog ihn zu sich heran. Und dann tippte sie entschlossen eine Nummer ein.

»Sabina Spreti«, meldete sie sich, als auf der Gegenseite abgenommen wurde. »Guten Morgen. Herrn Doktor Franke bitte.«

»Moment, ich verbinde«, antwortete die Frauenstimme am anderen Ende der Leitung.

»Ja, ich warte.« Nervös trommelte Sabina mit der freien Hand auf den Küchentisch. Da hörte sie die Haustür klappen und Thomas' Schritte in der Diele. Hastig legte sie den Hörer wieder auf und schob das Telefon von sich.

»Der Semmelmann is' da!« rief Thomas fröhlich, als er mit einem großen Korb die Küche betrat. »Semmeln, Obst, Gemüse, Milch«, zählte er auf, während er seine Einkäufe auspackte. »Alles, was groß und stark macht.«

Sabina lächelte matt, als er sie küßte. »Du bist ein Schatz!«

»Du auch«, sagte er und drückte sie an sich.

Sie rieb ihre Wange an seiner Schulter. »Ich bin ein Versager . . .«

Er drückte sie auf die Küchenbank zurück und holte Teller aus dem Schrank. »Jetzt frühstückst du erst einmal, dann siehst du das alles anders.«

Sie sah ihm zu, wie er die Semmeln in einen Korb tat und das Obst wusch. Und plötzlich sagte sie unvermittelt: »Thomas, ich will wieder arbeiten.«

Er drehte sich zu ihr um und verstand sofort, wie sie das meinte. »Sicher, das sollst du auch«, entgegnete er und setzte sich neben sie. »Aber jetzt schon? Die Julia is' doch noch so klein.«

Sabina stützte den Kopf in die Hände. »Sie wird noch sechs Jahre lang klein sein«, erwiderte sie bitter. »Und dann ist der Zug für mich abgefahren. Weißt du überhaupt, daß ich das beste Staatsexamen meines Jahrgangs hatte? Ich hab' Superangebote gehabt, und jetzt . . .«

Sie stockte, als wolle sie nicht sagen, was ihr auf der Zunge lag, aber Thomas sprach es an ihrer Stelle aus. »Jetzt versauerst du bei mir.«

Es war sehr still nach diesen Worten. Dann gestand Sabina leise: »Ich hab' mir nicht vorgestellt, daß ich das Krankenhaus so schnell vermisse.« Sie ließ die Hände sinken und sah ihren Mann an. »Thomas, mein einziger Kommunikationspartner seit vielen Tagen ist ein Baby!«

»Und ich? Und der Maxl?« erinnerte er sie behutsam.

Sie zuckte mit den Schultern. »Der Maxl ist dreizehn. Und du? Weißt du, wann du in den letzten Tagen nach Hause gekommen bist und wie müde du warst? Ich liebe dich und die Kinder, aber ich liebe auch meine Arbeit.«

Wie gut er sie verstand! Und trotzdem . . . »Wie soll das gehen?« fragte er bedrückt. »Willst du Julia fremden Leuten . . .«

»Es gibt Babysitter, Au-pair-Mädchen, Haushaltshilfen«, warf sie ein.

»Fremde!«

»Die Franzi?« meinte sie hoffnungsvoll, doch er wehrte ab.

»Die hat genug zu tun. Es reicht, wenn sie hin und wieder aushilft.«

»Und wenn du weniger . . .«

»Dann kann ich die Praxis gleich schließen!« fiel er ihr entschieden ins Wort. »Herrgott, warum bist du plötzlich so ungeduldig? Es war doch ausgemacht, daß du wenigstens die ersten zwei Jahre . . .«

»Aber Julia ist auch deine Tochter!« erwiderte sie

gereizt. »Du kannst nicht verlangen, daß ich mein ganzes Leben für euch aufgebe!«

Jetzt war er ehrlich betroffen. »Ich hab' nicht gewußt, daß du das so siehst. Ich dachte, daß wir . . . dein Leben wären.«

Sie sah die Enttäuschung in seinen Augen, und das tat ihr weh. Darum rettete sie sich in Trotz. »Hör auf damit! Du willst mir bloß ein schlechtes Gewissen machen.«

»Ein' Schmarr'n!« erklärte er, nun ebenfalls verärgert. »Aber vielleicht überlegst du mal. Du kannst doch net von heut' auf morgen . . .«

»Sag mal, willst du mich nicht verstehen?« fiel sie ihm hitzig ins Wort. »Ich bin Ärztin! So wie du Arzt bist! Und ich denke nicht daran, das plötzlich zu vergessen.«

»Das verlangt auch keiner. Du sollst bloß ein wenig Geduld haben.« Ein paar Sekunden blickten sie einander fast feindselig an. Dann fiel Sabinas Zorn plötzlich in sich zusammen, machte einer tiefen Niedergeschlagenheit Platz. »Geduld! Ich hab' noch nie Geduld gehabt.« Sie wollte noch etwas hinzusetzen, doch da hörte sie ihre Tochter durch das Babyphon. Julia weinte in ihrem Zimmer. Ein paar Sekunden zögerte Sabina, wartete, ob nicht Thomas vielleicht aufstand, um nach der Kleinen zu sehen. Aber er blieb sitzen.

Da sprang sie auf und ging mit schnellen Schritten hinaus.

Janna Schultheiß verließ die ›Post‹ durch einen Hinterausgang. Sie hatte ihren Mantel eng um sich gewickelt und einen dicken Schal um den Hals gebunden. Bevor sie die Wiese betrat, die hinter dem Haus begann, blickte sie sich vorsichtig nach allen Seiten um. Aber es war niemand zu sehen. Da schlüpfte sie rasch ins Freie.

Janna wollte nicht, daß man ihren Weggang bemerkte.

Gestern hatte sie mit hohem Fieber im Bett gelegen und kaum sprechen können. Das erschrockene Zimmermädchen hatte Frau Angerer gerufen, und die hatte sofort Dr. Burgner verständigen wollen. Doch Janna hatte sich beharrlich geweigert, einen Arzt zu konsultieren. Elfie Angerer hatte schließlich nachgegeben und sich selbst um die Kranke gekümmert. Sie hatte ihr Tee und eine kräftige Bouillon gebracht und während des ganzen Tages immer wieder einmal nach ihr geschaut. Mindestens drei, vier Tage Bettruhe müsse Janna haben, hatte sie gemeint, und die hatte nicht widersprochen.

Aber heute nachmittag war sie klammheimlich aufgestanden, obwohl sie sich immer noch miserabel fühlte, hatte sich angezogen und das Hotel verlassen. So schnell sie es in ihrem Zustand vermochte, schlug sie den Weg zum Doktorhaus ein.

In der Diele saßen nur wenige Patienten. Herr Konrad, der sich diesmal aparterweise einen Mundschutz umgebunden hatte, zog es vor, bei Traudl in der Anmeldung auf den Beginn der Sprechstunde zu warten.

Traudl hatte Mühe, nicht laut herauszulachen, wenn sie ihn anschaute. »Manche von den Dingern sind gefährlich«, sagte sie, als spräche sie zu sich selbst, aber laut genug, daß Herr Konrad es hören mußte. »Sehr luftundurchlässig. Kann man ersticken dran.«

Er kam an ihren Schreibtisch. »Wer eine labile Gesundheit hat, muß sich vor Infekten hüten. Da kann schon eine harmlose Erkältung quasi zum Tod führen.«

Traudl bedachte ihn mit einem bedeutungsschwangeren Blick. »Die meisten Kranken sitzen naturgemäß in Wartezimmern herum. Das heißt, daß da auch die Gefahr, krank zu werden, am größten ist.«

Er nickte eifrig. »Darum bin ich ja für ausschließliche Hausbesuche. Da würd' sich keiner anstecken.«

»Bloß der Doktor«, konterte sie trocken.

Herr Konrad zuckte unbeeindruckt mit den Schultern. »Bei dem is' das Berufsrisiko!«

Als sich die Haustür öffnete, blickte Traudl nach draußen in die Diele. Janna trat ein, blickte sich vorsichtig um und steuerte dann auf die junge Sprechstundenhilfe zu.

»Grüß Gott«, sagte Traudl freundlich. »Die Praxis is' noch zu. Der Doktor is' auf Hausbesuch.«

Janna nickte und hustete. »Weiß ich doch . . .«

Traudl bemerkte, wie krank und fiebrig sie aussah, und meinte mitleidig: »Um Gottes willen, Sie hätten im Bett bleiben soll'n. Wir machen schließlich Hausbesuche. Und bei so einem Fieber . . .«

»Nein, nein, ich brauche den Doktor Burgner nicht«, wehrte Janna ab und wurde von Herrn Konrad sehr ungnädig unterbrochen.

»Und warum kommen S' dann hierher? Sie wollen wohl eine Epidemie auslösen!« Hastig griff er nach seinem Hut. »Traudl, ich geh'. Es is' ja direkt lebensgefährlich hier.« Nach einem letzten bösen Blick auf Janna verließ er so schnell das Haus, als würde er bereits von einer Armee Killerviren verfolgt.

Traudl nahm seinen Abgang gleichmütig zur Kenntnis. »Wenn S' net zum Doktor wollen, wieso sind S' dann hier?« erkundigte sie sich bei Janna, erhielt aber keine Antwort darauf. Die alte Dame blickte sich neugierig um.

»Eine schöne Praxis hat er, der Herr Doktor. Geht sie denn gut?«

Traudls Miene wurde mißtrauisch. »Sagen S' mal, was geht denn Sie das an? Sind Sie von der Steuerfahndung?«

Janna wurde einer Antwort enthoben, weil Sabina hereinkam. Sie war ausgesprochen schick angezogen und trug Julia auf dem Arm. »Gib sie bitte ihrem Vater, wenn er Zeit hat«, sagte sie zu Traudl und drückte ihr das Baby in die Arme.

»Aber Frau Doktor«, protestierte die Sprechstundenhilfe. »Ich kann doch net . . .«

»Es geht um Leben und Tod«, erklärte Sabina und verließ rasch die Praxis. Total verwirrt blickte Traudl ihr nach.

Janna hingegen hatte kaum auf Sabina geachtet, sondern nur Augen für Julia. »Sagen Sie bloß, daß dieses . . . dieses zauberhafte Wesen die Tochter von Thomas ist!« Entzückt kitzelte sie die Kleine am Kinn, die prompt zu lächeln begann.

Traudl starrte immer noch auf die Tür, die hinter Sabina zugefallen war, und hörte, wie draußen deren Wagen gestartet wurde. Wie üblich fuhr Sabina rasant an, und das Motorengeräusch erstarb in der Ferne. »Was da wohl wieder los ist«, murmelte Traudl.

Janna streckte die Arme aus und wollte ihr das Baby abnehmen. In ihrer Verwirrung hätte Traudl es fast geschehen lassen. Erst im letzten Moment besann sie sich und trat hastig einen Schritt zurück.

»Geh'n S' bloß weg von unserem Baby! Sie haben doch mindestens neununddreißig Fieber. Stecken S' wen anders an, bloß net unsere Julia!«

Janna war keineswegs gekränkt. Sie strahlte regelrecht. »So etwas Süßes! Nein, wie mich das freut . . .« Nach einem letzten entzückten Blick auf die Kleine wandte sie sich ab und ging eilig hinaus.

Sabina fuhr nach Innsbruck zur Klinik von Dr. Franke. Sein Angebot ging ihr nicht aus dem Kopf, und sie wollte noch einmal persönlich mit ihm darüber sprechen. Aber als sie in der Klinik nach ihm fragte, sagte man ihr, daß der Doktor sich gerade auf eine Notoperation vorbereite. Man hatte einen zehnjährigen Jungen mit einer akuten Blinddarmentzündung eingeliefert, die kurz vor dem

Durchbruch stand, und obwohl Dr. Franke immer noch keinen Narkosearzt hatte, hatte er sich entschlossen, das Kind sofort zu operieren. Eine erfahrene OP-Schwester sollte die Narkose übernehmen.

Während er sich im Vorbereitungsraum in die sterile OP-Kleidung helfen ließ, rief seine Sekretärin an und meldete, daß sich gerade in diesem Augenblick ein Anästhesist bei ihr vorgestellt hätte. »Soll sofort herkommen«, sagte Franke kurz, legte auf und ließ sich die Gummihandschuhe überstreifen.

Die ältere Krankenschwester, die den Inhalt des Telefonats mitbekommen hatte, blickte ihn zweifelnd an. »Kennen Sie denn diesen Anästhesisten?«

Dr. Franke schüttelte den Kopf. »Bei einem akuten Blinddarm? Soll ich da Referenzen einholen? Ich muß den Jungen operieren, sonst . . .«

Er stockte, weil sich die Tür öffnete. Und dann weiteten sich seine Augen in fassungslosem Staunen. »Das gibt's nicht! Sabina! Wo kommst du denn her?«

Sie hatte bereits einen grünen OP-Kittel an, lächelte ihm flüchtig zu und ging dann zum Waschbecken, um sich Hände und Arme einzuseifen. »Eigentlich wollte ich ja von dir zum Essen ausgeführt werden«, sagte sie leichthin, »und dann ins Kino. Aber deine Sekretärin hat mir erzählt, was los ist. Also? Kannst du mich brauchen?«

»Fragen stellt die Frau!« Er atmete erleichtert auf. »Aber was ist mit deiner Tochter?«

Sie drehte den Wasserhahn zu. »Fragen stellt der Mann!« Dann ließ sie sich Handschuhe, Haube und Mundschutz geben und nickte Michael zu. »Wollen wir?«

Zwei Stunden später war der Eingriff vorüber. Es hatte Komplikationen gegeben, und als Sabina und Dr. Franke den OP verließen, wirkten sie beide ziemlich geschafft.

»Danke, Sabina«, sagte er, während sie die Operationskleidung ablegten und in den dafür bestimmten Behälter warfen. »Das war verdammt gute Arbeit. Wenn du net gewesen wärst ... Ich hab' keine Ahnung, ob jemand anderer so prompt auf den Kollaps reagiert hätte.«

Sie nickte und atmete tief durch. »War ganz schön happig für den Anfang. Und dabei sollte es bloß ein harmloser Blinddarm sein.«

Er blickte lächelnd auf ihren dunklen Kopf hinunter. »Du bist ganz schön gut, weiß du das?«

»Das ist ja mein Problem«, gestand sie seufzend und ging zum Waschbecken. Dr. Franke folgte ihr.

»Wenn du hier bleibst, zahl' ich dir ...«

»Kommt nicht in Frage«, erwiderte sie schnell.

Er drehte sie an den Schultern zu sich herum. »Tu doch nicht so, als könntest du ohne Krankenhaus leben.«

Ihr Blick war groß und ernst. »Ich weiß, daß ich es nicht kann. Aber ohne Bergluft eben auch nicht.«

»Überleg's dir bitte«, bat er weich.

Sie schüttelte den Kopf. »Ich werde zu Hause gebraucht.«

»Hier auch«, murmelte er und zog sie leicht an sich. »Nicht nur beruflich ...«

Ein, zwei Sekunden lang hielt Sabina still in seiner Umarmung. Dann befreite sie sich mit einem kurzen Auflachen. »Komm, alter Herzensbrecher, bring mich zum Auto. Ich muß nach Hause.«

Er erhob keinen Widerspruch. Erst als er mit Sabina zusammen die Klinik verließ, griff er das Thema wieder auf. »Ich versteh' das nicht. Du bist doch keine Hausfrau. Ich erinnere mich noch, wie du einmal versucht hast, einen Geburtstagskuchen für mich zu backen.«

»Ach, komm, so schlecht war der gar nicht«, widersprach sie vergnügt. »Ein bißchen formlos vielleicht ...«

Er grinste. »Formlos? Der hatte nicht den geringsten Ansatz einer Form.«

»Jetzt bin ich aber eine perfekte Köchin«, erklärte sie

stolz und kramte in ihrer Handtasche nach dem Autoschlüssel.

Dr. Franke lehnte sich gegen die Wagentür, um sie am Aufschließen zu hindern. »Komm, laß uns wenigstens noch etwas trinken.«

Sabina schüttelte den Kopf. »Es geht nicht. Ich . . . verdammt, die wissen ja nicht einmal, wo ich bin. Thomas macht sich vermutlich die größten Sorgen.«

Er zog sein Handy aus seiner Jackentasche. »Ruf an und bitte um Ausgang. Und um Gnade, weil du dich widerrechtlich vom Herd entfernt hast.«

Sie nahm ihm das Telefon aus der Hand. »Ich muß nicht fragen!« Dann tippte sie die Nummer des Sonnensteiner Doktorhauses ein.

Thomas Burgner hatte sich tatsächlich um seine Frau gesorgt und war sehr erleichtert, als er ihre Stimme hörte. Aber das hielt nicht lange an, denn Sabina sagte: »Ich wollt eigentlich noch nicht nach Hause kommen . . . ich meine, wo ich doch schon mal weg bin. Wärst du mir böse, wenn ich noch etwas trinken gehe?«

Thomas schluckte. Wo war Sabina? Und mit wem wollte sie noch ausgehen? Und warum war sie überhaupt so Knall auf Fall verschwunden? »Böse?« wiederholte er. »So ein Schmarr'n! Nein, nein, geh nur, es ist schon okay.«

Natürlich merkte sie an seiner Stimme, daß er bestürzt und verletzt war. Aber als sie ihn danach fragte, bestritt er es. »Es ist nichts. Ich wünsch' dir viel Spaß, wirklich. Mach dir einen netten Abend.« Er wollte das Gespräch schon beenden, doch dann rutschte ihm doch noch die Frage heraus, die ihm am meisten auf der Seele brannte. »Wann kommst du denn wieder heim? Ich meine, weißt du das schon?«

»Nein«, sagte Sabina übermütig. »Laß dich überraschen.«

Aber den letzten Satz hörte er nicht mehr, denn er hatte wütend die Verbindung unterbrochen.

Sabina lauschte noch einen Moment und nagte unschlüssig an der Unterlippe. Dann siegte ihr Trotz, und sie gab Dr. Franke das Handy zurück. »Worauf warten wir?«

Er blickte sie fragend an. »Alles okay?«

Sie lachte. »Super. Es könnte gar nicht besser sein.« Damit hakte sie sich bei ihm unter. »Komm endlich, oder ich verhungere.«

Der nächste Morgen war sonnig, aber schon herbstlich kühl. Janna Schultheiß fror in ihrem Trench, als sie in der Nähe des Doktorhauses hinter einer Baumgruppe stand und den Eingang beobachtete.

Traudl, die diesmal nicht mit dem Fahrrad kam, sondern den Weg zur Arbeit joggend zurückgelegt hatte, wurde auf sie aufmerksam, weil Janna von einem heftigen Hustenanfall geschüttelt wurde.

»Hallo, Sie schon wieder!« sagte die junge Sprechstundehhilfe und blieb bei Janna stehen. »Geht's besser?«

Die nickte und rang nach Luft. »Ja, ja, viel besser.«

Traudl musterte sie skeptisch und ergriff dann resolut ihren Arm. »Los, Sie kommen jetzt mit!«

Hastig machte Janna sich frei. »Lassen Sie mich, ich . . .«

»Sie sind krank«, beharrte Traudl. »Sie gehören ins Bett und zum Arzt.«

Aber Janna wandte sich zum Gehen. »Ich wollte nur meinen Morgenspaziergang machen. Den unternehm' ich jeden Morgen. Und jetzt entschuldigen Sie mich bitte.« Damit marschierte sie mit hoch erhobenem Kopf davon.

In der Küche vom Doktorhaus war Thomas Burgner gerade dabei, das Frühstück zuzubereiten. Nachdem er Maxl eine Schüssel mit Corn-flakes hingestellt hatte, schenkte er sich eine Tasse Kaffee ein. Essen mochte er nichts.

Auch Maxl stocherte nur in seinen Corn-flakes herum. »Wann kommt Sabina denn wieder?« fragte er bedrückt, und sein Vater zwang sich zu einem optimistischen Lächeln.

»Irgendwann heut', denk' ich. Sie . . . na ja, sie wollt' noch ein paar Besorgungen machen, weißt schon, Bank, Krankenkasse . . .«

»Du lügst«, sagte Maxl, und Thomas warf ihm einen stummen, niedergeschlagenen Blick zu. Der Dreizehnjährige senkte den Kopf. »Will sie sich scheiden lassen von uns?«

Dr. Burgner legte ihm den Arm um die Schultern. »So ein Schmarr'n!« erwiderte er mit einer Zuversicht, die er selbst nicht empfand. »Das Ganze is' ihr halt ein bisserl über den Kopf gewachsen, und da hat sie mal eine Abwechslung gebraucht. Wirst sehen, wenn du aus der Schul' kommst, ist sie schon wieder da.«

Das Gespräch wurde durch Traudl unterbrochen, die in die Küche gestürmt kam. »Morgen! Sagen Sie mal, Chef, da geistert so eine alte Dame rum . . . Ich bin sicher, daß sie ziemlich krank ist. Is' die Ihnen schon über den Weg . . .« Sie brach ab und blickte betroffen von einem zum anderen. »Sie is' net nach Haus' gekommen?« fragte sie und ließ sich auf Thomas' Nicken hin auf einen Stuhl fallen.

»Die Franzi kommt und nimmt uns die Julia ab«, informierte Dr. Burgner sie. »Sie müßt' eigentlich schon längst . . .«

Erleichtert lächelte er Franzi entgegen, die gerade zur Tür hereinkam. »Grüß euch«, krächzte sie und schickte ein kräftiges Niesen hinterher, dem ein anhaltender Husten folgte.

»Was is' denn mit dir?« fragte Thomas erschrocken, und sie putzte sich erst einmal die Nase.

»Heut' nacht hat's mich erwischt, aber saumäßig«, berichtete sie schniefend. »Ich glaub', ich hab's von der Angerin, und die hat's von einem Gast, so einer spinnerten Alten aus Berlin. Mei, wenn die mir über den Weg läuft . . .«

»Und wieso bist net im Bett geblieben?« fragte Thomas streng, und sie warf ihm einen erstaunten Blick zu.

»Aber du brauchst mich doch fürs Butzerl.«

»Genau!« sagte er. »Damit das Butzerl morgen auch krank is' – und der Maxl, die Traudl und ich. Nein, Franzi, du machst, daß du ins Bett kommst, ich schau' später bei dir vorbei. Hat's den Pankraz auch erwischt?«

»Naa«, erwiderte die Franzi neidisch. »Du weißt doch, daß der nie was kriegt.«

»Gut, gut«, meinte Thomas erleichtert. »Traudl, dann ruf' den Doktor Obermayr gleich mal an. Wir hätten einen Notfall.«

Der ›Notfall‹ hieß natürlich Julia, und Pankraz stimmte hocherfreut zu, als er gebeten wurde, sich um die Kleine zu kümmern, bis Thomas seine Sprechstunde und die Hausbesuche hinter sich gebracht hatte oder Sabina endlich nach Hause zurückgekehrt war.

Im übrigen schien ganz Sonnenstein von einer Erkältungsepidemie erfaßt worden zu sein. Dr. Burgners erster Hausbesuch galt Elfriede Angerer, die hustend und fiebernd im Bett lag. Er verordnete strenge Bettruhe und wollte auf Frau Angerers Bitte hin auch gleich nach Janna Schultheiß sehen, aber als das Hausmädchen ihn zu ihrem Zimmer führte, war sie wieder einmal ausgeflogen.

In der Mittagspause fuhr Thomas rasch heim, wo Pankraz mit der kleinen Julia herumschäkerte, und erfuhr von Traudl, daß Sabina nicht heimgekomen war und sich telefonisch auch nicht gemeldet hatte.

»Das gibt's doch net«, sagte er, nun echt beunruhigt. »Wo kann sie bloß sein? Vielleicht is' ihr was . . .«

»Schmarr'n!« unterbrach Traudl ihn resolut und drückte ihm eine lange Liste in die Hand. »Durchdrehen können S' später. Sie müssen gleich noch mal los. Mir scheint, jetzt hat's das ganze Dorf erwischt. Fangen S' beim Pfarrer an, der hat fast vierzig Fieber.«

Thomas steckte die Liste ein. »Und wenn die Sabina anruft . . .«

»Dann sag' ich ihr, sie soll sich gefälligst herbewegen«, antwortete die Traudl grimmig. »Aber ein bisserl dalli.« An der Tür hielt sie ihren Chef noch einmal auf. »Was is' eigentlich mit dieser Frau aus Berlin?« wollte sie neugierig wissen.

Er hob die Schultern. »Janna Schultheiß? Die is' net dag'wesen. Zur Zeit hab' ich wohl kein Glück mit den Frauen, alle rennen sie vor mir weg.«

Janna Schultheiß, notierte Traudl sich in Gedanken. Jetzt wußte sie wenigstens den Namen dieser merkwürdigen Person. Warum strich die bloß immer um das Doktorhaus herum und weigerte sich hartnäckig, sich von Dr. Burgner behandeln zu lassen? So krank, wie sie war, spielte sie inzwischen fast mit ihrem Leben, das war Traudl klar. Schließlich war sie inzwischen eine ziemlich erfahrene Sprechstundenhilfe und sah oft schon mit einem Blick, ob jemand in Gefahr war oder nicht. Und diese Frau Schultheiß war es, wenn man ihr nicht sehr schnell half.

Und plötzlich hatte Traudl eine Idee. Sie ging in die Anmeldung hinüber und rief die Auskunft an.

Fünf Minuten später hatte sie erfahren, was sie wissen wollte. Zwar gab es keinen Telefonanschluß in Berlin auf den Namen Janna Schultheiß, aber sieben Fernsprechteilnehmer mit ihrem Nachnamen.

Traudl klingelte sie alle der Reihe nach an, und beim sechsten Anruf wurde sie fündig. Die Putzfrau eines gewissen David Schultheiß meldete sich und berichtete, daß Janna dessen Mutter sei. Er war Fotoreporter und beruflich seit mehreren Tagen unterwegs. Aber die Putzfrau hatte die Nummer, unter der man ihn erreichen konnte, und gab sie Traudl bereitwillig durch.

Der Rest war für das resolute junge Mädchen ein Kinderspiel, und nachdem es mit David Schultheiß gesprochen hatte, brauchte es nur noch zu warten, bis er in Sonnenstein eintraf.

Der Tag verging, und Sabina ließ noch immer nichts von sich hören. Als Dr. Burgner am Abend von seinen letzten Krankenbesuchen heimkam, gab es nur eine Neuigkeit: Pankraz und Maxl hatten die tückischen Erkältungsviren ebenfalls erwischt und wurden von Thomas ins Bett geschickt.

Traudl hatte eine Suppe zum Abendessen gekocht, wie er dankbar feststellte. Er sah müde und versorgt aus. »Ich hab' den Gilch getroffen«, berichtete er, während er sich an den Tisch setzte. »Der weiß nix von einem Unfall, den die Sabina gehabt haben könnt'. Hast inzwischen in der Klinik in Hall angerufen, Traudl?«

Sie nickte bekümmert. »Ja. Aber der Dr. Renner hat sie net g'seh'n.«

Thomas stützte den Kopf in die Hände. »Nach dem Essen frag' ich mal bei unseren Bekannten an.«

Traudl schöpfte Suppe in einen Teller und stellte ihn vor ihm hin. Dann schlüpfte sie in ihre Jacke. »Ißt du net mit?« fragte er erstaunt, und sie schüttelte den Kopf.

»Ich hab' noch eine Verabredung. Net, was Sie denken, eher was Geschäftliches.« Und weg war sie, ehe er noch weitere Fragen stellen konnte.

Wahrscheinlich wird sie mich auch noch verlassen, dachte Thomas düster und begann lustlos seine Suppe zu löffeln.

Janna Schultheiß war indessen ins Hotel zurückgekehrt und hatte sich, da es ihr wirklich miserabel ging, wieder ins Bett gelegt.

Diesmal hatte erstaunlicherweise Herr Konrad sie in die ›Post‹ begleitet. Er hatte Janna auf einer Bank oberhalb von Sonnenstein getroffen, frierend und zitternd, mit einem Skizzenblock auf den Knien. Das Landschaftsbild, das sie gezeichnet hatte, hatte seine Bewunderung geweckt, und als er erfuhr, daß Janna in ihrer Jugend eine aufstrebende Malerin gewesen war, der man eine große Zukunft vorausgesagt hatte, hatte ihn das so interessiert, daß er seine Bazillenangst verdrängte und sich zu ihr setzte, freilich auf einen gewissen Vorsichtsabstand bedacht.

Janna hatte ihm erzählt, warum sie trotz aller glänzenden Prognosen nie wirklich berühmt geworden war. Der Grund war ein Mann gewesen, in den die junge Künstlerin sich leidenschaftlich verliebt hatte. »Ich gab meine Malerei auf«, hatte sie gesagt, »und lebte nur noch für ihn.«

Herr Konrad hätte gern noch mehr von ihr erfahren, aber sie bekam plötzlich einen so heftigen Schüttelfrost, daß sie am ganzen Körper flog. Und diesmal war Herr Konrad wirklich über seinen Schatten gesprungen, indem er ihr aufhalf und sie zum Hotel begleitete.

»Sie müssen ins Bett«, hatte er energisch erklärt. »So eine sensible Künstlernatur is' ja doch sehr anfällig für Krankheiten.«

Und diesmal hatte Janna nicht widersprochen.

So lag sie nun in ihrem Hotelbett, schwitzte und fror abwechselnd und wünschte sich, endlich schlafen zu können. Draußen wurde es dunkel, und sie hörte die Kirchturmuhr schlagen. Ihr war sehr elend, trotzdem wollte sie auf keinen Fall, daß man Dr. Thomas Burgner zu ihr holte. Gerade er durfte sie so nicht sehen.

Traudl wartete währenddessen vor dem Hotel. Ungeduldig ging sie auf und ab und schlang die Arme um sich, um sich ein wenig zu wärmen. Warum kam dieser David Schultheiß denn nicht?

Da endlich, im Dorf waren schon die meisten Lichter hinter den Fenstern erloschen, kam ein Wagen in schnellem Tempo die Dorfstraße herauf. Er bremste vor der ›Post‹, und ein schlanker, etwa dreißigjähriger Mann stieg aus. Rasch ging Traudl auf ihn zu.

»David Schultheiß?« fragte sie, und er nickte.

»Wo ist sie?« erkundigte er sich knapp, aber damit kam er bei der jungen Sprechstundenhilfe schlecht an. Die lange Wartezeit hatte ihre Sympathien für diesen Herrn Schultheiß nicht gerade verstärkt, und vor allem lastete sie ihm an, daß er sich offenbar überhaupt nicht um seine kranke Mutter gekümmert hatte.

»Was denken Sie sich eigentlich!« ging sie empört auf ihn los. »Ihre Mutter könnt' hier sterben, und es würd' Sie net jucken. Das is' doch das mindeste, was Sie tun können, mal zu fragen, wo sie ist und wie's ihr geht.«

»Jetzt halten Sie aber mal die Luft an!« fuhr er ihr in die Parade. »Ich bin drei von vier Wochen im Ausland. Das ist mein Job. Was glauben sie, warum ich meiner Mutter einen – im übrigen sündteuren – Heimplatz besorgt habe? Damit sich jemand um sie kümmert!«

»Sie haben Sie ins Heim gesteckt?« fauchte Traudl

»Es ist ein Luxusbunker mit allem, was dazugehört. Kein Knast, wie Sie zu denken scheinen.«

»Aber Ihre Mutter is' doch ganz fit . . .«

»Ja?« erkundigte er sich grimmig. »Ich denke, sie ist todkrank?«

»Gott, sind Sie ein Arsch!« explodierte Traudl. »Im Moment is' sie sehr krank, weil s' keinen Arzt an sich heranlassen will. Deshalb sind Sie jetzt hier. Sie müssen sie dazu überreden.«

David Schultheiß ging auf den Hoteleingang zu. »Also dann... Wieso vertun wir unsere Zeit mit blödem Gerede!«

Traudl war zwar stinksauer, aber das hinderte sie nicht daran, ihm zu folgen. Sie wollte miterleben, wie dieser Typ mit seiner Mutter umging.

Janna antwortete nicht, als ihr Sohn an ihre Zimmertür klopfte. Da drückte er die Klinke hinunter und trat leise ein. Das Zimmer war dunkel, und vom Bett her hörte man ein schweres, rasselndes Atmen.

»Janna«, sagte David, plötzlich sehr weich und besorgt. Er ging auf das Bett zu, ergriff die Hand seiner Mutter und legte sie gegen seine Wange. »Janna, ich bin da...«

Sie erwachte und blinzelte ihn verwirrt an. Traudl knipste die Nachttischlampe neben dem Bett an und sah, wie er der Kranken zärtlich zulächelte. »Meine alte Rumtreiberin, du willst mich wohl zum Herzinfarkt treiben.«

Jannas Augen wurden feucht. »David, mein Junge, was tust du denn hier? Mußt du nicht arbeiten? Du sollst doch nicht...«

Er drückte ihre Finger. »Ich bring' dich jetzt zum Arzt.«

Sofort war sie wieder voller Abwehr. »Nein, nicht zum Thomas! Er soll mich so nicht...«

»Mama, du bist sehr krank«, sagte er, und sie setzte sich mühsam im Bett auf.

»Dann bring mich zu einem anderen. Und ich weiß auch, zu wem, zu... Wie heißt er, der Arzt mit dem tollen Auto? Wie heißt er bloß?«

David Schultheiß warf Traudl einen fragenden Blick zu, doch die zuckte nur mit den Schultern.

»Jetzt weiß ich es«, sagte Janna aufgeregt. »Dr. Franke! Dieser nette Arzt aus Innsbruck, zu dem mußt du mich bringen. Michael Franke heißt er, ich weiß es noch genau.«

Ihr Sohn küßte sie sanft auf beide Wangen. Dann drehte er sich zu Traudl um. »Kennen Sie diesen Franke?«

Sie nickte. »Aber woher kennt sie ihn?«

»Er hat mich hergebracht«, sagte Janna schwach ... »Wollte Thomas besuchen. So ein netter Mann ...« Sie wollte noch etwas hinzufügen, aber plötzlich verdrehte sie die Augen und fiel in die Kissen zurück.

»Janna!« rief David zu Tode erschrocken, doch Traudl tastete nach dem Puls der Kranken und nickte ihm beruhigend zu. »Sie is' nur ohnmächtig geworden. Ich ruf' jetzt den Doktor, und dann bringen wir sie nach Innsbruck.«

Eine halbe Stunde später befand Janna sich bereits im Krankenwagen auf der Fahrt in die Tiroler Landeshauptstadt. Dr. Franke war telefonisch über den Neuzugang verständigt worden. Der Fahrer hatte das Blaulicht eingeschaltet, aber auf die Sirene verzichtet.

David saß neben seiner immer noch bewußtlosen Mutter und hielt ihre Hand. Dr. Burgner drückte ihr eine Sauerstoffmaske auf das Gesicht. »Sie hat ihre Grippe so lang' verschleppt, bis eine veritable Lungenentzündung daraus geworden ist«, sagte er leise zu David. »Außerdem hab' ich den Eindruck, daß die Lungen voller Wasser sind.«

»Ich verstehe nicht, warum sie nicht zu Ihnen gegangen ist«, murmelte David. »Ich verstehe sie sowieso die meiste Zeit nicht. Der einzige, der das getan hat, war mein Vater. Aber der ist seit drei Jahren tot.« Er streichelte Jannas Handrücken. »Stellen Sie sich das mal vor, sie wollte eine Expedition zum Nordpol mitmachen, um den Schnee zu malen!«

Ein Lächeln glitt über Thomas' Gesicht. »Ungewöhnlich, aber originell!«

»Und höchst anstrengend«, ergänzte Jannas Sohn. »Immer, wenn ich von einer Reise zurückgekommen bin –

ich bin Fotoreporter, wissen Sie –, hab' ich mich gefragt, was sie sich jetzt wieder ausgedacht hat. Darum war ich mir sicher, daß die Idee mit dem Heim gut ist. Da wäre sie nicht allein gewesen, hätte immer jemanden zum Reden ...«

»Und jemanden, der auf sie aufpaßt«, vollendete Thomas. »Aber gerad' dieser Gedanke scheint ihr net gefallen zu haben. Oder warum sonst ist sie weggelaufen – genau an dem Tag, wo sie in das Heim umziehen sollt'.«

Janna bewegte unruhig den Kopf. Dann schlug sie mit einem Stöhnen die Augen auf. Thomas nahm ihr die Beatmungsmaske ab und beugte sich über sie. »Herzlich willkommen, Frau Schultheiß ...«

Entsetzen trat in ihre Augen. »Thomas! Du solltest mich doch so nicht sehen!«

»Aber wieso nicht?« widersprach er sanft. »Es gehört zu meinem Beruf, kranke Menschen zu sehen.«

Sie weinte fast. »Aber mich nicht. Nicht jetzt, nicht jetzt ...«

Der Krankenwagen bog in die Zufahrt zur Klinik von Dr. Franke ein und hielt. Zwei Sanitäter sprangen heraus und öffneten die hintere Tür des Fahrzeugs. Vorsichtig hoben sie die Trage mit Janna heraus und gingen mit ihr auf das hellerleuchtete Klinikportal zu.

Im Foyer wurde die Trage auf ein bereitstehendes Fahrgestell gesetzt. Zwei Pfleger übernahmen Janna. David begleitete sie, während man sie über den langen Flur schob. Thomas lief eilig voraus.

»Wo ist Dr. Franke?« fragte er die Schwester, die ihm entgegenkam. Sie deutete auf die breite Tür, die zum OP-Bereich führte.

Ehe Thomas sie bitten konnte, den Klinikchef von seiner Ankunft zu benachrichtigen, kam der junge Chirurg selbst nach draußen. Erstaunt blieb er stehen, als er Dr. Burgner erkannte. »Thomas ...«

Der bemerkte Frankes Fassungslosigkeit nicht. Er deutete auf Janna. »Ich nehme an, ihr müßt intubieren. Doppelseitige Lungenentzündung.«

Dr. Franke beugte sich über die Kranke. »Ich kenn' die Frau, ich hab' sie vor ein paar Tagen mitgenommen nach Sonnenstein.«

»Michael, es ist alles vorbereitet«, sagte in diesem Augenblick eine Frauenstimme von der Tür zum OP-Trakt her. »Wir können . . .«

Es war Sabina. Als Thomas zu ihr herumfuhr, blickten sie einander zwei, drei Sekunden stumm und überrascht an. Dann gab Dr. Franke den Pflegern ein Zeichen, Janna in den OP zu bringen. »Kommst du?« wandte er sich an Sabina, und sie nickte. Aber als sie den Pflegern folgen wollte, hielt Thomas sie auf.

»Kommst du zurück?« fragte er heiser. Sie antwortete nicht sofort, und er setzte mit einem flehenden Ausdruck hinzu: »Wir brauchen dich alle. Ich am meisten.«

Ihr Gesicht wurde ganz weich. »Ich brauch' dich auch.« Sie hob die Hand und winkte ihm zu, ehe sie die Tür zum OP-Trakt hinter sich schloß.

Eigentlich hatte Sabina schon am Morgen dieses Tages nach Sonnenstein zurückkehren wollen. Sie war eine herrliche, verrückte Nacht lang mit Dr. Franke durch Innsbruck gebummelt, wie sie es als junge Studentin oft getan hatte. Da und dort waren sie eingekehrt, hatten ein Glas Wein getrunken und waren dann wieder weitergewandert.

Der Gesprächsstoff war ihnen nicht ausgegangen. Von früher hatten sie geredet, als sie gemeinsam studiert hatten, von den damaligen Freunden, von längst vergangenen Zeiten mit ihren Sorgen und ihrer Fröhlichkeit. Sabina hatte sich für ein paar Stunden völlig frei und unabhängig gefühlt, und das hatte sie genossen.

Dann aber war der Himmel über der Nordkette und

dem Patscherkofel hell geworden. Der neue Tag kündigte sich an, und Sabina hatte versucht, Thomas anzurufen. Doch die Leitung war dauernd besetzt gewesen, weil er nach dem Telefonat vom Abend in seinem Ärger den Hörer nicht richtig aufgelegt hatte.

»Auch gut«, hatte Sabina gemeint, »dann laß uns erst einmal frühstücken gehen.« Sie hatte Dr. Franke das Handy zurückgegeben, und er hatte es gerade einstecken wollen, als es klingelte.

Die Aufnahmeschwester seiner Klinik war am Apparat. Man hatte mehrere Verletzte nach einem schweren Verkehrsunfall eingeliefert, und Dr. Franke hatte Sabina nicht erst bitten müssen, wieder die Anästhesie zu übernehmen. Das gemeinsame Frühstück war ausgefallen, sie hatten es erst nach einer stundenlangen Operation nachholen können. Und danach war Sabina so erschöpft gewesen, daß sie sich in einem leeren Dienstzimmer für ein paar Stunden schlafen gelegt hatte. Am Spätnachmittag hatte sie dann bei zwei weiteren Operationen wieder mit Dr. Franke im OP gestanden, die sich bis Mitternacht hinzogen, und danach war der Notruf aus Sonnenstein gekommen, daß man noch eine Patientin zur Lungenintubation brachte. Darum hatte Sabina wieder nicht heimfahren können.

Thomas Burgner blieb in der Klinik zusammen mit David Schultheiß, bis Janna aus dem Aufwachraum auf ein Zimmer gebracht werden konnte.

David durfte kurz zu seiner Mutter, während Thomas draußen vor dem Klinkportal für ein paar Minuten frische Luft schöpfte. Sabina hatte er nicht mehr gesehen, aber er war entschlossen, nicht nach Sonnenstein zurückzukehren, bevor er mit ihr gesprochen hatte.

Als David von Janna zurückkam, lächelte er erleichtert. »Alles okay. Sie ist ja ziemlich zäh, meine alte Dame. Kommen sie, sie will Sie sprechen.«

»Mich?« fragte Thomas verwundert. »Wieso denn jetzt plötzlich?«

David zuckte mit den Schultern. »Keine Ahnung. Kommen Sie?«

»Nur wenn Sie meiner Frau Bescheid sagen, daß sie nicht weggehen soll, ohne daß ich mit ihr geredet hab'.«

David nickte, und Thomas betrat mit eiligen Schritten die Klinik.

Janna lag in einem Einzelzimmer. Sie hatte die Augen geschlossen, als Thomas an ihr Bett trat. Neben ihr befand sich ein Ständer mit einem Tropf. »Frau Schultheiß?« fragte Thomas leise, und sie blickte mit einem Lächeln zu ihm hoch.

»Hast du dich nicht gefragt, wieso ich wußte, wer du bist . . . im Krankenwagen?«

Thomas setzte sich an ihr Bett. Er wollte etwas erwidern, doch da fuhr Janna schon fort: »Dein Vater . . . Karl Burgner . . . er war ein großer schöner Mann. Er liebte Bach. Vor allem die Brandenburgischen Konzerte. Die konnte er nicht oft genug hören.«

»Haben Sie ihn gekannt?« fragte Thomas, doch sie ging nicht darauf ein.

»Was ist mit deiner Mutter?« wollte sie statt dessen wissen und nahm keinen Blick von seinem Gesicht.

»Meine Mutter ist kurz nach meiner Geburt gestorben. Kannten Sie sie auch?«

Janna schwieg einen Moment. Ihre Augenlider flatterten. »Gestorben«, wiederholte sie. »Armer Junge . . .« Sie wirkte plötzlich sehr erschöpft, und Thomas strich über ihren Handrücken.

»Sie müssen schlafen. Sie sind noch sehr krank. Wenn Sie wollen, komm' ich wieder, wenn's Ihnen besser geht.«

Sie nickte und stieß einen zitternden Seufzer aus. Da stand er leise auf und ging zur Tür. Doch Jannas nächste Worte rissen ihn förmlich herum.

»Deine Mutter ist nicht tot!«

Die Ungeheuerlichkeit dieser Behauptung machte ihn stumm. Er stand da und starrte Janna nur an.

»Sie war sehr jung, als sie deinen Vater heiratete«, sagte sie. »Sehr jung und sehr verliebt. Aber als dann das Baby da war, war sie sehr überfordert. Sie wollte Malerei studieren, die Welt sehen, berühmt werden. Sie hatte so viele Träume ... Und da ist sie eines Tages einfach weggelaufen.«

»Soll das heißen«, fragte Thomas langsam, nicht sicher, ob er ihr glauben sollte oder nicht, »soll das heißen, daß meine Mutter ... gar net ... Aber mein Vater hat mir doch gesagt, daß sie ertrunken ist.« Er begriff plötzlich und holte tief Atem. »Deswegen gibt es kein Grab.«

Mit zwei Schritten war er am Bett und beugte sich über Janna. »Lebt sie noch?«

Die alte Frau nickt schweigend. Wieder griff er nach ihrer Hand. »Meine Mutter lebt noch? Frau Schultheiß, sagen Sie mir, wo ist sie? Ich ... ich muß sie sehen!«

»Bist du sicher?« Ihre Stimme klang plötzlich verändert, härter und gleichzeitig von einem tiefen Schmerz erfüllt. »Was willst du von ihr? Sie hat dich verlassen, und deinen Vater auch. Sie hat einen anderen Mann geheiratet. Und als der gestorben ist, ist sie in der Welt herumgereist, bis ihr Geld zu Ende war. Willst du diese Person wirklich ...«

»Wo ist sie?« wiederholte Thomas drängend, und wieder schaute sie ihn nur an, mit einem langen intensiven Blick. Und da begriff er endlich die ganze Wahrheit.

»Sie?« fragte er leise und fassungslos. Ihr Nicken kam zögernd, kaum wahrnehmbar. Und dann schloß sie die Augen, als hätte sie Angst vor dem, was sie jetzt in seinem Gesicht lesen mußte.

Sie hörte, wie Thomas im Zimmer umherging. Dann

war es wieder still. Er war vor das Fenster getreten und blickte hinaus. »Wieso sind Sie jetzt gekommen?« hörte sie ihn fragen. »Und wieso wollten Sie mich dann doch nicht sehen? Ich versteh' das alles nicht.«

»Komm her«, bat Janna, und er gehorchte zögernd. Diesmal war sie es, die seine Hand ergriff und festhielt. »Ich hab' immer gewußt, wo du bist. Ich war so froh, daß du so ein guter, erfolgreicher Mann geworden bist. Eigentlich wollte ich nicht, daß du es je erfährst . . .«

Sie verstummte, und ihre Lippen zitterten. Elend und sehr zerbrechlich sah sie auf einmal aus. »Aber jetzt bin ich alt«, flüsterte sie ängstlich, »und mein David meint, ich soll in ein Heim. Das wollte ich nicht. Da hab' ich gedacht, daß es vielleicht in deiner Nähe einen Platz . . .« Wieder stockte sie und versuchte, sich aufzurichten. »Ich wollte dir auf keinen Fall zur Last fallen. Nie im Leben wollte ich dich belästigen, dazu hab' ich kein Recht. Und als ich krank geworden bin, hab' ich mich geschämt, daß ich hergekommen bin. Ich hab' mich so geschämt . . .«

Er sah, daß sie weinte, und das Mitleid mit ihr schnürte ihm die Kehle zu. Seine Mutter . . . Er hob ihre Hand und drückte einen Kuß darauf. »Vor deinem eig'nen Sohn hast dich geschämt?« fragte er bewegt. »Das tut mir so leid . . .«

Der Morgen graute, als Dr. Burgner mit einem Taxi nach Sonnenstein zurückfuhr. Er hatte nun doch nicht mehr mit Sabina gesprochen, nur mit Dr. Franke. Sie schlief, hatte man Thomas gesagt, und er hatte sie nicht wecken wollen. Außerdem gab es nun so vieles, über das er nachdenken mußte.

Maxl war schon auf, als sein Vater heimkam. Traudl hatte die kleine Julia versorgt, dann war sie in die Praxis hinübergegangen.

Thomas frühstückte mit seinem Sohn, und dabei erzählte er ihm, was er in der letzten Nacht erlebt hatte. Maxl hörte ihm schweigend zu.

»Mit vierzig hat sie dann ihren zweiten Sohn David bekommen«, schloß Dr. Burgner, »als sie endlich den Mann ihres Lebens, einen Bühnenbildner, getroffen hatte. Der is' vor drei Jahren gestorben. Sie is' noch eine Weile in der Welt herumg'reist. Aber jetzt, na ja, jetzt fühlt sie sich halt allein . . .« Seine Stimme warb um Verständnis, doch Maxl reagierte kritisch.

»Erst hat s' dich allein gelassen, und jetzt kommt s' plötzlich daher. Wie findest du denn das?«

Thomas, der seine Tochter auf dem Schoß hielt, wiegte sie hin und her. »Auf jeden Fall ist die Situation gewöhnungsbedürftig. Aber ich muß sagen, imponieren tut sie mir irgendwie schon, diese Janna Schultheiß.«

»Aber allein gelassen hat sie dich«, beharrte Maxl. »Ich find' das ziemlich gemein.«

Thomas küßte seine Tochter. »Ich glaub', sie hat ihr Leben lang darunter gelitten.«

»Kannst ihr denn verzeihen?« erkundigte sich der Bub, und Thomas lächelte ihn an.

»Weißt, Maxl, ich hab' ja nie eine Mutter gehabt. Da kann ich jetzt doch bloß dankbar sein, daß es sie doch gibt.«

Der Dreizehnjährige blickte auf die karierte Tischdecke. Seine Stimme schwankte. »Ich tät' der Sabina nie verzeihen, wenn sie uns . . .«

In diesem Moment flog die Tür auf, und eine strahlende Sabina stand im Rahmen. »Hallo . . .«

Maxl war der erste, der aufsprang und zu ihr hinstürzte, um sie zu umarmen. »Gott sei Dank! Ich hab' schon gedacht . . .«

Sie merkte, daß er kurz vor einem Tränenausbruch stand, und flüchtete sich in einen absichtlich burschikosen Ton. »Was denn? Maxl, wie kannst du nur so einen Quatsch denken!« Dann nahm sie sein Gesicht zwischen ihre Hände und küßte ihn, bevor sie auf Thomas zuging.

Er hatte Julia auf das Sofa gelegt und zog seine Frau wortlos an sich. Sie war da. Sie war wiedergekommen!

Sabina blickte mit einem halben Lächeln zu ihm auf. »Aber denk ja nicht, ich hätte das Krankenhaus aufgegeben. Es gehört nun einmal zu mir.«

Er drückte sie an sich.« Das weiß ich doch. Darum hab' ich mit Michael Franke eine Abmachung getroffen. Du kannst bei ihm so viele Urlaubsvertretungen machen, wie du willst.«

»Und ihr?« fragte sie zweifelnd, aber er lachte glücklich.

»Wir? Das Schicksal hat uns eine Mutter, Großmutter, Schwiegermutter beschert. Vielleicht will sie ja hier in Sonnenstein bleiben. Und vielleicht will sie auch als Babysitter für die Julia zur Verfügung stehen. Auf jeden Fall werden wir alles tun, daß du net unzufrieden bist . . .«

»Und uns davonläufst wie die Janna damals dem Burgner-Opa«, ergänzte der Maxl und drängte sich zwischen Sabina und seinen Vater.

Sie legte die Arme um ihre beiden Männer. »Ich liebe euch. Und ich bin froh, daß ich euch habe.«

»Und wir geben dich nie mehr her!« rief der Maxl, der natürlich wieder einmal das letzte Wort haben mußte. Aber in diesem Fall hatte er ja auch vollkommen recht mit seiner Behauptung.

ENDE

Band 13 450
Susanne Scheibler
Der Bergdoktor
Deutsche Erstveröffentlichung

Dr. Thomas Burgner, Chirurg an einer Münchner Klinik, verzichtet auf eine Chefarzt-Karriere und läßt sich als ›Bergdoktor‹ in einem idyllischen Tiroler Dorf nieder. Er erlebt Dramatisches und Lustiges – vor allem aber immer sehr Menschliches, dafür sorgen schon sein zwölfjähriger Sohn Max, der grantige Tierarzt (und Schwiegervater) Pankraz, die großartige Köchin und Poststellenleiterin Franzi, die erfrischende, selbstbewußte Sprechstundenhelferin Traudl und viele andere urwüchsige Menschen, die Leser und Zuschauer der Fernsehserie bald in ihr Herz schließen werden.

BASTEI LÜBBE

Sie erhalten diesen Band im Buchhandel, bei Ihrem Zeitschriftenhändler sowie im Bahnhofsbuchhandel.